[鹿小姐书系]

余生：多关照 2

原城大总裁／著

百花洲文艺出版社
BAIHUAZHOU LITERATURE AND ART PRESS

图书在版编目（CIP）数据

余生多关照. 2 / 原城大总裁著. —南昌：百花洲文艺出版社，2017.12
ISBN 978-7-5500-2509-7

Ⅰ. ①余… Ⅱ. ①原… Ⅲ. ①言情小说—中国—当代 Ⅳ. ①I247.5

中国版本图书馆CIP数据核字（2017）第276108号

出 版 者 百花洲文艺出版社
社　　址 江西省南昌市红谷滩世贸路898号博能中心Ⅰ期A座20楼　邮编 330038
电　　话 0791-86895108（发行热线）　0791-86894790（编辑热线）
网　　址 http://www.bhzwy.com
E-mail bhzwy0791@163.com

书　　名 余生多关照 2
作　　者 原城大总裁
出 版 人 姚雪雪
出 品 人 周　政
特约监制 杨翔森　曾筱佳
责任编辑 臧利娟　杨　振
特约策划 调　调　小　狸
特约编辑 月饼殿　瞿章娅　周也兰
封面设计 周　丽
版式设计 李映龙
封面绘制 paco_yao
经　　销 全国新华书店
印　　刷 湖南凌宇纸品有限公司
开　　本 920mm×1280mm　1/32
印　　张 10
字　　数 260千字
版　　次 2017年12月第1版
印　　次 2017年12月第1次印刷
书　　号 ISBN 978-7-5500-2509-7
定　　价 34.80元

赣版权登字：05-2017-469

目录
CONTENTS

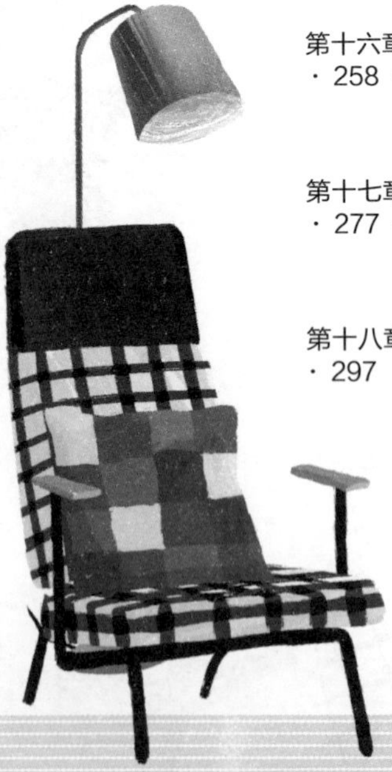

第一章

我的女人永远是我的，你连惦记的资格都没有！

元宝抵死都不会承认自己确实撒了谎，她确实是想回来了，岑迩尼的强吻不过是加速了她回家的迫切感。

再说这事儿哪能如实交代，贺东风听了会气得翻白眼吧……

她坚定地摇摇头：“我不需要你原谅，我也没有撒谎，我可以对天发誓，如有半句谎言，就让我天打五雷轰。”

贺东风再次闭上眼：“我睡会儿，不要说话。”

“好。”她乖乖点头，乖乖闭嘴，一路奔波后身体也很疲惫，很想去洗澡，可是又想先陪着他，想想还是相公重要，于是握住他的手，坐在床边的地毯上默默地当护工。

贺东风的身体一向很好，那天陪元宝在镇上打针的时候，冻了一夜，回来就开始发烧，他以为挺一挺就会过去，没想到会越发严重。

贺东风睡着了，睡得很深，元宝趴了一会儿也睡着了，等她因为做梦惊醒过来时，贺东风的药早就打完，已经回了不少血，她惊慌失措地拍醒贺东风："相公！快点快点！回血了！再睡你就成人干了！"

贺东风睡眼惺忪地抬起手腕，慢条斯理地撕掉胶布，拔掉针头，一翻身，又睡了过去。

元宝没有折腾他，去浴室洗了个澡，连护肤品都没抹，头发也没吹干，就钻进被子里睡觉。

她的身上带着一丝凉气，贺东风忽然觉得冷了，便本能地翻身躲开。元宝以为他故意不理自己，非要往他怀里挤，终于把他折腾醒了。

他干脆坐起来，下床去找了一身厚睡衣套在身上，重新躺下："我不舒服，你别折腾我。"

"我没折腾你……你想让我回来，我就回来了，我抱抱你还不行吗？"

"既然我当时没有把你带回来，那么我就不会在意你是否愿意回来，你可以不回来，也可以现在就离开。"他语气冷冰冰地说道。

元宝的鼻子一阵阵发酸，她在岑迩尼那里受了委屈不能和他说，回到家里还要遭受他的冷言冷语，可仔细想想，并没有那么糟糕，只是自己太过贪心了而已，大不了就回到他们最初结婚的时候，她重新追他一次好了。

她主动贴到他的背后，微凉的小手好像一尾滑溜溜的小鱼一样顺着他睡衣的下摆钻进去，放在他的肚子。

贺东风被冰得身上起了鸡皮疙瘩，他拉出她的手腕，掀开被子下床，径直走出房间，直奔二楼贺东弋的房门外，急促地敲了两下门。

贺东弋正在跟童年视频聊天，举着手机就来开门了，不等他问一句怎么了，贺东风便不请自入，侧身从他身边挤进去，直接上床，盖上被子倒头就睡。

知弟者莫过于兄，贺东风小时候都是他搂着睡觉的，上了初中那会儿开始自己睡，除了父母去世的时候跟他睡了一周，基本不会主动要求到他房里睡。

贺家的房间多了去了，他来这里，无非是想让贺东弋给他当一次挡箭牌，至于挡什么……

贺东弋切断了跟童年的视频，关上门走到床边，看他睡得极不安稳，就伸手摸了摸他的额头，是有些发烧，大概是因为不舒服，又和元宝吵了架，所以才躲到这里来了。

果不其然，两分钟不到，他的房门又被敲响。

元宝穿着一身奶黄色的连帽睡衣，像个扭捏的初中生似的站在门外，不好意思地耷拉着肩膀笑："那个……我来接我相公。"

贺东弋回头看了贺东风一眼，见贺东风翻身睡过去，全然没有要理元宝的意思，他就没让元宝进门。他出门从外面把门带上，推着元宝的肩膀往楼梯处走："不用接了，他睡在我这，你还不放心吗？"

"我不是不放心，他不高兴了，我来哄哄他。"

贺东弋拍拍她的肩膀："哥哥理解你，可是他现在不需要人哄，只想睡觉。他要是需要你哄而不需要睡觉，他就不会跑到我这里来了。给他他想要的，才是对他好，你也折腾一天了，没什么事儿就睡吧，有事儿明天再说。"

元宝硬生生被他推到楼梯口，十分不甘心地转身，面露难色："大哥，东风会不会记仇呀？他会不会以后都不搭理我了呀？"

"你现在要是不让他睡觉，保不齐下辈子他都不搭理你。"

元宝原本也很累很困，但现在睡意全无，惆怅地坐在楼梯上，轻声叹息："我以为他喜欢上我，我的磨难就结束了，苦尽甘来，以后全是好日子了呢……”

贺东弋没穿拖鞋，觉得脚下太凉，便不客气地从元宝脚上扒下一只拖鞋放在脚底，两只脚一起踩上去：“哥哥我虽然不知道你们两个为什么吵架，但我可以很负责地告诉你，只要是有爱情或者是为了爱情而发生的争吵，都是幸福的。幸福也分很多种，这种就是酸的苦的辣的，你想想我跟你大嫂那种吵架……”

元宝重重地一点头：“你这样一说，我顿时感觉自己幸福得像花儿一样！”

“……”贺东弋觉得安慰和开解元宝是一件非常没有意义的事情，她根本不懂什么叫真正的忧愁。他踢掉元宝的拖鞋，扭头就走：“得了，赶紧回去睡觉吧，估计明天有你受的，今天先养养精神。”

元宝撑着下巴看着贺东弋的背影，直到他快到房间门口时，她才出声喊道：“贺东弋先生，你有没有发现，你的睡裤后面破了一个洞……”

贺东弋立即转身，伸手在后面摸了一把，果然有一个小洞。他对着元宝用中指指向三楼，示意她马上消失，万分嫌弃地用口型对她说：“你给我滚，马上滚，越来越没规矩，连你大伯哥你都敢调戏。”

元宝朝他吐了吐舌头，捡起拖鞋就往楼上跑。

她一个人在大床上滚来滚去，睡惯了小乡村的硬板床，再回到自己日思夜想的婚床上，感觉幸福得不切实际。

唯独上面少了一个人，一个总是以绝对优势霸占大半张床的男人。

她对着窗口拍了拍自己的胸口，用古怪的腔调嘀咕道：“漫漫长夜，元宝姑娘你也无心睡眠！”

“啊哈，给我一杯忘情水，让我一夜不流泪……”

“睡觉吧元宝，要做一个积极向上、乐观的正能量少女，就算没有老公，也要坚强地活下去。”

她自娱自乐到半夜，睡得晚，起得也晚，一睁眼就是九点，脸都没洗就跑下楼找贺东风时，被告知他已经出门了，七点不到就开车走了。

和前几天一样，贺东风没有接她的电话。

她有些失落地回到房里，又在床上滚了一会儿才去洗漱。

站在洗手间的镜子面前，她突然发现了昨夜没有发现的重要问题，顿时吓得冷汗狂流不止。她的下唇上竟然有一个十分明显的小口子，现在看来已经好得差不多了，昨天晚上看的话，可就大不同了！

难怪她老是隐隐约约觉得嘴巴疼，还以为自己是跟岑迩尼撕咬时用力过猛没缓过来……

贺东风也注意到了，所以，他昨天晚上怀疑她在说谎。

可是，这一个小口子也说明不了什么呀，大哥肯定也看到了，他怎么问也没问？正常人都会以为这是她不小心咬到或者撞到造成的。

他不会就凭借一个小伤口直接想到自己和其他男人之间有什么猫腻吧？

元宝坐立不安，不知道该如何对贺东风开口，解释不对，不解释也不对，她匆忙洗漱完毕，正好看到贺东弋要出门，就想让他带自己去一趟医院。

贺东弋约好了时间去童年的店里，来不及送她，就让家里的司机把她送走。

她一路畅通无阻地进入贺东风的办公室，里面空无一人，正巧有人进来送东西，她抓住问了问，结果，得到的答案是贺东风今天没有来上班。

他七点就出门，不上班能去哪？会不会发现自己发烧严重去医院了？

如果是的话，那他打完针就会回来，她在这里等。

元宝还时不时给家里打个电话，问问婷婷他是否回家了。她根本没有料到，在晚饭之前，自己都没有机会见到贺东风。

贺东风早早出门确实去了一趟医院，在医院里打了一针退烧针，半路遇见刚刚下手术台的好友，被拉着去吃了一顿早茶，他出门之前没有吃东西，想到要赶路，确实需要补充能量，也就没有推辞。

吃完早茶，他独自驾车上了高速，直奔元宝先前所在的小村子。

当他的身影出现在岑迩尼视野里时，对方显然被惊到了。

岑迩尼不认为现在的贺东风会为了见自己这个老友兼情敌而长途跋涉来到这里，他来这里，十有八九是为了元宝，可是元宝昨天已经擅自离队跑回家了。

岑迩尼下意识地以为元宝出事了，他放下手上的工作，主动迎上去，不免有些紧张："你怎么来了？元宝没有回家吗？"

贺东风难得穿得这么休闲，白色运动鞋、磨白做旧的牛仔裤，身上一件灰色长毛衣，然而就像他自己说过的，他是一个不需要衣服来装点的人，颜值高的人穿什么都好看，没有西装革履的他因为有一张出众的冷峻面孔，仍旧气势不减。

元宝的几个同学在远处看到他后，开始窃窃私语，大家纷纷揣测一会儿到底会有怎样的血雨腥风，毕竟那天他离开的时候就像一股可怖的龙卷风一般。

贺东风站立在岑迩尼面前，双手插着毛衣口袋，视线轻飘飘地落在远处元宝的几个同学身上："元宝回家了。"

岑迩尼松了一口气："到家就好，她不接我电话，信息也没回。"

贺东风面无表情地冷哼一声，视线回到岑迩尼的脸上："是吗？好端端的，她为什么不愿意接老师的电话，不愿意回老师的信息呢？"

“你什么意思？有话直说，这样旁敲侧击地问话不像你。”他有些明白过来，贺东风根本不是来找元宝的，而是来找碴的。

“可以直说的话，我一定不会这样问。”他深吸口气，似乎在压抑什么，“元宝为什么突然说不上大学了，又为什么不接你电话，你不打算跟我解释一下吗？”

岑迩尼掏出烟盒抽出一支香烟叼在嘴上，又抬手递给贺东风一支：“抽烟吗？”

东风垂眸淡淡地瞥了一眼，并没有接过来的打算。岑迩尼自觉没趣，默默将烟放回去，只把自己唇间的香烟点燃了。

岑迩尼虽然是大学老师，但也是个不受家里管教的叛逆小孩，他做老师、做考古完全是出于个人爱好，真到了和名门少爷对峙的时候，他也会端出自己的身份。

“你不觉得这些问题去问元宝更加合适吗？毕竟是她主动离队。我确实有听她说过不想念大学了，不过这也可能是一时的孩子话，还有她为什么不接我的电话、不回我的信息，万一她是心虚呢，万一……她是不想让你知道她跟我有更私密的联系呢？”

话音刚落，贺东风的一记重拳就已直接招呼在岑迩尼的脸上，不等他做任何反应，贺东风直接揪住他的衣领逼他往后踉跄地倒退了五六步：“你应该很了解我的，但凡能用嘴解决的问题，我不会不动手，毕竟杀人还是要偿命！”说完，又是一记狠戾的拳头，不偏不倚，与刚刚下拳的位置完全吻合。

岑迩尼看起来像个硬汉，人高马大，凭着长手长脚跟别人打一架也不会吃亏，但贺家的两个兄弟有隐藏技能，他们斯文的外表下都隐藏着一个会拳击的野兽。

两拳挨下来，岑迩尼已经头晕眼花，但他怎么都不能就此认输，拼尽全力一击，一拳打在贺东风的眼角，粗糙的拳头顿时在贺东风瓷白细滑，和二八芳龄姑娘差不多的皮肤上开了个口子。

远处看热闹的同学一股脑地往这边跑，试图来拉架，可不等靠前，两个男人一起回头怒吼：“谁也不许过来！”

他们两个不再动手，同学们站在近处焦急地观望，有人拿出手机拍照，准备发给元宝；有人直接拨通元宝的电话，捂着话筒扭头就跑：“元宝，出事啦！你老公和岑老师打起来了！”

贺东风难得将糟糕的情绪发泄出来，他拽紧岑迩尼的衣领问：“元宝嘴上的伤是怎么来的？你一个大男人敢做不敢当吗？”

岑迩尼吐掉嘴里的血沫，嘲讽地笑道：“我有什么不敢承认的，是，就是我亲的，不过东风，你是不是太多疑了，就凭借她唇上一点小伤就判断她在外面有男人了吗？”

他当然不仅仅是凭借这一点，元宝不会轻易说出不念大学这种话，她又不是三岁小孩子，就算是怕他生气发火，也最多是跑回来撒撒娇闹一闹，不至于这么严重，一定是在外面碰上了什么她想逃避的事情，还有她唇上的伤，一看就是新伤。元宝平日里娇气得很，要是她自己弄的，肯定会趴在他怀里求抱求安慰，显然她自己都不知道自己受了伤。

什么情况下会让她感觉不到自己唇上有了伤口呢？

这算是他多疑吗？因为在意才会多疑，他多多少少也了解岑迩尼是个什么样的人。

“接受不了你的女人在外面有其他男人是吗？这说明你没有完全吸引她的视线，你最好不想跟她过了，我比你宽容、比你大度、比你会宠女人，你上一秒跟她离婚，我就愿意下一秒跟她扯证！”

岑迩尼既然敢挑衅，自然就不怕挨揍，贺东风连着两拳打在他的腹部，他当即喷出一口鲜血，同学们都吓坏了，尤其是女孩子，尖叫着可又不敢上前来拉，几个男生费了好大力气才把两个人分开。

贺东风甩开抱着他的两个男生，直指岑迩尼：“我的女人永远是我的，你连惦记的资格都没有！不要再靠近元宝，这绝对不是一句简单的警告！”

岑迩尼也挣开同学们的搀扶，一脸的大无畏：“靠近了又怎么样？你会知道吗？元宝会告诉你吗？”

大家一听这话，又是要打架的节奏，立刻再次拥上来。

贺东风已经在极力克制自己的怒火，否则他真的会把岑迩尼揍死在这里。

情绪渐渐平稳，他不再多说一个字，转身就朝自己来时的方向走去。

来路畅通，他回去时却在高速上堵了两个多小时，前方有连环交通事故。

眼眶的裂口出了不少血，他翻开遮阳板上的小镜子照了照，拿出纸巾简单地擦掉血珠，愤恨地一巴掌拍在方向盘上。

跟元宝结婚的时候他怎么没看出来这小女孩还有这样的本事，那时看她长得像个肉丸子，整天呆呆的，总是一个人在角落里嘀嘀咕咕摆弄东西。他舔了舔嘴角，想起她勾引自己时使用的那些小花招……

他无法接受也根本不可能接受那些风情万种的小动作出现在别的男人的视线之内，如果有，他能把那人的眼珠子挖出来。

他的电话一直在响，他拿起来看了几次，手机上都显示元宝的名字，终于有一次，上面显示贺东弋的名字，他才接听，结果听到的却是元宝的声音：“喂？你为什么要去跟老师打架？！你在哪里？！现在在回来的路上吗？！”

贺东风二话不说直接挂断，顺便将手机关机。

回到市区时正逢下班高峰期，等他进入贺家大门时，已经将近八点。

客厅没人，但楼梯上传来清晰的脚步声，他换上拖鞋准备去拿医药箱处理伤口，就听元宝的声音在后面急促地响起，她小跑着追过来：“为什么不接我电话？为什么要关机？你干吗好端端的跑去找人打架？现在同学们都知道了，很快全系全校都要知道了，有个女学生的老公跟老师打了起来！你……”

她伸手去拉贺东风的手臂，被他不耐烦地甩开，她两步蹿至他的身前，见到他眼角的伤，便惊得忘记了说话。

“相公……你的眼睛……”

贺东风拿到了医药箱，没有搭理元宝，直接上楼回房。

他在浴室的镜子前仔细处理伤口，元宝安静地趴在门口，不知话该从哪说起。直到贺东风在受伤的眼角贴上创可贴，收好医药箱，她才小小心翼翼地问道：“痛不痛？下次不要打架了好不好？”

贺东风沉默地与她擦肩而过，衣服都没换就又回到客厅：“婷婷，给我弄点晚餐，随便什么，不要放盐和酱油。”

婷婷刚抱着一团床单从二楼下来，听到这话，紧忙把手里的东西放下，跑进厨房做饭。

贺东弋从房间里抱着糖果盒下来闲逛，见到贺东风回来不由一怔：“回来了啊，听说你跟岑迩尼打起来了，谁赢谁……”贺东风转头看向他时，他一眼看到了贺东风眼角的创可贴，低声咒骂一句，三步并作两步迈下台阶，冲到贺东风面前，一把抬起贺东风的下巴，“岑迩尼打的？”

贺东风没说话，去冰箱拿了一瓶冰镇矿泉水打开喝了两口，坐在餐桌前等待用餐。

哐当一声，贺东弋把手里的铁制糖盒摔在桌子上，掏出手机就往外走。

他在打电话发脾气，元宝听不清他说了些什么，但偶尔几句国骂听得十分清晰。

“活该！我不管因为什么，也不管你儿子死活，我弟弟伤在眼角，要是眼睛有个三长两短，你八百个儿子拿命换我都不干！”最后一句，他是站在门口喊出来的，元宝跟贺东风都听得清清楚楚，他气得两道剑眉拧成麻花，径直走到餐桌前，拉开贺东风对面的椅子坐下来，“我刚给岑迩尼他爹打电话了，他爹说，你把他儿子打进医院了，一盆一盆吐血，你用的什么技能啊你？还真往死里打吗？好歹也一起玩到大的。”

元宝在一旁听得心惊胆战，惊讶地捂住嘴巴，贺东风会动手打人已经很令人意外了，居然还能把人打到住院。

“为什么跟他打架？”

“没有为什么。”

“岑迩尼的爹要找我算账，你不告诉我，我怎么跟他算明白这笔账？”

“让他来找我，我跟他算。”他波澜不惊地回应。

元宝走到他身边，轻轻推了推他的肩膀：“相公，不要生气了，你已经很厉害了，你都把他打到医院里了，你赢了。”

贺东弋挑挑眉：“看起来是你赢了。”

贺东风不着痕迹地躲开元宝的手，嘲讽道：“我没有赢，只是做了该做的而已。我在告诉他，属于我的东西谁也动不得，既然口头警告无效，我只好换一种方法。”

贺东弋看看元宝又看看贺东风，眉眼一高一低地琢磨起来：“因为……元宝？”

两个人都没回答。

贺东弋话锋指向元宝：“你认识岑迩尼？”

元宝支支吾吾半天，说：“他是我的带队老师……”

剩下的话不用多说，贺东弋已经了然。

他一边抽烟一边思忖着，最后在婷婷把一碗没有任何味道的蛋包饭端上桌时，才慢悠悠地开口："你们两个人的事，我不插手，是好是坏你们自己承担解决，外面的事就交给我，先吃饭吧。"

贺东风喝了半杯水才开动，饭也只吃了一半，他虽然饿，但没有胃口。

贺东弋见他吃了一小碗都不到的量，立刻翻脸了："你给我吃猫食呢？吃完！"

"不好吃，没有味道。"

贺东弋偏头瞪向婷婷，小姑娘立马紧张地摆手："别骂我别骂我，大少爷，是小少爷自己说不放盐不放酱油的！"

贺东弋这才没有迁怒于她："给他热杯牛奶，送到他房间里。"

婷婷麻利地消失。

元宝亦步亦趋地跟在贺东风屁股后面，他去浴室洗澡，她就像犯错误的小孩子一样站在门口等着。婷婷送来牛奶，她帮贺东风放到床头，等他穿着浴袍出来时，她主动端着送到他手边："相公，你都没吃什么东西，喝点牛奶吧……"

贺东风一边擦着头发一边走回床边，从床头拿过电子体温计测了一下，36.5度，可以不用打针吃药了。

他坐在床上，元宝也坐在床上，还端着牛奶："相公，喝吧，我喂你？"

说着，她就把杯子递到贺东风唇边，他板着脸，看不出喜怒，她只能从他的眼神之中猜测，可他又不像贺东弋那样把所有风雨和欢喜都放在眼睛里。

东风垂眸盯着她的手腕看了良久，一点接过来的意思都没有："你有什么要对我说的吗？关于你和岑迩尼的事情。"

元宝摇头：“我跟岑迩尼什么事情都没有。”

贺东风没再继续追问，接过牛奶，试了一下温度，随后一口喝完，放下杯子，躺进被子里。

“相公，你不是最爱干净的吗？你怎么不刷牙就睡觉呢？”她撑着手臂俯身看他，另一只小手搭在他的胸口上，“相公，不要生气了好不好？我以后再也不离开你，你在哪里我就在哪里，我去你的医院上班，每天跟你朝夕相伴，好不好？”

她见贺东风不理自己，但也没推开自己，于是整个人完全贴到他身上，在他胸口仰着小脑袋问：“相公，你不说话，就代表你默认同意了哦？”

元宝用手指轻轻挠了挠他的下巴，又去解开他的居家服纽扣，在他锁骨上轻轻戳了一下。

他眼角的创可贴有些碍眼，元宝不敢碰，怕他疼，只好在创可贴的边缘轻轻摩挲着：“相公，痛不痛，会不会落疤？你放心，我不会嫌弃你的，就算你丑得像土豆像萝卜，我也会爱你一辈子，说好一起到白头，咱们谁都不许先煸油……”

她往上凑了凑，在他下巴上落下一个吻。贺东风没有任何反应，视线虚飘在空中，元宝得寸进尺，又亲了一口他的睫毛。

长而密的翘睫毛，是每一个美男子的标配。

然后，她吻了他高挺的鼻梁和眉骨，最后吻在他的唇上：“亲你，你会推开我吗？”

东风闭上眼睛，熟悉的气味、熟悉的柔软，还有熟悉的声音，明明都是他喜爱的，可一想到他喜欢的东西被岑迩尼占有过，他就恨不得把岑迩尼碎尸万段。

元宝越发淘气了，等不来他的同意就直接大举进攻，用力地吻着啃着，在他喉结上、锁骨上一口一口咬着。

贺东风突然按住她的肩膀将她推离自己："你喜欢被人粗暴地对待是吗？"

元宝摇头："我不喜欢被别人粗暴地对待，我又不是受虐狂，但是，如果是你，我怎么样都可以……"

话音才落，贺东风便翻身而上。

他的眼眸之中仍旧风平浪静，他的动作却像要摧毁整个世界一样可怕。元宝从来没见过这样的贺东风，她痛得直哭，贺东风却没有半点要停下的意思。

"暴风雨"终于停歇下来的时候，元宝已经感觉自己像被拆过一般。

贺东风冲完凉后倒头就睡，元宝自己处理好一切，委屈地爬上床。

枕边的人已经呼吸绵长，她给他掖好被角，终是抵不住身体的疲倦，也睡下了。

夜里，她翻身时踢掉了被子，冻得缩成一团，尽可能地寻找热源。贺东风被她拱醒，看她可怜巴巴的样子，长叹一口气，又把她搂了回来，用被子把她包住。

元宝好像梦到了可怕的事情，直往他怀里缩，含混地嘀咕着："不要相公……我好疼……"

元宝不知道该怎样讨贺东风的欢心，他看她不顺心的时候，她做任何事似乎都很多余。

她早早醒来，忍住身体的不适，亲自下厨煎蛋做三明治。贺东风却只喝了一杯牛奶，倒是贺东弋，一边对元宝脖子上的吻痕品头论足，一边指责她把鸡蛋煎得太老了，油太多了，这种东西贺东风是不会吃的，还有那个三明治，中间那是吞拿鱼吗？他们家东风早上从来不吃这么香的东西，吃了会恶心一上午，还有那个西红柿片，切得像被手掌劈开的一样……

元宝在桌子底下狠狠踹了他好几脚，但毕竟不是踹在嘴上，作用不大。

贺东风准备穿衣服出门，她则像个日本小媳妇似的帮他挑选领带，当然她的意见最终被他全部否决。他自己挑选了领带，她凑上去帮他系好，再将西服外套递给他，最后送他出门，深深地鞠上一躬：“相公请慢走，我在家等你回来哟。”

贺东弋坐在沙发里说风凉话：“我媳妇儿当初要对我这样，没准儿我也就从了。”

元宝扭头瞪他一眼：“哼，此媳妇儿只应天上有，人间就只我一个！”

二楼的楼梯转角处，贺南羽身着一条素雅的白色长裙，围着浅灰色的羊绒披肩，安静地坐在台阶之上，双手托腮，愉快地弯起嘴角。

她并不急于把贺东风从元宝的手里抢回来，在此之前，她有更重要的事情要做。

作为贺东风的前女友，她怎么会不认识他为数不多相识十几年的好友呢？她在通讯录里翻到了岑迩尼的号码，手指轻快落下，拨通他的号码。

送走了贺东风的元宝又成为无所事事的少奶奶，她在犹豫要不要给童年发信息问问自己的事情该怎么办，童年是她最聪慧的朋友，没有之一。

可是今非昔比，现在的童年是贺东弋的小情人，她会不会在某个克制不住的时刻不小心说漏嘴，万一让贺东弋知道岑迩尼亲了自己，且不说他告诉贺东风后贺东风会气成什么模样，就他而言，恐怕也会闹个天翻地覆吧……

电话在手心里突然响起来，把她吓了一跳，一看是她的辅导员打来的，她立刻接起来。

这是一通令她心情十分沉重的通话，辅导员首先将她擅自离队的行为痛批一顿，再痛批她和她家人不负责任的行为，打了人后居然不管不问。

岑迩尼已经被送回盛京医院，伤势非常严重，很多同学都请假去看他，唯独元宝一个人没有去。

总而言之，这通电话之后，元宝觉得自己就是个良心泯灭的白眼狼，辅导员还提起她生病那天的事，是谁在夜里为了找她心急如焚，是谁在她生病时彻夜守候……

元宝被训得抬不起头，最后十分为难地说了一句："我不能去，你不了解情况……"

辅导员说："我只知道岑老师现在躺在医院里，重伤，现在岑老师的父母准备报警，报警就要验伤，你们最好亲自来道歉，看看有没有办法和平解决，否则就是大麻烦。"

元宝又陷入坐立不安的状态，所以她只好选择蹲在地上。

她就这样惆怅着，连午餐都没有胃口吃，下午一点多时，辅导员给她发了一条微信，是一个小视频，岑迩尼躺在床上跟两名身着警服的人说话，视频是在门外拍的，所以什么也听不清。

元宝脑子轰地一下子炸开了，她换了身出门的衣服，拎着包包溜了出去。

贺南羽倚靠在房间窗口，面带笑意地看着元宝娇小的身影消失在大门外，按下屏幕上的发送键：元宝去找你了。

岑迩尼嘴角叼着烟，懒洋洋地靠在床头上，母亲给他递了一杯温水，他抬手接过来放到柜子上："你和我爸先回去吧，我自己待会儿，一会儿还会有同事来。"

第二章

世上只有一个贺东风，再也没有像他一样
爱上一个人，就再也看不见别人的人。

元宝是一个小时后赶到医院的，她按着辅导员发送来的地址找到病房，推门而入时，正巧看到岑迩尼痛苦地捂着腹部翻身。

“岑老师……”她站在门口不敢靠近，刚刚的小视频里屋里有好几个人，但现在一个人没有，辅导员也走了，她觉得岑迩尼很危险。

岑迩尼牵强地对她笑笑，指了指床边的椅子：“过来坐，给我买了什么好吃的？”

元宝提起手里的两袋水果：“买花不实用，估计你也不喜欢，就买了点吃的给你。”

“来，给我看看。”他朝元宝勾手。

元宝犹犹豫豫地走过去，把购物袋放在他床上，自己又往后退了一步。

岑迩尼看出她畏惧自己的小心思，并不戳破，打开袋子翻了翻，拿出两个苹果扔给她：“拿去洗，我们一人一个。”

元宝巴不得他说“你去洗手间洗五个小时苹果，我跟贺东风的仇就算了结”，她抱着苹果扭头就钻进洗手间。

苹果皮都快被她洗烂了，她才慢吞吞地回到床前，递给他。

“谢谢你来看我，不过我没什么事，你老公的拳头虽然厉害，但我的生命力也很强。”他咬了一口苹果，笑着调侃。

元宝五官一挤，硬生生挤出一个难看的笑脸：“真棒。”

“真棒是什么意思？你觉得他打我打得好？”

“不是不是！”元宝紧忙摇头，“我的意思是说，你生命力真顽强，身体真棒，心态也真棒！”

岑迩尼不以为然地轻笑：“不然呢？难道被他揍了一顿我就不活了吗？”

元宝抿着嘴唇不说话，黑眼珠滴溜溜地转着，半晌后，从口袋里拿出一个橙子开始剥：“那个……岑老师，我听说，你们家报警了……”

“噢……”岑迩尼似乎情绪不高，不是很想提这件事。

“那个……能不能不通过警方？我是来给你道歉的，给你爸妈道歉也行。”

岑迩尼笑笑：“该道歉的人是我，你有什么需要向我道歉的，要说道歉，应该是贺东风本人来，毕竟是他打伤了我。”

“你也打伤了他！”元宝立刻反驳，“他眼角这里都被打破了，他身上从来连个蚊子包都没有，对我相公来说，那已经是重伤级别的了！”

他撇撇嘴，不想反驳。

意识到自己在说废话的元宝狠狠咬了一下舌头，重新硬着头皮跟他商量："岑老师，你认识东风这么久，一定知道他这个人是不会向别人道歉的，就算他知道自己错了也会将错就错地错下去，所以，我替他给你赔不是了，医药费我来承担。"

岑迩尼好像听到什么好笑的笑话，低笑出声："你真可爱，你男人犯的错，为什么要一个小姑娘来承担？这是贺家人做人的方式吗？真是让我大开眼界。"

元宝想抽自己一巴掌，她来这里，真是一个愚蠢的决定。

她愤愤不平地喘着粗气："还不是你先欺负人！是你先欺负人我才跑回家，我跑回家我相公他才觉得不对，然后才打了你，事情的起因是你，又不是我们家！"

"不许哭，怎么老是哭哭啼啼的？"他皱眉，"我逗逗你而已，你犯得着跟我发脾气吗？我要真想为难你们，贺东风现在能安然无恙地在家里快活吗？"

元宝气得一屁股坐在椅子上，抓起手里的橙子皮就朝他扔过去，一口咬掉半个原本给他剥的橙子。

"小元宝，我喜欢你这副真性情的样子，你撒泼的模样在我眼里就像撒娇，不过我觉得以贺东风的性格，就算你撒娇，他也会觉得你在撒泼。怎么样，你真的不重新考虑一下吗？我不介意你二婚，我是独生子，我父母也会完全尊重我的意见，他们对你会像对待亲生女儿一样好。"

元宝坚定地摇头："我喜欢皮肤白的。"

岑迩尼笑着解开胸口三颗纽扣，露出一小块胸口的皮肤："你看，我不黑，我只是常年在户外工作，所以看起来黑，在家待一年，没准儿比你白。"

元宝哪有心情和他开玩笑，心思沉重地叹息："岑老师，我是真心诚意来给你道歉的，你不要开玩笑了，我一颗心还七上八下的，你倒开心……”

他朝元宝伸手，元宝警觉地盯着他，问：“你干吗？这可是在医院，外面都是人……”

“我要你的橙子。”他说。

元宝低头看了看，橙子被她啃得乱七八糟：“我再给你剥一个，这个被我咬过了。”

“我就要你咬过的，不用你重新剥，你重新剥，我不领情。”

元宝不解地眨眨眼：“你吃别人吃过的东西不恶心吗？”

“我没说我要吃啊。”他挑眉，“我从来不吃别人吃过的东西。”

元宝这才将手里的半个橙子给他，谁料他接过后，直接放到嘴边咬了一口。元宝惊讶地瞪大眼睛，上去就抢：“你不是说你不吃别人吃过的东西吗！”

“可你不是别人，你是我喜欢你的人，我连你的口水都吃过，还怕吃你吃过的橙子吗？”他厚颜无耻地嬉笑着，英俊的眉眼舒展开来，在外人看来，这一幕不过是小情侣在打闹调情罢了。

不过，在贺东风看来，这不过是岑迩尼又一次无耻地挖墙脚，以及元宝再次隐瞒、欺骗他。

贺东风是在元宝进病房之后赶到的，信息是岑迩尼亲自发给他的：一个巴掌拍不响，不被爱的人才是第三者，来我的病房，看看我们两个谁是第三者，或者说，是元宝的胃口太大，你一个人满足不了她，我可以给她很多你给不了的东西。

他在门外站了许久，元宝不知道，岑迩尼却知道，只是故意忽略他的存在。

橙子最终被元宝抢走，岑迩尼的活动范围不宜太大，否则他自己疼得难受，他说：“元宝，我抱你一下，你让我抱一下，我就原谅你老公，我父母也不会追究他的责任。”

“我不！”

“你信不信我让他吃定牢饭？”

元宝犹豫了，岑迩尼得意地笑着：“逗你的，怎么说东风也是我的朋友，我会好好跟我父母沟通的，但是，我真的很想抱抱你，不管我们之间有没有未来。”

他说着握住元宝的手臂用力向自己拉过来，元宝猝不及防地摔进他的怀里，与此同时，贺东风失望地转了身。

他想要的感情，一定不是日夜猜忌提防的，只要简简单单地相爱，简简单单地陪伴，不被分享，不去争抢，也不必有多余的担心，但是他现在不得不思考，这份感情、这个人，是否还属于自己。

元宝在岑迩尼的肩膀上重重捶了一下，飞快向后跳开，咬牙切齿道：“你还为人师表呢！呸！我要去校长那里举报你！”

“我不做老师，也许会生活得更好，我爸妈也会对你感激不尽，终于有人能把我从学校弄回家了。”他看到门口已经没有了贺东风的身影，满意地向后靠去，整个人都惬意极了，“好了元宝，不捉弄你了，你能来看我，我已经不生他的气了。我向你保证，我的家人不会找你家人的麻烦，你安心回家好了，不要老是皱着眉头，你笑起来才好看。”

元宝简直不敢相信自己的耳朵，惊喜地问：“真的？”

岑迩尼笑着点头：“真的，不会骗你。”

“那我可以回家了？”

“可以啊，随时可以。”他继续点头，看着元宝一步一步倒退着，就要走出病房，他突然问了一句，“元宝，以后我们还会再见面吗？”

元宝摇摇头：“我们为什么要见面呢？我们之间已经没有了任何

恩怨情仇，你强吻了我，我相公打了你，你打算报警，我来道歉，我们两个扯平了，所以不要再见面了，他会不高兴的。”

“若是贺东风不要你了呢？”

“他不会不要我的。”

“凡事都有万一。”

“贺家有家规，不能离婚的。”

“他真疯起来，连姓什么都会不记得，更别说家规。”

元宝想了想，还是摇头：“那是我们两个的事，跟见不见你没关系。”

“我们还会再见面的。”

元宝笑笑：“你结婚的时候吧，我和东风一起去喝喜酒。”

说完她就一步退出门口，大步欢快地离开。

贺东风在开车回医院的路上接到岑迩尼的电话，岑迩尼的话像极了来自老友的亲切问候：“你从医院走了吗？路上注意安全，不要开快车。”

贺东风冷哼一声：“你想跟我炫耀是吗？”

“没有炫耀，我只是想让你知道，元宝并不只属于你一个人，只要我再努力一些，她就会是我的。”

“你再努力，充其量不过是贺家小少奶奶的地下情人。”

岑迩尼在电话那端低声笑：“哎，能给自己喜欢的人当情人也不错，如果你不介意的话，不如咱们三个一起过？”

“你嫌医院里躺得不够舒服，想直接躺进太平间是吗？”他冷声问道。

岑迩尼不屑一顾地笑道：“你要送我进太平间，谁能拦得住？你送了，元宝一辈子都会怨恨你，想念我。”

贺东风挂断电话把手机扔到一边，真没想到岑迩尼还是痴情种，为了爱情连命都可以不要。

他回到医院把自己的工作排得满满的，一向不加班的他居然也愿意多在医院里待一会儿，下楼时，遇到几个明天休假准备去K歌的医生和护士，大家只是随意地邀请一下，他就不假思索地答应了，弄得几个人一副恨不得咬掉自己舌头的后悔表情。

贺东风扭头看了一眼几个人，说："去钻石，我请客。"

电梯里顿时炸开锅，一阵欢呼在他耳边响起，老板请客，还是全市消费水平最高的地方。

大家赶快拿出手机，在医院群里招呼着明天休假的其他同事。

结果就是，贺东风需要给他们开一间大包房。

医院里有两个小护士唱歌不错，只要不看脸，听着还是非常舒心的，他端着酒杯坐在沙发的正中间，双腿交叠着欣赏音乐，两侧的沙发上坐满了人，他的身侧却空着很大一块位置，他的脸上清清楚楚地写着十一个大字：生人勿近，如误咬，概不负责。

没有人敢灌他酒，他自己却一杯接着一杯地喝洋酒。大家都以为他会烂醉如泥，结果等到大家尽兴而散时，他还能站在门口目送同事们一个个离开，再随经理到前台去买单。

每一件事他都做得有条不紊，最后上车，开车回家。

他的手机关机，家里谁都不知道他去了哪里，贺东弋跟元宝都坐在一楼客厅里等着，他进门时，贺东弋看了一眼手表，已经将近半夜两点。

元宝在沙发上睡着了，贺东弋因为之前眯了一小会儿，现在人很精神："手机呢？"

"没电了。"他也学会了撒谎。

"你应该用别人的电话给我们回个电话，从来不独自在夜里出门的人却在大半夜消失了，我以为你又跟岑迩尼打起来了，还让人去医院找了一圈。”他像个家长一样严肃地训斥道，“真是惯坏了你！”

元宝醒过来，双眼还有些迷离，呆呆地望着向楼梯走去的贺东风，挠了挠脑袋，乖乖地跟上去：“相公，你要不要吃夜宵？哇……相公，你掉进酒缸里了吗？”

贺东弋听到这句话也几步追上来，不等靠近，就闻到一股极为浓重的酒气，二话不说，上去就对着他的后脑勺扇了一巴掌：“你有毛病是不是？告诉你多少遍了，喝车不开酒，开酒不喝车！”

贺东风被贺东弋打得一个趔趄，紧忙扶住楼梯扶手，倒是元宝，终于把一双杏眼睁圆，看的却不是她的相公，而是贺东弋：“大哥，你说错了，不是喝车不开酒，是喝酒不开车……”

“你滚一边待着去，没心情跟你们闹，知道是一个意思就得了，指正什么？”他说着又气不过地在贺东风的小腿上踹了一脚，“你心里到底还有没有我们这些人了？你要惦记家里人就得知道家里人在惦记你！喝酒开车多危险你不知道吗？还喝成这副德行！你喝的是喜酒还是丧酒啊？你是媳妇生了还是媳妇死了？你个小王八蛋！”

他还要再踹，元宝一步迈到两人中间，他这一脚结结实实地踹在元宝腿上，元宝抬起小腿揉了揉：“哎呀，你不要打他嘛！他现在喝多了，你说什么他都听不进去的，等他明天醒了再说不行吗？仗着自己是清醒的就想欺负人，你当我是摆设啊？明天他醒了，我给你穿小鞋……”

她搂住贺东风的腰，把他的胳膊架在自己身上：“相公，我们睡觉去，不要理大哥，肯定是他老婆来‘大姨妈’把他传染了。”

贺东风既然可以自己一个人开车回来，就没醉到不能上楼的程度，他推开元宝，扶着扶手一步一步稳稳地走上楼。

回到房里，他径直走向衣柜去拿睡衣，准备去洗澡。

窗外突然传来一阵汽车鸣笛声，就在自家门外，他跟元宝同时扭头看过去，元宝步伐轻快，跑到窗边向下张望："咦？门外有车要进来，是姑姑和我哥吗？他们不是到了新加坡吗，不会这么快回来吧？"

很快，大门打开，车辆驶入，元宝好奇地皱眉："不是咱们家的车，是一辆房车……"

元宝回到贺东风身边，帮他打开浴室灯，正要扶他进去时，他突然抬手推了她一下："我自己来，别管我。"

元宝不想惹他生气，只好乖乖后退："那你自己小心一些，我去看看谁来了。"

元宝飞快地跑出门，贺东风靠在墙壁上出神，他现在才觉得酒劲上头，天旋地转，头脑发晕。房门半关，楼下隐约传来元宝兴奋的尖叫声，接着是她匆忙跑上楼的脚步声。她破门而入，激动得语无伦次，翻箱倒柜地找出一个本子和笔又飞快地冲出去。

贺东风看到她兴奋得发红的侧脸，想叫她一声，胸口却突然一阵恶心，他冲进洗手间里大吐特吐起来："元……"

他需要一个人帮他拍一拍后背，给他递一条温毛巾，或者一杯温水，元宝呢？为什么不在房间里？

这是有生之年，他第一次给马桶下跪。

他抱着马桶吐得死去活来，吐够以后迎来真正的晕眩，房间扭曲，灯光重影。他按下冲水键，爬到洗手台前给自己洗脸漱口，试图让自己清醒一些，作用却并不明显。

他需要一杯醒酒的汤或者茶，便拿起毛巾胡乱地擦掉脸上的水珠，虚晃着脚步向楼下走去。

元宝这会儿哪里顾得上他，家里来了一个大人物，从那人进屋开始，全家人就只听到元宝一个人的尖叫声。贺东弋捂了她嘴巴好几次，外加在她胳膊上拧出好几个小紫豆，才让她闭上嘴。

“慕深叔叔，你能帮我签个名吗？我和我闺密还有我的同学们都特别喜欢你。”元宝两眼放光，模样乖巧地蹲在贺慕深身边，两个苹果脸蛋儿粉红粉红，女孩的娇羞一览无余。

贺东弋抱着肩膀站在一旁，十分嫌弃地看着此时此刻没出息的元宝，她简直比面对贺东风时还要没出息一百倍。

贺慕深在进门的时候就已经感受到了元宝的热情，她的尖叫声堪比海豚音，他眉宇间的疲惫虽然难掩，但仍旧耐着性子接过她的本子，翻开第一页，签上自己的名字。

元宝是贺慕深的影迷，他唱的所有歌曲她都会唱，他演过的所有电影她都看过三遍以上，原本以为在她和贺东风结婚的时候可以一览影帝风采，不料他在美国拍电影的时候摔伤了腰，要休养相当长一段时间，恢复之后又要赶电影进度。

她托着两腮，像个天真的小姑娘望着自己迷恋已久的男人，忍不住赞叹：“你本人果然比屏幕上更好看啊，大家都这么说，我还不信呢！”

“现在信了？”贺慕深温和地笑问，眉眼之间的英气自然散开。

他的俊美之中有一股超凡脱俗的气质，元宝笑眯眯地点头：“信了，但是……”她将他手中的本子翻了一页，“我还想送给我闺密们和同学们，这个，你帮忙多签几个吧。”

“好。”他好脾气地答应，“签多少？我一起签完。”

“签……一本。”

“……”

贺东弋在沙发后面“扑哧”乐出声。

贺慕深坐了十几个小时飞机，下了飞机还要躲媒体，这会儿确实有些累了，他拿起元宝的本子在手里轻晃，和她打起商量：“我拿到房间里帮你签，怎么样？”

“行！”元宝痛快地点头。

贺东风趴在二楼的扶手上，努力让自己的双眼对焦，可努力许久，看到的却是元宝对着他刚刚归来的叔叔犯花痴。

那副爱慕的嘴脸，看在他眼里，真是嘲讽至极。他以为在元宝的眼里，永远只有自己一个人，她对所有人，再好看、再特殊的人，也都该像面对贺东弋时那么嫌弃。

可现实似乎是他想得太美好了，爱情果然是有保鲜期的，世上只有一个贺东风，再也没有像他一样爱上一个人，就再也看不见别人的人。

贺东风光着脚，踩在地上悄无声息，他一个人走进厨房里，谁都没有看到也没有注意到，直到厨房发出一声玻璃杯破碎的声响，大家才一起扭头看过去。

婷婷最先跑进厨房，“哎呀”一声：“大少爷！你快来！”

贺东弋跟元宝都飞快地朝厨房走去，就见贺东风指尖鲜血直流，站在厨房中央，人还在打晃。婷婷拉着他的手不让他动，贺东弋把他从玻璃碎片旁边拉走，生怕他光着脚再一脚踩上去：“元宝，去给他拿双拖鞋。”

元宝拿来拖鞋给他穿上，跟贺东弋一起把他搀扶到沙发上。婷婷先去拿来医药箱又去收拾厨房，元宝帮贺东风处理伤口。

贺慕深一直沉默不语地看着大家忙碌，最后还是忍不住说了一句：“东风，叔叔回来了，你也不打声招呼。”

贺东风抬眸淡淡地扫了他一眼：“好久不见。”

贺慕深习惯了他的清冷，轻叹一声，亲自去厨房给他煮了一碗醒酒汤，再回来时，他已经躺在贺东弋的腿上睡着了。

元宝一直在晃他，想让他起来去楼上睡，可醉酒的人是根本叫不醒的。

他又不是元宝这么小小的个子，谁都能一把抱起来放到床上。

贺东弋摆摆手："算了，不要管他，让他睡吧，睡醒了就好了。"他看向自己久未谋面甚至有些陌生的堂叔，"你先去休息吧，我跟元宝在这就行。"

贺慕深没有异议，拿起元宝的本子和笔，对她笑了笑，转身去了二楼客房。

贺慕深与贺家兄弟有着非常微妙的关系，他是东风爷爷的续弦所生，只比贺东弋大一岁。他的母亲在生下他之后不久就从贺家消失了，据说是与人私奔到国外某个小岛上去过神仙眷侣的日子了，反正他三十几年来都不知自己母亲到底长什么模样。也是因为他母亲的关系，他不受父亲喜爱，几岁就被送到堂兄家里，到了上学的年纪又被送到国外。直到贺老爷子去世，贺东风的父母才让他认祖归宗，但根据贺老爷子的遗嘱来看，这个本应是贺家掌权人的男人，拿不到一分贺家的财产。

好在他自己争气，在娱乐圈摸爬滚打十几年，除了赢得荣耀与掌声，也为自己攒下不少财富，算是圈里出了名的拼命三郎和捞金王。

他对这个家没有太多感情，对两个侄子和一个姐姐更是陌生多过熟悉，唯一让他亲近的大哥和大嫂，也很早便去世了。

他现在住的房间，就是当年大哥接他回来时，大嫂亲自给他设计的，据说大哥大嫂还亲自动手安装了两个柜子。

所以十几年过去，贺家的家居用品换了一茬又一茬，但他的房间，除了床单，剩下的东西都快成古董了。

贺慕雯曾在大哥大嫂去世的时候问过他，得不到贺家，他甘不甘心。

他当时的答案是："不甘心，永远不甘心！我的母亲犯了错，我并没有。这么多年，我努力做到父亲对我所有的要求，从未有一项不及格，目的就是要告诉他，我没有错，我的优秀值得被一个严格的父亲珍爱，可他从来不肯与我讲一句话，哪怕叫我一声儿子。我是一个没有母爱、没有父爱甚至不被惦念的人，所以我不会甘心。早晚有一天，我会让他在天上后悔，后悔当初没有分给我哪怕一丝一毫的宠爱。"

这也是他现在的答案，所以，他回来了。

天亮时，贺东弋被元宝的一句梦话惊醒，元宝在单人沙发里缩成小小的一团，说了一句什么不好吃，他眯起眼睛看了看手表，已经六点多，难怪天都亮了。

他一点都不想睡在这，他昨天已经动了把贺东风扔在地上睡的念头，被人枕着腿睡一夜，现在基本感觉不到自己有下半身，要不是他昨天搬起贺东风沉甸甸的脑袋时，贺东风在睡梦中抓住他的手腕，含混地叫了一声"哥"，他绝对不会心软。

贺东风很少喝醉，他是个懂得自律自持的人，但他不会同贺东弋讲他的心思，也正因为他总是什么都不讲，贺东弋才更担心。无论他们成长得多快，将来变得多老，他在贺东弋心里总是需要被保护的。

他伸了伸腿，贺东风就醒过来了，醒归醒，头还晕得厉害："你在这坐了一夜？"

"废话，你在这枕着我的腿睡了一夜，我不在这坐着，还抱你上楼啊？"

贺东风揉着太阳穴坐起来，掀开自己身上的毛毯后，看到了窝在另一张沙发里的元宝，走到元宝身边，一把将她抱起来，准备上楼。

元宝迷迷糊糊地醒过来，叫了一声“相公”，又在他怀里直接睡过去。

贺东弋还在揉着自己可怜的大腿，招呼着刚刚起来的婷婷：“快来，给本少爷揉揉腿，小王八蛋见色忘义，睡觉的时候都知道心疼媳妇儿，不枕媳妇的腿……”

婷婷笑嘻嘻地跑过来了。

“早啊。”楼梯间传来贺慕深神清气爽的声音。

“起这么早？”贺东弋诧异。

“没办法，没有你天生丽质不会老，我需要保养，去外面晨跑。”

“不会有狗仔吗？”

“这个时间不会。”他的语气十分客气，同时也透着一股淡淡的疏离。

贺东风回房间睡回笼觉，元宝当然跟他一起，睡下的时候两个人躺在床两边，睡醒的时候，元宝趴在他身上，所以他才感觉自己呼吸困难……

元宝揉着眼睛坐起来，突然激动地抖了一下，没有像往常一样缠着他，而是飞快地跳下床往楼下跑：“婷婷！婷婷！叔叔还在吗？！叔叔没走吧？！”

“没有没有！小少奶奶！叔叔在喝茶！”

呼，她长出一口气，那她就放心了，赶紧洗漱完，去跟他合影，然后发朋友圈！

她美滋滋地进行着一切，全然把贺东风和岑迩尼之间的不愉快忘在脑后，贺东风靠在床头抽烟，看着她像欢快的小鹿在房间里跑来跑去，在她临出房门的时候，叫住她：“元宝。”

“嗯？”元宝转头，喜上眉梢的模样真是可爱极了。

他忽然觉得自己不该问出口，不该打碎她此刻的快乐，可如果不问，不听到她的诚实坦白，他的心里就似装了铅块。短暂的思忖过后，他淡淡地开口：“婷婷说你昨天白天出去了，去哪了？”

元宝显然没有料到他会问这个问题，欢喜的神色当即僵在脸上，可又怕他看出端倪，于是继续僵着小脸笑道：“出去逛了逛。”

“去哪里逛？自己开车出去的吗？”

元宝急忙摆手：“没有没有，你不让我自己开车，我就不开了。我是公交转地铁，反正也没什么事，就是想逛而已，在家待着太闷了。”

“买了什么？”

“什么都没买，在公园里面看老头下象棋来着。”

贺东风的心一寸寸凉下去：“在外面吃东西了吗？”

“吃……了个冰激凌……”元宝用力地一点头，似乎是在增加自己话语的可信度，“只吃了一个冰激凌。”

他招招手，把元宝叫到床前，抬手捏着她的下巴，语气显得有些漫不经心：“不要对我说谎，知道吗？不要消耗我对你的信任，我问你什么，你就如实地回答我，只要你诚实，别的问题都不是问题。”

“我知道。”元宝点点头，帮他拉了拉被子，“你不要着凉。”

他仔细端详着元宝，等了几秒，发觉她确实没有想对自己坦白的意思，就放开她了：“让婷婷给我煮点东西吃，不要放盐和酱油。”

元宝走后，他去浴室洗澡，在镜子前看了看眼角的伤口，又低头看了一眼手上的纱布，这是元宝的杰作，包得这么丑。接连几天，元宝都不再缠着贺东风，她似乎在贺家找到了新朋友，一个从不和她吵架斗嘴的温柔叔叔。

她时常被贺东弋欺负，他把按在沙发上用抱枕压住她的脑袋，她平日里叫天天不应，叫地地不灵，贺东风不在家，没人能拯救她。现在不同了，贺慕深会在听到她呼救的第一时间出现，很客气地找一些琐碎理由把贺东弋叫走，比如问他两个中文繁体字，和他讨论一下名家名画。

元宝对他喜爱得不得了。

危机的爆发，是在某一个早晨，贺慕深要去拍一个花香口香糖的广告，元宝正在吃饭，胡乱塞完最后一口，自告奋勇道："我给你当保镖！"

"你身体可以吗？"贺东风眉眼不抬地问。

元宝用橙汁把三明治送进肚子里，给自己顺着胸口，问："我身体怎么了？我吃嘛嘛香，身体倍棒！"

"你不累吗？"东风又问。

元宝摇头："为什么累？"

贺东风终于从面前的报纸里抬起头来："你是说我不够努力吗？"

元宝紧张地竖起一根手指："嘘嘘嘘！相公！注意场合！"

贺东弋在一旁哼笑："场合？你要不说这两个字，我都忘记你也是有脸皮的人了。想当初，是谁在秦臻面前拉着我弟弟死命地秀恩爱，我想想你当时说什么来着……"

元宝愤愤地拍桌："嘘嘘嘘！注意注意！你们的长辈、我的偶像还在桌上！注意！"

贺慕深淡然地喝着咖啡，面带微笑："你们随意，可以当我不存在。"

元宝垂头丧气地趴在餐桌上："我想出去玩，我还没见过拍广告，我想看看……”

“去吧，让大哥陪着你。”贺东风继续看报纸，淡淡地交代一句。

贺东弋不乐意了：“我不去，我很忙，哪有工夫陪她胡闹？”

“你忙什么？”元宝跟贺东风异口同声地问道。

“我……”他一时哑口无言。

“还是没事做。”小夫妻又异口同声地说道，默契十足。

贺东弋就这样极为不情愿地成了元宝的专属保姆。

第三章

谁都没有料到，绑架这种事会发生在自己家里。

大家准备一起出门，元宝跟贺东风回房间换衣服的时候，他的钱夹从外套里掉了出来，元宝紧忙帮他捡起，好奇地翻动夹层。

“你在找什么？”

“你这里不是有一片小小的手术刀片吗？我看看还在不在，别不小心掉出来再伤到你。”

贺东风从她手里拿过钱夹，把夹层最底部的手术刀片拿出来放到她手心：“我点过防滑胶，不会轻易掉出来，你想要？”

“可以给我吗？”

“你想要，我晚上给你拿一盒。”

“不不不，一片就够。”

东风合起钱夹继续打领带：“那就替我保管好，这是我的第一把手术刀。”

“切过谁？”元宝忽然觉得有点血腥。

“谁都没切过，没有用过。”

元宝满意地收起来，换好衣服欢快地飞奔下楼，跟贺东弋一起坐进贺慕深的保姆车，贺东风则一个人开车去上班。

贺慕深在看剧本，元宝便凑过去看：“叔叔，那边是不是很多人啊……”

“嗯……还好，不算多。”他的眼睛虽然没有看元宝，但嘴角还是温和地上扬着，仿佛连声音也带着微笑一般。

“叔叔，需不需要路人甲？让我也出个镜。”

贺慕深抬头盯着她的小圆脸看了片刻，起身离开了，不一会儿，一个化妆师直接拎着箱子来找她。

贺东弋去垃圾箱旁边抽支烟的工夫回来，就看到元宝在上妆，不由一愣：“干吗呢？”

“叔叔说给我弄个路人甲。”

贺东弋撇撇嘴，觉得这就是个没长大的小孩，什么都想尝试，只顾着好玩。不过话说回来，她又不上学，又不工作，不玩也没事可做。

他对这些事不好奇，也不愿意陪元宝化妆，正好童年来了电话，他就找到一处没人的地方去接电话。

有人把元宝领到指定位置，贺慕深一直在跟导演讲话，快开拍之前小跑到元宝身边。

元宝压根不知道自己该干什么，工作人员只对她说，等一会儿贺慕深会来给她讲，让她乖乖等待。

“叔叔！”

贺慕深温柔一笑，顿时春暖花开，元宝也跟着笑起来。

“元宝，一会儿我要从左边那个女孩那儿跑来这里吻你。”

“啊？”元宝一愣，“亲我啊？”

“借位而已，你不用做任何表演，导演就要你最真实的反应。你的眼睛很漂亮，会很有戏，你要记得，我离开你向前跑的时候，你回头看我，一直盯着我就可以，这个时候，他们要你一个背影，OK？”

元宝重重地点头，心想有啥不OK的，什么都不用她做，就演一植物人呗！

贺慕深亲切地拍拍她的小脑袋，低声感叹：“真可爱。”

元宝脸红了一瞬。

广告正式开拍了，一身英伦西装的贺慕深在第一个女孩面前站立，握住女孩的肩膀，只做了一个低头的动作就离开了，接着他大步跑到元宝面前，深情地望了她良久，忽然捧住她的脸颊。发觉她太矮，吻起来会不好看，于是他加了戏份，另一只手扣住她的腰肢，把她抱起来，低头吻下去。

唇与唇之间隔着他的拇指，这个动作持续的时间很长，他眼见视线之内的元宝整个人变得粉红，一脸不可思议地瞪着一双雾蒙蒙的大眼睛，差一点，他就想把手指挪开了。

贺东弋正在对童年说元宝是多么无耻地想挤入广告界，顺便进军演艺圈，没准跟贺慕深混一混还真能混成个七八九线的小演员，童年在电话那边笑得像抽风，贺东弋也跟着笑，一转身，就看见贺慕深在抱着元宝亲，他吓得差点把手机甩出去。

连结束通话都忘记了，他直接把手机塞进口袋里，一路狂奔冲到镜头前，身后尽是咒骂声：“这谁啊这？！怎么回事？！”

贺东弋置若罔闻，贺慕深听到导演的骂声时就已经放开元宝，回头一看是自己的侄子，立刻抱歉地指了指自己。

贺东弋可不管导演还是影帝，一把拉起元宝就大步流星地往外走，走到摄像机跟前更是气愤地狠狠踹了一脚：“拍什么拍！赶紧赶紧！删了！让我看到这段流传出去，你以后就别干了！”

元宝苦着脸挣扎：“大哥，没有亲到啊！是借位啊！”

“借个鬼！”他才不管借位不借位，反正这要让他弟弟看到，估计会直接气到坟墓里头，这事儿还是在他眼皮子底下发生的，简直叔能忍，哥不能忍。

贺慕深为难地叹息一声，走过来跟导演说抱歉，如果设备损坏他来赔偿。没人敢为难贺慕深，导演不悦，但也不会多言。

他追上贺东弋想解释几句：“东弋。”

贺东弋按住车门，黑脸面对他：“我知道你这么多年一直惦记着贺家，但对不起你的是你爸妈，不是我爸妈，元宝是他们儿媳妇，你自己看着办！”

元宝被塞进车里，贺东弋直接拉她去了商场。

“我不买东西。”

“我买。”贺东弋说。

他把元宝送到游乐区，往前一指：“你去那边玩，我去逛街。”

元宝顺着他的手指看过去，全是给小孩子玩耍的东西，气呼呼地扭头就走：“我去找我相公。”

“你回来！”他一把揪住元宝，把她拎回来，眉头一高一低地挑着，“给我上眼药是不是？说好我带你出来玩，你半路跑他那儿去，算我不负责呗？”

元宝直勾勾地看向他的背后，惊讶地捂住嘴巴。贺东弋以为她看到了什么，好奇地转过身，商场里人多而乱，他看了半天都没看到什么值得她惊讶的东西，正准备问她看什么东西看得那么出神，一回头，她已经不见了。

“声东击西啊……”他只好放弃自己购物的打算，追出去找元宝。

她没开车，一定会到路边去坐公交或者打车，贺东弋出了商场大门就看到她晃着马尾在前头小跑，在她招手打到的士之前，把她拦腰夹起来：“小兔崽子，还学会偷跑了……”

元宝被他夹得不舒服，一边挣扎一边大喊：“我跟你拼了！哪有你这种大哥，在马路上夹着弟媳走啊！我要去告状，我要去告诉我相公，你对我图谋不轨！”

贺东弋不屑地冷哼：“我对你图谋不轨，你第一天见我的时候就知道，现在才喊是不是太迟钝了？我说了多少遍了，你就跟我过算了，我弟多没情调一人……”

“那也比你不着调强！”

不着调的贺东弋把嘴上不得闲的元宝再次扔进车里，开车送她去贺东风的医院：“我告诉你元宝，就你这么不听话的小孩，一天给我一百万，我都不愿意带。”

“我又不是五岁，我用你带？！”

“你要五岁还真就好办了，我随便雇个老太太给你买盒糖豆就把你搞定了！你多不让人省心啊你，没有半点防人之心！你觉得谁都跟你好，谁都正经，先有一个道貌岸然的大学老师，再来一个狼子野心的叔叔！你跟东风都是温室里的花朵，太容易摘。”

元宝憋了半天，问：“为什么那么说叔叔啊，他不是挺好的吗？”

“你别管为什么，反正你爸死了，除了你相公，这个世界上你能相信的男人就只剩我跟你大哥了，别人你谁都别信！”贺东弋长出一口气，“气死我了，你说我都快四十的人了，自己没儿没女的，还得教育弟妹……”

贺东弋是经常欺负她，但是，对她也确实不错。她没说话，安静地坐在后座上："所以我刚刚不该答应叔叔的那个要求，对不对？他应该可以给我安排一个没有吻戏的角色。"

贺东弋哼了一声："算你长的不是猪脑子，你知道他是多风光的人物，万一将来让人扒出来当初跟他拍吻戏的小姑娘是他的侄媳妇，不够我们家丢人的！"

元宝撇嘴："地球太复杂了，我要回家。"

"……"

他们到达医院时，贺东风正在午休，贺东弋大爷似的坐在沙发里对元宝招手："倒杯水。"

"你残疾呀？"元宝没好气地瞪贺东弋一眼，蹑手蹑脚地钻进休息室，关好门，脱掉外套和鞋子，悄悄爬上床，慢慢地拎开贺东风的胳膊，躺进他怀里。

贺东风午睡很浅，元宝跟贺东弋在外面说话的时候他就听到了，只是有些累，懒得睁眼睛罢了，他不揭穿元宝自作聪明的小把戏，让她在自己怀里淘气了一会儿。

元宝把小腿扔到他腰上，手指在他喉结上轻轻刮着，小声叫他："相公，我来啦……"

贺东风不理她。

元宝凑到他面前，用舌尖轻轻舔了一下他的下巴。贺东风虽未睁眼，却迅速低头将她的唇瓣掳获，收紧手臂，抱着她缠绵地吻了好一会儿："不是去拍广告了吗？怎么拍到医院里来了？"

元宝嘟了嘟嘴："也不是很有意思，大哥要把我送到儿童游乐场去，我又不是小孩子，多没劲啊，所以来找你了。"

"少奶奶就是这样，无所事事，无聊的日子在后面，你现在还可以后悔，回去上学。"

元宝一头撞上他的胸口：“我不回去！上学要离开你，我不要离开你！”

他手掌搭在元宝的头顶，一下下地抚摸着：“离开我，你不是还有别人吗？”

元宝倏地抬起头，头顶重重地撞在贺东风的下巴上，痛得他闷哼一声。元宝抱歉地吐吐舌头，一边帮他揉着，一边说：“相公，你要相信我，除了你，我不喜欢任何人。”

“相信是要基于诚实的，你对我不够诚实，我对你就不够信任，这有什么不对吗？”

元宝抿着唇，轻叹一声：“你不要这样，我对你很诚实。我说只喜欢你，就真的只喜欢你，我不会骗你的。要是以后我不喜欢你了，我会……”

她的话没敢说完，因为贺东风的眼神已经凌厉起来：“什么叫以后不喜欢我了，你还做了这种打算吗？元宝？”

“呸呸呸！”元宝二话不说，当即打自己好几个嘴巴，最后还是贺东风先心疼了，按住她的小手不让她再折磨自己，她顶着一张红红的小脸说道，“我永远都不会不喜欢你，你是我第一个喜欢的男人，也一定是最后一个，除非我死了。”

这张嘴啊，太会哄人了，可是这话说得也不吉利，他惩罚似的在元宝肉嘟嘟的小嘴上弹了一下：“你死了就可以不喜欢我了吗？”

“我给你唱首歌吧相公，《死了都要爱》，你听着，我刚刚练会。”说来就来，她深吸一口气，刚要发声，就被贺东风一把捂住嘴，“不许唱歌，给你钱。”

元宝滴溜溜地转着黑眼珠，点点头，表示同意。她乖乖地躺在他怀里，过了许久，两个人都没有说话，她以为他睡着了，刚想悄悄起身，就又被他的手臂勾回来。他似乎真的要睡着了，声音含混而低沉："宝贝，我知道你和岑迩尼之间的所有事，可是你不愿意对我诚实。"

元宝屏住呼吸，不知该说什么，不知道是否该解释一下自己和岑迩尼之间根本没事，以后也是老死不相往来的关系，可贺东风所谓的"知道"到底是哪一种知道呢？是知道他们之间没有任何关系，还是知道她只是隐藏了他们没有关系的关系？

她的大脑飞快运转，却因为转得太快了，一时之间理不出头绪来。

她发现很多时候她不是脑子不够用，是脑子里的想法太多，导致她脑子十分混乱。

不等她开口，贺东风又说："我还没有原谅你，也打算以后都不再理你了，可是，当我看到你愿意每天在家乖乖等我，见到我就喜笑颜开，我会舍不得，舍不得不理你，舍不得让你不开心。我很喜欢你，宝贝，别再让我对你失望。"

元宝鼻子一酸，眼泪哗哗地流下来："相公！抱住我！"

贺东风被她突如其来的小情绪吓了一跳，本能地按着她的要求将她一把抱住："怎么了？哭什么？"

"好感动，你终于也会说甜言蜜语了！"

"……"

"相公。"她从他怀里挣脱出来，神秘兮兮地对他说，"你知道为什么我不看叔叔拍广告了吗？"

贺东风皱眉："你太吵了，被人赶出来了？"

"呸！"元宝狠狠地唾弃他，"是因为，我跟叔叔说我也想拍，叔叔给我安排了一个角色。"

"然后呢？"他开始好奇起来。

"然后，这个角色有吻戏。"

贺东风猛地从床上弹起来："什么？吻戏？"

"淡定，相公，没有吻到，是个借位的吻戏，还没拍成功，我就被大哥带走了。大哥说叔叔图谋不轨，花花心肠太多，不让我跟叔叔玩了……"

贺东风也很震惊，他并不觉得贺慕深是个坏人，只是因为常年不见，有些陌生而已："你确定不是你自己想要占叔叔的便宜？"

元宝真想一头撞死在他身上："我是很喜欢叔叔，但是那种喜欢和想亲亲的喜欢不是一种喜欢，虽然我以前没喜欢你的时候确实很想亲自己的偶像……"

她的声音越来越小，眼看贺东风的脸色越来越黑，吓得她直缩脖子："但是那种亲亲和喜欢你亲你的亲亲不是同一种。那是像喜欢一件衣服、一个玩偶一样的喜欢，是一种很肤浅的喜欢，所以它是不会让我产生那种想法的，所以我是清白的。叔叔，叔叔才是浑浊的那个，大哥就是这个意思。"

贺东风沉默良久，最后说了一句十分没有建设性的话："听大哥的吧，我对叔叔也不了解，他想得比较多。"

元宝乖乖点头："我诚实吧？"

贺东风搂过她，亲了亲她额头："很乖。"

休息室的房门突然被推开，贺东弋探进来半个身体，看见他们两个腻腻歪歪的，一脸嫌弃："你俩能让别人多活一会儿吗？找瓶胶水把你俩粘起来算了！"

"有什么事？"贺东风冷着脸问。

"我就问问你，你家元宝是不是可以交给你了，可以的话，我要出去一趟。"

"好，走吧。"贺东风毫不留恋地点头，元宝越过他的肩膀跟贺东弋道别："不许欺负童年。"

贺东弋咒骂一声，还真被小丫头猜对了，他现在所谓的有事，十有八九是童年有事。

午休时间，店里只有童年一个人，她正摊开一匹新来的布料看着，就听到有人推开店面大门。她笑脸相迎，话却只说了一半便没声了：“欢迎光……”

“好久不见，宝贝。”男人脸上洋溢着浓浓的笑意，眼底却格外清明。

童年愣在原地一动不动，直到他走到自己的面前，抬手捏住她尖尖的下巴，低头要吻过来时，她才本能地躲开：“什么时候回来的？”

这似乎并不是一个问句，而仅仅是她一句平淡的陈述。

“今天早上。”

“回来做什么？”

“玩儿够了，娶你。”

童年默默地收好布料，对他做了一个“请滚”的动作：“慢走不送，我已经有男朋友了。”

就在这时，贺东弋端着两杯咖啡推门而入：“早知有客人在，我就不来了。”

男人转头看向贺东弋，随即眉头轻挑，又看向童年，不住轻笑：“别告诉我，这就是你现在玩儿的小开。你的口味什么时候这么重了？开始和已婚男人乱搞了？”

贺东弋只听到声音，没见到脸，他也不用见脸，就决定要把咖啡扣在对方脸上了。他淡定地迈开长腿走到男人面前，上下打量一番：“你哪位啊？长了一张纵欲过度的脸，在这乱咬什么人？”

“我？”男人松松领带，无所谓地笑着，“贺先生不记得我了，很多年前，我们在白家大少爷的葬礼上见过面的。我来正式介绍一下，我叫唐泽，是童年的未婚夫。”

贺东弋不在意地耸耸肩：“所以呢？”

“没有所以，之前我一直在国外，现在我回来了，准备跟童年完婚。”

贺东弋继续不以为意：“所以？”

他眉宇间本就有一股闲散气，这副模样盯着人看，明显一副欠揍模样，但他笃定这个叫唐泽的男人不敢把他怎么样。

唐泽笑着摇头：“没有所以，你们该结束了，我出国之前告诉过童年，我不在的时候她随便交朋友，只要她开心就好。”

贺东弋把咖啡拿出来放到前台上，打开盖子淡定地吹了吹，尝了一口觉得不烫，回身递给童年。

“东弋哥哥，我……”

“你什么你？男人说话，女人插什么嘴？滚一边喝咖啡去。”他扬了扬下巴，有些不耐烦，看向唐泽的眼神里有着明显的嫌弃，“童年的房子和车子是你给买的？”

“当然，她是我的未婚妻，我养着她是理所应当的。”

贺东弋低声笑了笑：“有眼光，你那个房子吧，位置不错，睡起来也是特别的舒服，尤其是那张床，你亲自挑的吗？”

“你觉得舒服就好，我们婚后会住到其他地方去。”

童年的脸上一阵红一阵白，她不是不敢反抗唐泽，只是不敢不听贺东弋的话，他太霸道了，霸道得容不得他的决定被人动摇半分。

贺东弋不紧不慢地打开另一杯咖啡，但端在手里不喝：“唐先生是吧？我想问问你，你哪里来的自信，觉得童年一定会嫁给你呢？”

“我们签过合约，她可以不嫁，按数偿还也可。”

贺东弋笑了：“呦，我还以为你们两个是两小无猜、青梅竹马、私订终身呢，弄半天是花钱买的妞。只要钱能解决的问题，都不是问题，拿着你的合约来找我，童年值多少钱啊？我买了。”

“抱歉，我不卖。”

“正好，我是搞收藏的，我看你这文质彬彬、西装革履的……”唐泽和童年还以为他要说什么虚伪的话，就听他淡定地问，“估计没被咖啡泼过吧？来尝尝。”说着，一杯温热的咖啡就直接泼在唐泽的脸上，“我这个人做生意很有个性，我看上的东西，你一定要愿意卖，只有你愿意，才能从我手里拿到钱；千万别不愿意，我买不到，可就抢了……”

他皱着眉头看向被吓傻的童年：“拿拖布去，一会儿你老板出来看见了不抽你啊？”

唐泽咬牙咬得两腮直颤：“贺东弋！你只是童年排解寂寞的工具！”

“那也比你强，童年都跟你订婚了还是个小姑娘，怎么着？你有毛病啊？”

贺东弋嘴巴有多厉害童年是见识过的，他要动真格的，说话都能活活把人气死。

贺东弋见唐泽抑制不住自己的愤怒，颇有要动手和他拼一下的意思，他当即往后退开半步：“别怪我没提醒你，我十一岁开始练习散打，十五岁学习泰拳，你要和我动手，下次谈话，我准让你在医院里头跟我谈。”

童年拿着拖布回来，站在贺东弋身边，冷漠地看着唐泽：“你回来晚了唐泽，我已经没有等你了，咱俩没有以后可谈。你应该清楚，你的东西我可以还给你，但请你以后不要打扰我。”

“还他奶奶！”贺东弋在一旁看着唐泽说风凉话，“人家大姑娘一等你就好几年，你蹦出几个金疙瘩就让人等着？你要好意思要回自己的东西，我就好意思跟你叫妹妹。”

唐泽握紧了拳头又松开，几度欲动手，都忍住了，他抹了一把脸上的咖啡，刚刚走到门口，又大步回来，一记勾拳朝贺东弋挥来。

贺东弋躲都没躲，十分灵巧地来了一记侧踢，一脚将他踹翻在地，摔出老远："你看你，我说了你还不信……"

唐泽离开后，童年专心致志地擦地，贺东弋在身后专心致志地看她。

"唐泽这个人报复心很强的，将来会不会报复你？"

"报复我？用钱？还是用拳头？"贺东弋不屑地轻笑着，抓着她的胳膊把她拉到自己面前，"原来你当初找我那会儿，把我当小开了呢？"

童年扬唇一笑："怎么会呢哥哥？你怎么也不会是小开，你是大开。"

"别管大小，就说你满不满意吧。"

"满意，相当满意。"

童年突然想起贺东弋刚刚的话，便问："东弋哥哥，如果唐泽真的有意刁难，你真的愿意帮我付那笔钱吗？"

贺东弋露出一副"你是否很傻很天真"的表情，笑道："当然不会，花钱买的女人叫什么？叫鸡，你是吗？"

童年抿唇莞尔，没再说话。

贺东弋没把唐泽放在眼里，他虽然不认识唐泽，但后来也了解到唐泽出身金融世家，算是有钱公子哥，就算与他有矛盾也不至于背后搞动作，但他万万没有想到，有些人，就算有钱，也高雅不起来。

他去参加朋友的生日聚会，半夜回家的路上发现刹车失灵，半路出了车祸，好在人没有伤得太严重，只有头部撞在侧面车窗上流了一点血。他的车平日都有专人检查保养，刹车不会无故失灵。

他打车回家，把贺东风砸醒，让贺东风给自己处理伤口。贺东风一看他耳侧鲜血直流，顿时有些发蒙，检查一番后才放心，不需要缝合伤口，但破伤风还是得打。

贺东弋包着一头纱布上楼，琢磨了一夜和童年的事情，天亮后才睡去。

他这一波未平，家里一波又起。

两天后，贺东风要去隔壁市里参加交流会，车子在半路抛锚，随即失联，不是一天两天，而是整整失联一周。

元宝每天哭，眼睛肿得像核桃，贺东弋再也顾不上童年，每天只睡一两个小时，熬得双眼通红，满嘴起泡。

贺东风是被绑架了，在他被绑架的第一个小时，贺东弋就接到了绑匪的电话，内容只有一句话，报警就撕票。

贺东风已经几天没有见到过光亮，他被关在一间不见天日的房间里，没有窗，只有门。这个小房间似乎在一座仓库里，他虽然看不到，但是偶尔能听到有人讲话，这里是个有回声的地方。

房间里的环境并不差，至少他能感觉到这里是很干净的，没有奇怪的味道，也没有触摸到很多灰尘，他的双手双脚都被捆绑着，想逃走是没有可能的。

已经过了六天，没有人跟他讲话，没有人来问他问题，这让他怀疑自己不是被绑架了，而是在蹲监狱。

贺家已经被折腾得人仰马翻，姑姑和元梓谦都回来了，叔叔也没有走，大家都在极力想办法找到他。

谁都没有料到，绑架这种事会发生在自己家里，更没有料到，绑匪会挑家里块头最大的下手。按理说，这种事就算轮也轮不到贺东风身上，绑匪应该先挑好欺负的女孩子下手，显然这个人对贺家有着足够的了解，他们知道绑架谁，才能真正达成自己的目的。

第七天一早，元宝的手机突然在手心震了一下。

她的两只眼睛熬得像兔子眼睛一样红，她飞快滑开屏幕，只见一个陌生号码发来一条信息，内容十分简单，一是告知她地点，在码头附近；二是要求她自己去，如果有任何人知道，对方一定会在他们夫妻俩见面之前先弄死一个。

元宝马上回复：要带多少钱？

等了许久，见对方没有回复，元宝紧张得手心冒汗，又发一条：到底要我带多少钱？你们还有什么要求一起提！

十几分钟后，对方回复：只要你来，下午三点之前见不到你，撕票。

撕票两个字，吓得元宝当即哭出声，好在她一个人窝在床上，没有人看得到。她抱着被子痛哭一顿，闻到被子里还有贺东风常用的沐浴露香气，眼泪越发汹涌，根本停不下来。

“相公……你为什么会被别人绑走……呜呜……我好害怕，你不可以不在……”

如果他在，一定像抱孩子一样把她紧紧抱在怀里，不说安慰的话，只吻她的额头，似乎这样就可以平复她所有的焦躁和难过。

她将脸埋在手心，撕心裂肺地大哭。她常常会挂念他，他去上班时，她会挂念，她去上学时也会挂念，可从未有过这种一颗心悬在喉咙连续多日都无法落回胸口的时候。

她不知道该去哪里找他，贺南羽说过不报警无法解决，她就用杯子用力地朝贺南羽砸去，万一呢？万一绑匪是丧心病狂的人呢？

一旦有这种万一发生，这个家里，岂不是永远不会再有东风的身影，再也不会有人板着扑克脸对她说“闭嘴”“不许”“不可以”，再也没有人摆出一副傲娇的面孔，对她说出最不中听的情话，对她许下最不像承诺的承诺？

她想，如果在她自己跟贺东风之间选择一个来面对这种事，她希望被绑架的是她自己，她愿意等东风来救自己，她相信他一定会很快找到自己，可是现在，她居然笨得只能被动等待。

她哭够了，就下床去洗脸，把自己收拾精神，穿上平日散步的衣服，拿着手机慢吞吞地走出家门。

家人全在客厅，姑姑叫了元宝一声，元宝站在门口扭头对她牵强一笑："我没事姑姑，我在家里透不过气，到外面走一走。"

没有人反对，元梓谦心疼地看着自己的妹妹，想安慰，却自知现在不是好时机。相比贺东风的安危，元宝的情绪已经无关紧要，与她同样心急如焚的大有人在。

元宝只在别墅外转了一圈就顺着大门溜出去，一出门，她就开始狂奔，坐上出租车后直奔码头。

到了码头，她继续给绑匪的手机号码发信息，按着对方的指示，绕了很大的弯，最后对方把她都绕晕了，才引导她来到正确的仓库。

灰色的墙壁，掉了色的红色铁门，门外摆放着十几箱没有名称的货物，就是这里了，她上前用力地敲门："开门！我来了！"铁门吱嘎一声被打开一条缝隙，元宝正探头往里看，忽然觉得肩上一重，已经被人一把抓住拖了进去。她的后面什么时候出现了一个人她不知道，她只知道，这俩人是一伙的。

仓库非常大，摆着的货物元宝大多不认识，左侧和右侧都有间隔出来的房间，她仔细打量，小心翼翼地问她身边的墨镜男人："我要见我老公。"

"他在睡觉。"

"他干什么我都要见！"

她的手机被没收，铁门外传来一阵急促的脚步声，她以为是救兵来了，心中升起一股兴奋，可在铁门被打开以后，她就跟被扔进冰窖一般，足够寒冷，也足够震惊。

白宇鸣身穿一件米白色的毛呢大衣，戴着墨镜，身后跟着几个打手模样的男人，大摇大摆走进来，看到元宝就笑了：“甜心，我们又见面了，还记得我吗？”

元宝紧紧攥着小拳头，手腕不住地发抖，警觉地望着他：“我记得你，你是白宇鸣，你们家很有钱，他们叫你白少爷。”

白宇鸣笑得像抽风一般，走到元宝跟前深深吸了一口气：“真香，你喷香水了吗？你以为来这里是约会啊？还把自己打扮得香喷喷的！说说，是什么牌子的香水？”

元宝往后退了一步：“我没擦香水。”

“哦。”白宇鸣上下打量她，逼近一步，手指轻佻地卷起她的一缕长发，“不错，没有喷香水，那就是你的体香了，我就喜欢有体香的女孩子。”

元宝已经由局部颤抖改为全身性颤抖，就像马达一样，脸上带着肉眼可见的惶恐：“你到底想怎么样？我来了，我老公呢？”

“你说我想怎么样？既然我不要钱，只要你，你猜，我会对你怎么样？”他轻浮地俯身，一把捏住元宝的下巴，在她的鼻尖上舔了一下，“告诉你啊，我想尝尝贺东风的女人是什么味道啊，嗯……真不错，小鼻子也香香嫩嫩的……”

元宝长长的睫毛轻轻一眨，眼泪扑簌落下。东风说过，白宇鸣就是混世魔王，一天到晚只会惹是生非，她想动之以情，晓之以理都无处施展拳脚。他自然是听不进去，他也根本不会在乎做这件事的后果。她怕极了，第一次被这样一个危险的男人轻薄，她恶心得快要吐出来。

白宇鸣并没有收敛的打算，他把元宝当作抓来的折翅小鸟一样捏在手里，在她圆润的小耳朵上轻轻咬了一口。

元宝再也忍受不住了，失声尖叫：“不要碰我！变态！你这个变态！”

她抬腿去踹白宇鸣的下体，膝盖才刚刚抬起就被他稳稳压下：“挺辣的小妞……”

身旁有人给他递过来一条手指粗的红绳，又有人帮他按住元宝。白宇鸣轻浮地笑着用红绳将她捆绑起来，不是简简单单的束缚，而是花样捆绑，将她的好身材完全勾勒出来。

他拉过一把转椅坐下，双腿交叠起来：“把贺家那个宝贝少爷领出来见见太阳。”

元宝被身后的壮汉按在地上，跪着看向前方，两分钟后，被蒙着双眼、反剪手臂的贺东风被人粗鲁地扯出来。

“相公！”元宝激动地大喊，飞快爬起来朝他跑去。壮汉没有再抓她，倒是白宇鸣，突然伸脚绊了她一下，她“哎呀”一声，摔了个狗啃屎，下巴蹭在水泥地上，当即破皮，鲜血直流。

贺东风在听到元宝声音时心脏猛然紧缩，太久没有听过她的声音，思念如狂，但他的嘴上贴着封条，说不了话，只能侧耳听着。她才喊了他一声就发出“哎呀”的痛呼，接着是呜呜的哭声。

“相公……我流血了……”

贺东风紧张地顺着声音的来源向她靠近，却被身后的人紧紧拽住。他想回身用腿攻击对方，可才有动机，忽然觉得肩上一痛，对方已经先下手为强，给了他一棍子。

元宝尖叫起来：“不要打他！”

这一棍子打得不轻，贺东风没有扛住，直接单膝跪在地上。他痛得额头直冒冷汗，下一秒，蒙在眼上的黑色布条突然被人扯掉。这是这周以来，他第一次见到光线，双眼顿时觉得刺痛无比，良久都无法睁开，等他慢慢适应光线，睁开眼睛看见眼前的情景时，简直不敢相信。

他以为元宝是带着赎金来救自己，而他也无非就是被图财之人绑来这里，他怎么都没有料到，绑架他的人会是白宇鸣，更没有想到，白宇鸣会利用自己威胁元宝独自前往。

这对患难小夫妻的表情和表现，白宇鸣都满意极了，他得意地轻笑着走到元宝身边，把没有办法独自爬起来的元宝从地上拉起来抱进怀里，当着贺东风的面，用湿漉漉的舌头在元宝的睫毛上舔了一口。贺东风隔着胶布发出抗议，双目猩红，仿佛一只濒临爆发的困兽。没人听得懂他在怒吼些什么，但大概也就是国骂之类的话。

白宇鸣就是想看贺东风气愤到失控的样子，贺东风越生气，他报复的快感越强烈。

贺东风冷冷地盯着白宇鸣，等待他给自己说话的机会。终于，在他把元宝的衣服用剪刀剪了个稀巴烂，连内衣都露出来的时候，他让人撕开了贺东风嘴上的胶布。

"你想怎么样，直说！想让我给你哥偿命就让我死在这里，别碰不相干的人！"贺东风的声音有些沙哑，这是他长期缺水导致的。

元宝一听他要以命抵命，吓得大哭："你弄死我好了，你弄死他，我自己一个人也活不明白！你要找人给你大哥偿命，我给你哥偿！"

白宇鸣慢条斯理地在元宝丰满的胸脯上捏了一把，贺东风破口大骂："为难女人，你还算男人吗！"

白宇鸣不以为然地一挑眉头："呦，我可没打算为难小妞，我要想为难她，动手的肯定不是我自己啊。我这里这么多年轻男士，保证能伺候好你太太。"他笑得十分猥琐，接着说，"我这，就是在为难你，你不快乐，我才能快乐。"

这话说得，好像他曾经被贺东风抛弃了一样，要不是情况危急，贺东风真感觉自己身上的鸡皮疙瘩都要起来了。

第四章

也许在贺东风心里，妻子只是妻子，是他迫不得已的责任，而爱人，也是不得已要放弃的。

白宇鸣不紧不慢地给自己点燃一支香烟，对着元宝的小脸吐出一口烟雾，元宝一边泪流满面一边痛苦地咳嗽。贺东风心疼死了，他自己都没舍得这样对着元宝的正脸吹烟。果然，白宇鸣眼尖地发现了元宝皱眉委屈的模样很招人疼，立刻伸手在她脸上揉了两把："怎么长得这么招人疼啊？真是越看越喜欢了，就是胸太大了，我喜欢盈盈一握那种款式。对了，我怎么记得，你相公原来也喜欢那种款式呢？"

他笑着靠在身后的写字台上："我得让你知道我是真男人啊贺东风，你先跪一会儿，别着急，一会儿你就明白我的一片苦心了。"

贺东风不知道白宇鸣还会搞出什么变态的事，他现在只想元宝回到自己身边，远离白宇鸣。

元宝趁着白宇鸣不注意，三步并作两步往贺东风那里跑，大概是惊吓过度，她的步伐有些踉跄，最后是直接摔倒在贺东风身上的。她的屁股在贺东风怀里蹭了一下，放在口袋里的钱夹落了地。她仰着头看着他，有很多话想说却又不知从何说起，他亦是。

“宝贝。”他低声唤了她一声。

元宝眼泪越发汹涌，点点头：“相公，我的下巴会不会落疤？等我回去，你要给我把它弄得跟原来一模一样，还不可以收费。等我们回去了，我再也不撒谎惹你生气。等我们回去了……”

“嘘，别哭了，你越是哭，他越是会欺负你。”

元宝吸吸鼻子，然后屏住呼吸用力地憋着一口气，试图把不住往下流的眼泪憋回去。

“疼不疼？”贺东风心疼地问道，眉头紧紧地拧起，太多天没有好好休息，他在元宝的眼中看到的并不是她平时喜爱的那个男人，反倒像个被抛弃的流浪汉。

元宝摇摇头，用额头顶了顶他的肩膀，正想问他疼不疼，抬头就看见他痛得直咧嘴。不用问了，她已经有了准确的答案。

白宇鸣懒得看他们两个秀恩爱，真正的好戏还在后面。

元宝见贺东风身后的男人正看向别处，便滴溜溜地转着大眼睛往下看，用口型对贺东风说：“相公，钱夹，刀，刀在里面。”

贺东风能够听懂，但是不敢轻举妄动。他的左侧有一面柜子，元宝用膝盖把钱夹顶过去，他看似虚弱地靠向柜子，胳膊虽然被捆住，可手掌还是灵活的。他神不知鬼不觉地捏着钱包在身后慢慢打开，慢慢地寻找着他需要的东西。

大约十几分钟后，门外隐约传来一阵高跟鞋踩地的声响，淡定而从容。

铁门被人从外面拉开，让人意想不到的人出现了。

贺南羽一身素雅的淡青色长裙，外面披着一件乳白色的毛呢大衣，站在门口，淡定地望着仓库内的一切。

她的视线落在元宝与贺东风的身上时，停留许久。

“白宇鸣，你知道你这样做事会招致什么样的后果吗？你是不清楚贺家的实力，还是不清楚我大哥贺东弋到底是什么样的人？你真的觉得你在辽城可以浑蛋到无法无天了吗？”

不知怎么，贺东风忽然松了一口气，刚刚见到贺南羽时，他已将她列为白宇鸣的同伙，现在看来，显然不是。

白宇鸣不屑地冷笑，走到贺南羽身边暧昧地搂着她的腰朝贺东风的方向走来：“我发现你是个挺无情的女人，真的，贺南羽，我对你不好吗？你看看你如今这个德行，是不是我一手把你惯坏的？你收了小爷的钱，拿了小爷的礼，还隔三岔五就要耍个脾气，要分手，要改邪归正，要当纯情的良家妇女，天下还有这美事儿呢？”

“你绑架我弟弟就是因为我跟你分手？”她觉得白宇鸣实在是幼稚可笑。

“你又想说我不够成熟，对吗？”他用力收紧手臂，贺南羽开始吃痛，在他怀里低低地呻吟一声，“你放开我！”

“嘘，马上就放了你。”他勾勾手指，让人把元宝拎到自己面前。

元宝没有贺南羽的气度，她走一步哭一声，到了白宇鸣面前，哭得鼻涕都快流下来，实在惨不忍睹，而此时的贺东风却希望她们两个都狼狈得让白宇鸣大倒胃口才好。

白宇鸣按着捆绑元宝的方式把贺南羽也捆了起来，左拥右抱，一脸的志在必得：“贺小少爷，给你出一道选择题。”他扬了扬下巴，让所有保镖都转过去，“我现在有生理需求，就要此时此刻解决，这两个小妞，你选一个你不中意的送给我，中意的那个，我留给你，你说，你会选谁？”

手心手背都是肉，就算手背没有多少肉，被人割一刀，贺东风也会觉得疼。

一个是被吓得几近崩溃的心头宠，一个是有着二十几年感情的亲人，没有一个，是他愿意拿出来为自己牺牲的。

白宇鸣拿着剪刀开始动手剪贺南羽的衣服："你要不选，我可就要雨露均沾了……"

"那就选择我好了。"贺南羽轻描淡写地开口，"睡一次和睡一百次没有区别，你不是一直很喜欢我吗？放了东风和元宝，我跟你回家。"

"啧啧啧，你愿意跟我回家，也得我愿意带上你才行啊。我已经不稀罕你了贺南羽，别太把自己当回事！女人不过是衣服，小爷我缺衣服吗？你也不动脑子想想。"他嘲讽地轻笑着，看向贺东风，"贺南羽，还是元宝，选一个给我享用，给你十秒钟考虑。"

两个女人一起望着贺东风，答案似乎毫无悬念，元宝已经做好了奔向贺东风的准备，而贺南羽，则沉默地等待着他对自己的宣判。

白宇鸣在倒数，每一个数字都像一把沉重的巨锤砸在他心上，最后，还是数到了一。

元宝心急地要往前跑，就见贺东风愧疚地看向自己，一字一句道："元宝，对不起。"

元宝不敢置信地望着他，感觉自己出现了幻听，或者是幻觉："相公？为什么对我说对不起？"

贺东风的睫毛慢慢垂下，双眼渐渐闭上，似乎这一个选择，就已经耗尽了他所有力气。

贺南羽也觉得自己出现幻听了，可她还是真真切切地听到了贺东风的选择，也就是说，虽然他与元宝结婚疏远自己，可是在他心里，还是她更重要一些。

面上的欣喜难以控制，她的嘴角忍不住向上挑起，可下一秒，白宇鸣竟猛地将她搂入怀里，一脚踹在元宝的腰上，元宝应声倒地。贺南羽却被按在写字台上，白宇鸣一把扯下她的内裤，当着所有保镖以及贺东风和元宝的面，对她施行了一场惨无人道的强暴。

当他自己享受够了，就把她送给自己身后的男人，她崩溃了，大哭出声，除了哭，她什么都喊不出来。

这声音真刺耳，元宝不顾皮肤在地上蹭出血痕，拼命地向贺东风的身边挪去，他眼底的泪光让她心疼也心寒："相公，相公……"

贺东风不理她，唇部线条紧绷成一条直线，他垂眸看向地面。十几秒后，贺东风忽地抬眼，眼底清明而冷静，并以极快的速度蹿起，在身边看守自己的男人还没有反应过来的时候，一拳打在他的右眼上，从他手中抢走铁棍，在他胸口重重一击。

刚刚元宝故意把钱夹掉在他手边，那里面有刀片，他手指极其灵活，手术刀锋利至极，虽然难免会伤及自己的皮肤，他却可以熟练地掌握，直至绳索被割开，周围人的防备松懈。

他一把拎起元宝，一只手扯住她身上的绳索，一只手挥舞铁棍杀出一条路来。

贺东风不是不会打架，他只是懒于用武力解决问题。他的身手不说有多么传奇，但在愤怒之下，总有无限潜能爆发。在他的铁棍挥向白宇鸣的一刻，有人竟然来抢夺元宝，他分神之际，后腰被人捅了一刀，再转身时，眼前又袭来一棒，他当即被打得两眼发黑，并且被击中的地方迅速充血，灼热的痛感让他难以承受。

这都不致命，贺东风告诉自己没有关系。元宝的尖叫声刺激着所有人的耳膜，当他把所有白宇鸣带来的人都打翻在地，自己也快没有了半条命。他直接弯腰捡起刚刚插在自己腰上的那把尖刀，割开元宝身上的绳索，把刀塞进元宝手里："去看看南羽。"

元宝惊魂未定，一身衣服破破烂烂，她哆哆嗦嗦地拿着刀朝贺南羽走去。

白宇鸣淡定地坐在写字台上抽烟：“看不出你还挺能打。”

贺东风的额头受了伤，鲜血顺着他的额头滑落腮边，在他苍白的皮肤上显得过分妖艳。他面色冷清、步伐沉重地一步步迈向白宇鸣，走到近处，用手里的铁棒直指白宇鸣的眉心：“我给你两个选择，一是我一棍子打死你，二是，我一刀割破你的咽喉和动脉，你想要哪种？”

白宇鸣轻笑：“都可以，我已经让你感受到生不如死，现在我死而无憾了，你想怎么弄死我，我都不介意。”

“生不如死？”他猛抬手臂，用铁棍的一端重重撞向白宇鸣的胸口，见白宇鸣痛苦地捂着胸口，想用力呼吸都困难，面色极为难看，他淡然地抹掉快要流进眼里的鲜血，沉声道，“你现在感受到的，就是生不如死。”

他大步走向两个女人身边，将自己身上脏兮兮的衬衫脱下放在元宝身边：“穿好，你自己可以走吗？”

元宝瞪着一双哭红的双眼，好像受惊的小鹿，无法从刚刚的惶恐之中抽离，缩着肩膀点头：“可以。”

贺东风不再言语，抱起贺南羽，带着元宝走向大门。

铁门很重，元宝硬生生用屁股顶开，看到外面阳光的一瞬间，忍不住热泪盈眶，不论生死，差一点，刚刚在众人面前被强暴的人就是自己了。

她走在贺东风的身侧，看着他腰上可怖的伤口，以及他紧紧抱着贺南羽的那只手，不知是否该为他刚刚的抉择感到庆幸。

走出这一片偏僻地区，后面也没有人追出来，贺东风终于支撑不住，将贺南羽放在角落里，自己也靠在墙上，咬着牙从贺南羽身上撕下一块布料捂在自己的后腰上，救护车、警察，以及贺家人，几乎同时赶到。

贺南羽跟贺东风都是被担架抬上救护车的，元宝的皮外伤跟他们比起来微乎其微，她与贺东风坐在同一辆车里，在他沉重地闭上双眼时，轻轻握住了他的手掌："相公，不睡觉可以吗？"

他没有回答，周身的狼狈丝毫掩盖不住他的英俊。元宝弯腰，用脸颊轻轻蹭着他的手背，小声呜咽着："相公，我允许你暂时睡一下下，就一下下，不可以睡太久，我会想你……"

元宝睡了很长的一觉，醒来已经是两天以后，她一个人坐在病床上发呆，过了很久，大概一个小时或者两个小时，病房门才被人从外面推开，贺慕深抱着一捧鲜花走进来。他笑容温暖，眉眼温柔，连声音都透着一股令人心安沉醉的稳重感："刚刚醒吗？我去买了鲜花，准备用花香唤醒你。"

元宝叫了一声叔叔，继续对着窗口发呆。贺慕深把鲜花放在床头的柜子上，给她倒了一杯水："睡了很久，要喝水吗？"

看见水杯，元宝才突然想起，自己睡了这么久，怎么不想尿尿？不过，自己到底睡了多久呢？她接过杯子一口气喝完，把水杯还给他："叔叔，我睡了几个小时？"

"五十多个小时。"贺慕深如实回答，"你在救护车上昏迷了你记得吗？"

元宝摇摇头："我没有昏迷，我只是不小心睡着了。"

贺慕深没有揭穿她，又问："有没有感觉哪里不舒服？"

元宝愣了一下，摸摸肚子，说："我怎么不想尿尿？"

贺慕深笑了："你不知道的时候已经尿了。"

元宝又摸摸屁股，呆呆地问："我尿裤子了？"

贺慕深被她蠢萌的样子逗乐，拿起床头的水果准备削给她吃。

大概是睡久了，元宝看起来不是很精神，她直盯着他修长的手指，直到一个苹果削完，她才慢慢地红着眼眶抬头看向他的眼睛，问："叔叔，为什么我这里没有人？大家都到哪里去了？是不是东风……"

贺慕深意外地挑起眉头，原来这才是她沉闷的原因，他温和地笑着安慰："没有你想的那些事，大家没有在这里陪你是因为你睡得太久了，而且你没有受伤，只是有些惊吓过度。他们都在东风那边，刚才你哥哥和你朋友在这里来着，现在是晚饭时间，你哥哥带着你的两个朋友去吃饭了。"

元宝的眼泪瞬间憋回去了："吓死我了，吓得我都不敢说话了。叔叔，我有饭吃吗？我好饿呀！"

贺慕深愣了一下："噢，没有，我给你哥哥打电话让他给你带上来。"

元宝一把从他手里抢过苹果咬了一大口，跳下床踩着拖鞋就往外冲，跑到门口时，扭过头问他："叔叔，我相公在哪间病房呀？"

元宝按着贺慕深的指示跑到贺东风的病房，先在门口透过门上的玻璃向里面望去，就见姑姑和贺东弋靠在角落里耳语，病床之上，面色苍白的贺东风沉沉地睡着，在他的枕边，瘦得只剩一把骨头的贺南羽侧身而卧，手臂紧紧挽着他。显然她是后来爬上床的，因为她睡在被子外，身上还盖着一张薄毯。乍一看，他们看上去很像一对儿恩爱的患难夫妻。

元宝想了半天，还是敲了敲门，等敲过之后才发觉这个多余的举动反倒把自己弄成了一个多余的人。她站在门口，拘谨地看着贺东弋跟姑姑，在两个人错愕的眼神中挥了挥手："嘿，我醒了，你们不用担心了。"

贺东弋朝她勾了勾手，叫她过去。元宝径直走过去，余光里全是贺东风与贺南羽相拥的身影。

贺东弋揉揉她的小脑袋，低声道：“你胆子不小，他不让你告诉我们、不让你报警你就听？以为自己很英勇，结果呢，你看看你这眼神！”他捏着元宝的下巴猛地往上一抬，“以前多机灵个小姑娘啊，现在怎么直愣愣的？”

姑姑紧忙拉下他的手，轻声呵斥：“你别胡闹，她已经吓到了，再说下巴还有伤呢。”

姑姑拉过元宝，帮她拢了拢头发：“元宝，这件事呢，我们暂时没有通知你母亲，你大哥觉得既然你们都已经平安回来，就不要让她平添担心。另外，南羽现在……我希望你能多理解，等她出院后，我们会安排心理医生。”

“心理医生？”元宝看向睡颜平静的贺南羽，摸了摸自己的小心脏，心想，要是让贺南羽一直睡在贺东风身边，那需要看心理医生的人就是她了。

元宝在贺东风的病房里吃了晚餐，吃了水果，吃了夜宵，天都快亮了，也不见贺东风醒过来，倒是等来了贺南羽的清醒。

半夜三点多的时候，贺南羽起床去厕所，看到坐在家属床上发呆的元宝，她坐在床边思考片刻，又钻回被子里，抱住贺东风的手臂，那样子就像元宝随时会抢了她的挚爱珍宝。

她的动作惊扰了贺东风，他慢慢醒来，却没有睁开沉重的眼皮。

“东风……”贺南羽声音有些发颤，好像元宝是多么可怕的怪物一般。

元宝的身边还睡着贺东弋，只要贺东风身体无恙，贺东弋就可以吃得饱、睡得香，他压根不会注意到贺南羽。

贺东风低沉地回应一声：“嗯……”

“我害怕……”贺南羽又颤着声音说了一句。

元宝心里冷笑：你去见白宇鸣的时候怎么那么淡定呢？那个时候你就应该害怕，不去，那么所有事情都不会发生。

元宝不出声，贺东风便不知道她在这里，他侧身而卧，轻轻拥住在他身边发抖的贺南羽，低声安抚："不用怕，我在这里保护你。"

"东风，我完了，你知道吗？我完了，白宇鸣录了很多我的录像带，他会寄给我的学校，寄给我的朋友，将来还会送给媒体，东风……"

贺东风继续轻拍她的后背："好了南羽，不要说了，你说过很多遍了，什么都不会发生，你已经平安了。"

"东风，我害怕……我真的很怕……"她搂住贺东风的腰将额头抵住他的下颌，手臂越收越紧，突然想起他的腰上有伤，猛地松手抬头，眸光熠熠地问道，"小东风，我是不是弄疼你了？你要是疼就告诉我，我轻一点……"

贺东风一定是疼了，他眉头轻皱，不肯睁开眼睛，好像怕看到什么，又怕看不到什么，冷淡地回答："我不疼，只要你不疼，我就不疼了。"

——我似乎，成了一个多余的人。

这是元宝每天睁开眼睛都会想的一件事，她的房间她回不去，她的老公身边，总是蜷缩着另一个女人。

也许在贺东风心里，妻子只是妻子，是他迫不得已的责任，而爱人，也是不得已要放弃的。

所以那一刻的选择，令他至今愧疚得无法面对她。

贺东风的选择让元宝变得不自信了，她曾信誓旦旦要保护自己的家庭和丈夫到底，她坚信自己早晚有一天会完完全全地取代他心底的人，然而就在他对她说出"对不起"三个字时，她心中所有的勇气全在那一瞬间被粉碎，碎到没有任何一种了不起的胶水可以将其修复，它们像粉末一样，还被风吹得干干净净。

她很难过，在她觉得自己终于得救的时候，他松开了手，而她跌进深渊的过程实在可怕。

可是她什么都不敢说，也不敢抱怨，甚至不敢以一个妻子的身份去质问自己丈夫，为什么要与她说抱歉，为什么允许另一个女人留在他身边。

她只敢每天趁着贺东风休息的时候，出现在门口偷偷看他几眼。她很怕很怕，怕只要自己一开口，就会引来他的怨恨，怨恨为什么受到伤害的人不是她，精神恍惚的人不是她。

夜深人静的时候，她悄悄推开三楼贺东风的房间，发现贺南羽居然不在，于是踮着脚走进去，站在床头安静地看着贺东风的睡颜。她自己也不知道站了多久，贺东风突然翻了个身，他半睁开睡眼后又轻轻闭上："怎么不上来睡觉？"

元宝一直没有回应，贺东风再次张开眼眸，却没有看向元宝的面孔，而是直直地盯着她的手腕，直到听到她微微发颤的呼吸声，才问："很晚了，你不休息吗？"

"相公……"

许久的沉默后，他低低地应了一声："嗯，怎么了？"

"没怎么，就是我……想你了……"她蹲下来趴在床边，想了又想，深深地感觉自己在厚颜无耻地提出某个痴心妄想的要求，"我想抱抱你，可以吗？"

得不到贺东风的回答，她急忙强调："一下下就好，我快速抱一下，然后就走，这样就不会被南羽姐看到了，不会刺激到她的！"

短暂的沉默后，贺东风撑着手臂坐起来，伸手拉住她的手臂一把将她拽进自己的怀里。

元宝兴奋得就像见到了肉骨头的小狗，如果有尾巴，现在一定摇得和电风扇一样。

说好只抱一下，可她一旦沾上他，就无法控制自己，双手紧紧搂住他的脖颈，在他脸颊上连着亲了好几口。她撒娇讨好的举动让贺东风的心慢慢融化了，所以当她突然从他怀里挣扎起来时，他清楚感受到自己的失落。她旋风一样逃离，他做好失望的准备，谁知她却只是跑去反锁了门，又飞快地跑回来，一头扎进他的怀里。

熟悉的气息像海浪迎头拍下一般，满满当当地充斥在贺东风的鼻腔里。他再次握紧元宝的手臂，修长的手指嵌进元宝肉乎乎的胳膊。若说什么最值得被珍重，对此时此刻的他来说，那是去而复返的元宝无疑。他稳住晃动的上身，任由元宝粗鲁地亲吻着，没有任何章法可言地在他脸和脖颈上乱啃。贺东风清晰地感知到，元宝柔软的舌头在他的皮肤上留下湿漉漉的水渍，毫无美感，却让他无法生出任何厌恶之感。

“我后悔了……”元宝反手按在他的手臂上，借力离开他的怀里，却被他紧紧抓着手臂无法远离。她向后仰头，以便自己能够看清贺东风的模样，而不至于变成斗鸡眼。这个男人，他是她的相公啊，本该与她日日同床、夜夜共眠的人，她却只能远远地望他一眼。

元宝后悔了，她不只是想简简单单地抱抱他。女人就是贪婪啊，一旦得到，便想要更多。

湿软的舌尖贴在贺东风耳边时，原本因她一句后悔而紧绷的嘴角不自觉地放松了，他抬手碰到她的下巴，轻轻捏住，咬上她的唇瓣，另一只手轻而易举地摸到她在他腰间作乱的手，捉住手腕顺势向后倒去，尚未用力便和她一起倒在床上。

一个想要推倒，一个想要被推倒，默契使一切水到渠成，无须多言。

思念到极致，说的就是元宝此时的心情吧。就算肌肤寸寸紧贴，也丝毫不能减轻她对他的渴望。元宝清楚地听到，倒下去的时候贺东风唇间溢出的那一声低哼。他腰间有伤，她却不知道如今伤口是否愈合，刚才那一动之下伤口是否撕裂。元宝有些不甘心，好不容易等到贺南羽不在这里，好不容易有机会跟她的相公单独相处，她还没有让东风亲身体会到她是多么多么地想念他，这难得的机会啊……

元宝一只手按在床上撑起身体，微微肿胀的嘴唇依依不舍地缠绵在贺东风的唇间，争分夺秒地为自己谋取福利，没什么能比她的亲亲相公重要："相公，你的伤口……"

"没关系。"贺东风察觉了她的意图，揽着她的腰身将她拉回身边。他不想再被任何事情打断，哪怕是天塌地陷。贺东风用嘴唇和双手掀起一场狂风骤雨，将元宝吞没。

"你们不能这样，你们怎么能这样！不可以！"贺南羽双目圆睁，目光却无法聚焦，眼神散乱，她近乎崩溃，用力撕扯着自己的头发，双手胡乱地在空中挥舞，"走开，统统走开！"

贺东弋刚从童年那里回来，心情不错，刚上楼梯，再好的心情也被贺南羽的连声尖叫袭击得灰飞烟灭。她一直寸步不离地缠在贺东风身边，担心贺东风出事，贺东弋三步并作两步飞奔上楼，发现她缩在二楼楼梯的转角，后背抵在墙壁上，却还在不停地试图往后退。

"东风，救我！"贺南羽看到他像是抓住救命稻草一般，飞快地起身扑到贺东弋怀里，速度之快，与方才萎靡瑟缩的她判若两人。贺东弋还未反应过来，便被她撞了个满怀，趔趄着后退两步。

他抬头看了一眼楼上，很安静。这里的动静大概没有打扰到休息的东风。贺东弋拍拍她的后背："安静点。别怕，我送你回房间。"

贺南羽紧紧地抓着贺东弋的衣领，贴在他的身上，恨不得跟他同手同脚，瑟瑟发抖，颤声问他："东风，我好害怕，你说不会丢下我的。你说选我的，你是爱我的，对不对？"

贺东弋半拖半抱，脚不时被南羽绊到，好不容易走到她自己的房间，刚打开房门，她回头看了一眼，立刻尖叫着钻回他的胸前，哭喊着：“这是什么地方？你别丢下我，我好怕，他们会弄死我的！”

若她只是哭闹便也罢了，贺东弋从不惯着她这破毛病，哪怕她现在精神不正常，是个病人。贺南羽八爪鱼一般紧紧地缠在贺东弋身上，嘴巴也不安分，一边嘟囔着别丢下她，喊着东风的名字，一边在他脸上、脖子上乱亲。

她大概真是怕极了。恐惧激发出的力量是巨大的，贺东弋一时竟无法将她从自己身上拽下来。这些日子，贺南羽在贺东风身边一直是小心乖巧的，还从未这么一惊一乍过。他被她的尖叫哭闹弄得头昏脑涨，实在搞不定她，也顾不得会不会影响到东风休息，准备拖着她上三楼。

南羽很不配合，她又不像元宝，小小的一团，可以轻松抱在怀里。她长手长脚，绊着贺东弋的脚，他上楼实在太费劲。等到三楼走廊，他后背已经出了汗，恨不得直接将贺南羽打晕，扛着扔回房间。

走廊另一侧突然传来关门声，贺东弋一只手按在南羽的嘴上，将她的脑袋推离，以免她亲到自己。他回头看了一眼，发出的声音的是元宝所在的房间。

“别闹！”贺东弋不由得心烦，冲贺南羽低声吼道，“信不信我把你扔出去？！”

贺南羽立时安静许多，双眼含泪，委屈而无辜地看着他，虽然依旧紧紧环住他的脖颈，动作却很明显变得小心翼翼起来：“东风……”

贺东弋不再多言语，捏着南羽的手腕走向东风的房间。他的脚步声很轻，开门也尽量不发出任何声音，他从心底不想让元宝看到他送南羽回原本属于东风和元宝的房间。

一进门，贺东弋便松开南羽，她只好去拽他的衣服。他微微皱了皱鼻子，房间里有股奇怪的味道。贺东风睡得很熟，连他们进来房间都未察觉。贺南羽咬着手指，迟疑地看看贺东弋，又看看床上的东风，松开东弋，跑向床边。她扑过去的动作又急又猛，不小心将贺东风身上的被子拽开，贺东风不着寸缕的半边身子暴露出来。

贺东风被她的大动作惊醒，睁开眼睛转过头来，他抬了抬手，似乎想摸摸身边人的脑袋，中途却改变方向，将被子重新盖在自己身上，低低叹一声气："元宝，你又想玩什么把戏？"

贺东弋故意咳嗽了两声，别开眼睛，声音有些别扭："南羽在走廊里乱跑，她犯病了。我送她回来。"他转身走了两步，又回过头来，欲言又止。在贺东弋看来，东风和南羽朝夕相处，虽然是名义上的姐弟，可毕竟没有任何血缘关系，更何况他们原本就相互倾心，同床共枕，干柴烈火，发生些什么也在意料之中。

可是东风啊，我们家是不准离婚的，你该怎么办？贺东弋心中不由叹气，他摇摇头，最终走出房间。

昨夜东风的反应对于元宝来说无疑是最大的鼓舞，至少东风还是很喜欢她的，或者说她的身体，她就像是一棵久旱逢甘霖的小草，对于东风的渴望在经过数日的刻意压制后反弹，疯狂滋长。

她太爱贺东风了，爱到她已经不敢去想，对于东风来说，她究竟算什么，更妄论南羽与她，东风究竟爱谁。也许，元宝心中已经有答案，只是爱得太深，便卑微到极致。她满心满眼都被东风占据，容不得一点其他的。

元宝看着用人端着一杯热牛奶送进东风的房间，她紧随其后，徘徊在东风的房门前。

南羽每天在这个时间都会喝杯热牛奶，这对她的病情有益，有助于入眠。而元宝，只能趁着南羽睡着的时候，可以与自己的东风相公有一些极短暂的单独相处的时间。

等待南羽入眠的那短短十几分钟，是元宝每日最煎熬的时间。那时间怎么会如此漫长？她不断地看着时间，怀疑手上的腕表已经坏掉。听到房间里安静下来，元宝迫不及待地推开一条门缝，确认南羽是否睡着。

只一眼，元宝尚未意识到自己在做什么，便已经冲到床前。全身的血液疯狂地涌进脑袋里，她满脸通红地看着床上几近半裸的南羽，只觉得两耳中分不清是脑袋里的轰隆声还是方才房门被撞开时发出的剧烈声响的余声。

“你……”元宝一开口，便被自己惊吓到，她的声音颤抖得不像话，不知道到底有多难过、多委屈，却又无可奈何，单是从腔调上溢出的情绪便如此压抑。她伸出手指向南羽，却被飞过来的枕头猛地击中。

在南羽疯狂到失控的尖叫声与各种砸向元宝的东西中，元宝还是清晰地捕捉到东风的声音，冰冷无情：“出去。”

如同置身于凛冽的寒风之中，她觉得全身奔腾汹涌的血液瞬间凝固。

“东风！”南羽裸露的肌肤白得刺眼，她紧缩在东风的怀中，如同一只受惊的白天鹅，而东风环着她后背的手臂更是让元宝觉得心被狠狠地碾碎。

“对不起……”元宝的视线落在东风的手臂上，她嗫嚅着道歉，无助而张皇失措地向后退，仿佛赤裸着出现在他人眼中的人是自己，可是东风的臂弯里再也没有她的位置。

她似乎，又变成了一个多余的人呢。

元宝满眼凄凉失落，不知该看向哪里，似乎脚踩的地方也不对，无力地垂在身体两侧的手不安地蹭着衣角。她在东风的眼睛里找不到自己，她在这里无法理直气壮地立足。

元宝不明白，此时此刻，怎么会比她每日在房外等待南羽睡着的时候更加难熬呢？如果方才她在门外多等一些时间多好，如果她没有因为东风给她的那一点温存便得寸进尺该多好，如果她什么都不知道，那该多好！

可是，她连装傻充愣的机会都没有。

东风蹙起眉头，他侧耳听了听，转过头面向元宝所在的方向，嘴唇微动，终是开口："她后背蹭伤了，我帮她上药。"

"那我来！"元宝眼眸一亮，猛地抬起头看向东风，急切地向前跨出一步。

她话音未落，一脸警惕戒备地盯着她的南羽便再次惊声尖叫起来。南羽紧紧捉住东风的手臂，哭喊道："东风救我！有坏人要害我，东风……"

她太过用力，指甲深深地嵌进东风的手臂。他紧皱着眉头，感受并承受着她的恐惧，目光落在元宝的身侧，未与元宝对视，低声道："你看到了，除了我，谁也无法靠近她。你出去吧。"

元宝的心情像是乘着过山车，一瞬间降到谷底，因东风态度的微弱转变而飞起，又立刻被他一句话打回原点，起落沉浮均由他掌控。

她不放心地再三回头，看着东风的手轻柔地落在南羽赤裸的背上，南羽伏在他肩头，轻声呢喃。她心里依旧不是滋味，却已不见方才的手足无措。

走到门外的那一刻，元宝想，自己太被动了。她元宝何曾这样畏首畏尾？起初嫁进贺家，做东风的太太时，她所遭受的待遇比此刻何止难过百倍千倍！面对曾经无比抵触她的东风，她乐观坚强，越挫越勇，如今多了一个精神有问题的南羽，她便要处处挨打受气吗？

"小少奶奶，您没事吧？"听到动静匆忙赶上来查看的婷婷担忧地问道，“里面需要我进去收拾吗？”

“没事，”元宝摆摆手便急着要走，“你去忙吧。”

“您的手都流血了。小少爷房间里有药箱，我去拿来给您包扎一下。”

元宝低头一看，中指的指甲从中折断，剩余的半截指甲被连根掀起，露出血肉模糊的甲床。她不由得倒吸一口气，被人这么一提醒，这才感觉到疼，五官立即滑稽地扭曲起来：“我的妈，真是十指连心啊！我有事要出去，急事，回来再说。”元宝疼得边倒吸气，边甩着手往外走。

谁也不知道元宝去了哪里，自然也无人过问。贺东弋每日早出晚归，或者彻夜不归，而东风整日里待在房间陪南羽，元宝作为一个有手有脚且四肢健全、精神良好、心理健康的人，是不需要人照顾的，也不会有人过多地关注与干涉她。

元宝回来的时候心情很好，眉头舒展，很是轻松的样子。家中连日来阴郁的气氛终于有所缓解，连带着用人看到她，也不由得轻松起来。

元宝上楼时脚步轻快，在楼梯口正遇到南羽从房间里出来，她眸光稍稍一暗，随后若无其事地快步走回自己独住的房间。

南羽看到元宝却没有那么淡定，遇见鬼一般惊声尖叫着冲回房间，东风极富磁性的声音就这样穿透墙壁落入元宝的耳中，温柔动听，惑人心魄：“有我在，没人伤害你。”

第五章

东风选择了贺南羽，却阴差阳错地解救了她，她自己也说不明白，这到底是不幸还是万幸。

吃晚饭时，元宝有些心不在焉，咬着勺子便开始发呆。反正只有她一个人在楼下餐厅吃晚餐，吃多久也不会有人来催，饭菜凉了，有人会帮她热好重新端上来。

婷婷端着餐盘从她身边经过时，她猛地扔下勺子站起来，汤匙碰在瓷碟上的清脆声响吓了婷婷一跳。

“小……小少奶奶，怎么了？”

还没等婷婷反应过来，元宝已经几步跳过来，夺走她手中的餐盘。

“哎呀，汤洒出来了，你再去热杯牛奶吧。南羽喝牛奶比较好。”元宝将餐盘端回餐桌上，摆摆手说，“你快去，我在这儿等着。今天的晚饭我去送。”

“可是，小姐她……”婷婷有些为难。在这豪宅里待久了，察言观色的本事她还是有的。南羽整天待在东风的房间里，正儿八经的少奶奶却回不去。只要元宝和南羽一碰面，楼上准要弄出大动静。

“没事儿，以后他们的晚饭都由我亲自去送。”元宝目光炯炯，一副摩拳擦掌、跃跃欲试的模样。

在众人担忧的眼神中，元宝显得格外轻松。她端着餐盘站在东风的房间门口，深呼一口气，感觉自己就像那英勇就义的勇士，啊呸呸呸，英勇善战，革命还未成功，怎么能先说死不死的呢？

她往前一步，又退后半步，看着严丝合缝的门板，想了想，侧着身子用手肘去碰门把手。

平时看着别人这样开门挺顺溜的，怎么一到她这儿就打不开呢？元宝试了三四次，还是打不开房门，她喘出一大口气来，将餐盘放到地上，鼓着腮帮子用手打开了房门。

果然不出意料，南羽见到她进来又惊声尖叫起来。元宝挠了挠耳朵，故作淡定地将餐盘放下。

她看向东风，却莫名地有些紧张，连忙移开目光，原本准备已久的说辞也磕磕绊绊起来：“那个，那什么，我问过医生了，问的专家。”

她侧着身子，摸了摸鼻尖，意识到自己的这个小动作，连忙放下手，手指也不自觉地交缠在一起：“专家说，她不是看见我就反应特别强烈吗，那我应该算是刺激源，应该是这样说的吧。”

元宝下意识地看向东风，看他是否认同自己的话，虽然她并没有撒谎，却心虚得很。

东风靠在床头，左耳上挂着一只耳机，面无表情地低着头，抓住南羽的双手，不让她乱动。

“那我就应该多来，哦，每天少来几次也行，在她面前晃一下就闪人，时间长了，她就会习惯我的存在，就可以由我来照顾她，你就不必那么累了。你去医院上班，又不能带着她去。”

“我最近都会在家休息。”东风突然开口，他补充道，“相当长的一段时间。”

“啊？”元宝很意外，她不由得愣怔。在此之前，她预想过东风的各种反应，此刻却依旧不知该如何应对。

东风这话是什么意思？是在拒绝她，说南羽的事情他要亲力亲为，不要她插手？不管是哪个，都足够令她难过且气愤得挠一夜墙。

显然，计划A以失败告终。

元宝并没有如自己所说的每日去刺激兼照顾那对狗男女，哦不对，这三个字用在这里还不够恰当，且送他们俩一个“苦命鸳鸯”，元宝想。

东风没有对她偶尔的插手表现出任何的抗拒或者不悦，确切地说，东风对她做的大部分事情都视而不见。

她依旧只是趁着南羽睡着的时候去找东风聊天，更多的时候是她絮絮叨叨地说，东风安安静静地听。对元宝来说，哪怕是相顾无言，能感受到东风的呼吸，对她来说也是一种满足。

南羽最近嗜睡，仿佛怎么也睡不够似的。对于习惯了她疯狂失控的模样的东风来说，她总算安静许多了。

大概是睡得久，活动量少了，她的食量明显骤减，不肯好好吃饭，偶尔还会呕吐。起初，她还肯听东风的话，不想吃也会象征性地吃一些，后来，无论东风怎么劝，她都不肯再吃，很是抗拒吃饭这件事情，逼急了便伸手摔碗碟，弄得一室狼藉。

也正是由于贺南羽的睡眠时间变长，元宝才有机会进来跟东风一起用餐。

贺东风吩咐婷婷给南羽换过食谱，但是她不吃饭的情况仍未有好转。东风很是疑惑，却不知问题出在哪里。

当饭菜再次被送进来时，东风先拿起筷子品尝，清淡爽口，符合南羽平日的饮食习惯。菜品基本每日不重样，唯一不变的便是那杯牛奶。

东风抿了口牛奶，微微皱起眉头。

他找婷婷来问，得知每天给南羽安神的牛奶是元宝亲自热的。

婷婷欲言又止，说："小少奶奶没有下过厨，热奶都烧坏了好几只小奶锅呢，手也经常会被烫到，但是坚持亲力亲为，不要我们帮忙。她说想要亲自做些事情，希望能够帮到您。"

元宝在厨房忙得热火朝天，锅碗瓢盆摔得叮当作响，手指被烫到，便胡乱塞在嘴里吸吮两下，并不曾停下手里的动作。她在家也是被当作掌上明珠的，别说十指不沾阳春水，连厨房都不曾进过。她给东风做早餐差点烧掉厨房的时候也没有这么用心过，可惜天天进厨房，热奶的功夫依旧不见长进，无论别人怎么教，她总是能把热杯牛奶这样简单的事情弄得一团糟。

婷婷劝过她多次，毕竟热杯牛奶比收拾她进去过的厨房要简单轻松得多。叫人热好了由自己端上去，说是自己热的，这样互利共赢的事情，元宝却不肯，还不让别人在厨房看着她。

东弋刚从外面回来，便听到一声巨响，被吓得眼皮一跳。他眉头轻轻上扬，一脸的不悦，看向婷婷："怎么着？家里进日本鬼子了这是？前方怎么还有炮火的声音？"

婷婷一脸尴尬地摆摆手："不是不是，大少爷，咱家没进鬼子，咱家的鬼子是原生，自家发育起来的，这么说也不对，小少奶奶比小鬼子厉害多了……"

如果是元宝的话，这话是不假，他相信元宝有这个实力。

贺东弋脱下外套、扯掉领带，随意往沙发靠背上一扔，散步似的溜达进厨房。他并没有刻意放轻脚步，只是元宝太过专注，压根没注意到身后有个大活人在靠近。

她全神贯注地忙碌着，从背带裤的口袋里取出白色小药瓶，倒出两枚白色的小药片，再用勺子碾成粉末，然后倒进热好的牛奶里搅拌，筷子撞在玻璃杯上发出叮当叮当清脆的声响，听得她心情愉悦。

“呦，最毒妇人心啊这是！你准备把她毒死吗？”他突然压低声音在她身后说道。

元宝并未发觉哪里不对，嘿嘿笑了两声：“才不是呢，我这么善良，哪是那种杀人灭口的坏蛋啊！再说了，你以为杀人不犯法啊？杀人不犯法，她能活到今天？我对她的恨简直如滔滔……”她猛地一顿，惊悚地扭过头，两只大眼睛瞪得跟拍恐怖片似的，“大大大大……大哥！”

贺东弋皮笑肉不笑地勾了勾嘴角：“给我滚，还大大大大大，你当我定海神针金箍棒呢？你说大就大。”

他翻了一个嫌弃至极的白眼，不理会她眼中的惊涛骇浪：“你别告诉我你往牛奶里加的是维生素ABCDEFG。”

元宝惊慌失措间将玻璃杯打翻在地，尚热的牛奶尽数洒在她的脚背，她越发手忙脚乱，低下身子便急着去抓地上的碎玻璃，手指被碎玻璃划伤，立时渗出血来。

“就你这芝麻胆儿，还敢给别人下药？”贺东弋嗤笑一声，拎着元宝将她扔在流理台上，用冷水帮她冲脚，他捏紧她划破的手指，更多的血液被挤出来。

元宝连声喊疼，拍着他的手让他松开，瞬间泪眼汪汪：“你还知道杀人是犯法的呀，我看你现在就要行凶。看你这副嘴脸，一看就是变态杀人狂，看到我这么萌的小萝莉就起了杀心！”

贺东弋嘴角邪恶地上挑，狠狠在她手指上捏了一把，疼得她瞬间飙泪，他冷笑两声："还这么萌的小萝莉，你起床的时候把脸皮落在枕头上吧？"

她仇视贺东弋，他则一副"我是你大爷"的霸道模样，对视了将近一分钟后，两个人突然一起伸出食指放在各自唇边："嘘——"然后同时用力一点头。

贺东弋叫来人把厨房收拾一下，拿着医药箱带元宝到门外的藤椅旁坐下，取出烫伤膏扔到她怀里："涂一下。"

元宝摸摸自己的脚背，就是有一点火辣辣的疼，没烫坏。她把烫伤膏扔了回去，拿起创可贴缠手指。

四下无人，她可以放心讲话了："我问过医生了，这是对南羽姐姐病情有帮助的镇静药物，和主治医师给她开的药物没有冲突。"

"你只要告诉我会不会死人。"他难得严肃地沉声问。

元宝脑袋摇得像拨浪鼓一般："馒头吃一百个也会撑死人的呀，适量肯定不会死人的嘛！"

贺东弋不说话了，只是盯着她看，良久后，她的眼眶慢慢红起来，哽咽道："她醒着，我就不能靠近相公，我只是想多些时间和他待在一起。我是合法的，他本来就是我的……"

贺东弋深吸一口气，转头看向别处，目光深远。

元宝与南羽，他显然更喜欢前面这一个喜庆的小家伙，可南羽毕竟是自己看着长大的，再嫌弃，那也是自己家的小孩。他的心里并不好受，手心是肉，手背是皮，可皮也是长在身上的。

"我只希望这个家能像个真正的家，我弟弟能安稳地生活，至于别人，都是退而求其次。太平一些，对所有人都好，对吗元宝？"他转过头来，像一个真正的长辈那样与她说话。

元宝呆呆地点头，其实心里压根没理解他到底要告诉自己什么，她的冰雪聪明都用在勾引自己老公身上了，加上最近神经紧绷，她的智商额度接近透支。

贺东弋起身走了，元宝坐在草坪上发呆半天，感觉自己参透了贺东弋的话，他是让自己偷摸下药，别被别人发现了。

嗯，就是这样的。

元梓谦的到来有些令人意外，贺东弋前脚才走，他后脚就到，他带来的坏消息也十分令人讨厌，元宝感觉自己轮番遭受了炮轰。

“肚子有动静了吗？”元梓谦盯着她平坦的小肚子问道。

元宝像犯错误的小学生一样低下头：“还没，好不争气哦……”

他捏着元宝的肩膀令她直起身体，抬头挺胸：“你来贺家的时间不短了，怎么还一点少奶奶的气质都没培养出来，动不动就像小孩子一样？要大气一些。”

元宝垂头丧气地“哦”了一声，想起哥哥的话，便抬起下颌，微微仰首：“知道了哥！”

“上午我去了妈的厂子那边，很棘手，从上半年的财务报表上看，亏的不是一星半点。妈是在强撑，要想扭转现状和大公司合作，就必须采购新型设备。你知道我的钱一向都给妈拿去周转，现在入不敷出，姑姑不可能借我那么多钱，就靠你了元宝。”

元宝抿了抿唇，摸了摸背带裤口袋，嘟囔一句：“我就有十万块啊……”

“嗯？”元梓谦没听清楚。

元宝摇摇头：“没啥，我会抓紧时间的，多吃一点补品，让我的肚皮争气一些，只是机会难有，贺南羽老是搅和。”

“那就多制造机会，她一时半会儿是不会离开贺家的，姑姑绝不允许外人知道家里的女人接二连三地疯。”他拍拍元宝的脑袋，心疼道，“委屈你了，记得夜长梦多，宜早不宜迟。”

元梓谦走后，元宝本打算重新给贺南羽热一杯牛奶，却被婷婷告知贺东风已经让她热过送去了，这会儿早喝完了。

元宝闷闷不乐地叹气，贺南羽没有喝她热的牛奶就不会早早地安稳地入睡，而贺南羽不老老实实睡觉，她就没有机会去和相公搞事情。想到这里，她再次陷入沮丧。

婷婷被元宝不停叹息叹得一头雾水，压低声音好奇地问："小少奶奶，你这是怎么了？一副丢了好多钱的样子……"

元宝委屈地抬头，五官都挤在一起："你没告诉我相公，贺南羽的牛奶一直都是我在热吗？等我一下下就好了嘛……"

婷婷点头："我说了呀小少奶奶！可是小少爷说，今天偏偏不让你煮，明天后天也不让你煮。"

"大后天呢？"元宝皱眉。

"我也这么问的，大后天呢？少爷说，大后天就可以让你煮牛奶了，你说少爷奇怪不奇怪？"

元宝陷入沉思，并且沉思了许久，不过智商已经下线的她并没有沉思出什么有用的东西来。脑细胞全军覆没后，她决定睡一觉。

没有什么是床解决不了的，如果有，那就换张更好的床，所谓一睡解千愁。

可这觉睡得并不安稳。

元宝梦到自己孤身一人走在海边，海天一色，烈日当头，身后有窸窣的摩擦声，一转身，便看到许许多多黑色的蛇。她停下，黑蛇也停下；她走，黑蛇也走。她怕极了，再转身，就看到贺东风与贺南羽并肩站在海水中央的一艘游艇上，好像他们在度假，而她在逃亡。

元宝拼命地挥手求救，东风却对她视而不见，倒是贺南羽，对她轻轻地勾手。

她不顾一切地跑向海里，焦急而笨拙。她惶恐地向后望去，就见那些黑蛇随她一同入海，比在沙滩上更恐怖的是，这回她都无法确定黑蛇与自己的距离，说不定那些黑黢黢的东西就在她的脚边游动。

水深了，她才想起，自己不会游泳，不断地扑腾呼救，最后惊醒时，已是满身大汗。

睁开眼的瞬间，她见到了比梦里更加恐怖的一幕——贺南羽跪在她的床边，竖起食指放在唇边，让她噤声，嘴角露出神秘又诡异的微笑。

她嘴巴上贴了胶布，双腿被人用被单紧紧缠住，双手也被绑住，不过显然绑得不够用心，松松垮垮的。

贺南羽从背后拿出厨房用的大号量杯，一边笑着一边慢慢地从元宝的小腿开始往上浇，液体很快渗透布料，冰凉凉的。

随后贺南羽放下量杯，拿起打火机打开，火苗蹿起，元宝不断地摇头尖叫，精神接近崩溃，鼻涕眼泪一把一把往下流。她挣扎着要起来，恨不得跪下叫贺南羽妈妈，只要贺南羽肯放自己一条生路。

“别动，别发出声音。”贺南羽冷静得根本不像个病人。

元宝很怕，却还是乖乖听话。她不敢动，可是身体仍在不断发抖。

“你怕死吗？”她问。

元宝眼睛一挤，掉了两大滴眼泪，点头。

“活着和贺东风你只能选一个，你选哪个？想活着，就离开东风；想永远留在他身边，就要变成一座坟，那样你就会永远是他配偶，他的伴侣。”

元宝这回不答了，眼泪簌簌地落。她想活着，还想要东风。她想在东风身边好好地活下去，不求生生世世，但求今生今世。

得不到元宝的回答，贺南羽又拿起量杯，将里面剩余的液体全数泼在元宝的脸上，随后，将点燃的火机向她湿漉漉的脸庞靠近，笑容可怖：“元宝你说，要是我在你身上放一把火，你会怎么样？”

元宝拼命地摇头。

“我不会让你死掉的，你放心。我会让你生不如死，就像我现在这样，我要让你日日都生活在煎熬里。”她的眼神又变得无害起来，神情难掩雀跃，似乎是很满意自己的幻想，“我要让你毁容，体无完肤的那种，每一寸皮肤都烂在骨头上，让你未来无数的日子里，在这间房子里，以令人作呕的面目伴随着幸福的我和东风一同老去。你在他眼里会变得一文不值，就是一块恶心的肉泥。你说，这样的未来，是不是对得起我因为你而遭受的那些羞辱？”

元宝绝望极了，贺南羽的形容让她怕到连呼吸都变得困难，一想到浑身焦黑的自己，想到有可能会被所有人用同情或嫌弃的眼神看待，她的人生不再有幸福和光彩可言，她就想当即咬舌自尽。

活着，又没本事打败敌人；去死，还没有勇气，元宝觉得自己真心是个窝囊废。

贺南羽嘲讽地笑出声：“贪生怕死。”

她什么都没做，关上打火机，淡定地转身走出元宝的房间，仿佛刚刚她只是同元宝闲话家常一般。

元宝飞快地挣脱手腕处的绳子，解开缠在身上的被单，撕掉嘴上的胶布，扑到房门处把门锁上，担心南羽会有钥匙，又推来置物柜和沉重的实木单人沙发挡住。她在沙发附近找了一圈手机没找到，就心急地走到落地窗外，探出身子往楼下看。

只见贺南羽正蹲在她种植的小花丛前，慢条斯理地用剪刀摧毁那些花叶，不慌不忙。

“救命……”她哆嗦着小声叫了一声，接着，撕心裂肺地对着天空高喊道，“救！命！”

贺南羽拿着剪刀的手微微顿了一下，又继续淡定地摧残属于元宝的小花园。

婷婷先从别墅里跑出来，仰头看向二楼："小少奶奶？是你叫救命吗？"婷婷见她不停地抹眼泪却不说话，心里一咯噔，她叫救命应该从房门出去叫大少爷或者小少爷啊，怎么在阳台？不会是房里着火了吧？

她飞奔回别墅内，边往楼上跑边喊："大少爷！小少爷！快救命！小少奶奶房间起火了！"着火了就要灭火啊，自从上回贺东弋的收藏室起火以后，家里备了很多灭火器，她扭头冲进洗衣房，费劲巴力地抱起一个灭火器，转身往元宝住的房间跑。

贺东弋正在洗澡，封闭的空间加上流水声，导致他什么都没听到，是后来婷婷跑得近了，他才隐约听到走廊里有女孩子凌乱的惊呼声。他匆忙地穿上浴袍，大步流星地往外走。

"你干吗？"打开房间后，贺东弋看见婷婷正在元宝门外慌慌张张地拿钥匙开门，脚边还立着灭火器。

婷婷急得快哭了："大少爷，这门怎么打不开？小少奶奶在阳台喊救命，怕是屋里起火了！"

贺东弋边走边吸鼻子："起个屁火，一点味道都没有。"

嘴上这样否定，心里还是有些慌，他夺走婷婷手里的钥匙，开了半天门，发现有人在里面把门堵上了。

他用拳头用力地捶门："元宝！开门！"

元宝愣在阳台半天，没给他回应。

贺东弋直接去元宝隔壁房间打开门，飞快走到阳台，这回，清清楚楚看到了现在一步之外另一个阳台上的元宝正在抹着鼻涕发抖。

"你搞什么？你房间着火了？"

元宝被这么一问，哇的一声哭了出来。

贺东弋微微一怔，攀着栏杆跨到元宝那边，先瞄一眼元宝的房间，什么都没发生，只有沙发柜子堵在了门口，便顺手将头发湿漉漉的元宝拎进房间："怎么了你？发生灵异事件了吗？"

元宝哭够了，指了指楼下的贺南羽，又指了指自己的头发，抽噎道："大大大大……"

"尊称可免，不用大了，直接说。"

"贺南羽那个疯子！要弄死我！"她捂住眼睛含混不清地哭诉。

贺东弋挑了挑眉，顺着刚刚元宝的手指往楼下看去，贺南羽正安安静静地蹲在地上摧残祖国的花朵："她怎么谋害你的？跟容嬷嬷似的拿针扎你了？"

"她把我绑住，往我身上倒汽油还是什么的，要烧死我……"

贺东弋皱眉，良久无语："她绑你的时候你怎么不知道？按她的性子，说要烧死你就真的会烧死你，你是怎么说服她放了你的？"

"你怀疑我在诬陷她吗？我可没疯……"

但愿你是没疯的，贺东弋在心里想，爱情这个东西太可怕了，谁都有可能为了爱情疯掉，虽说现在的贺南羽确实可能做出杀人放火的勾当来，可当下这个场景，实在不像元宝口述的那样。

他拍拍元宝的肩膀，耐心安慰："我在这呢，没事了，别怕。"

他搬走堵在门口的沙发和柜子，刚一开门，已经为救火准备就绪的婷婷就拎着灭火器冲进来："我来了！小少奶奶别怕！"

嗞嗞两声，贺东弋被无辜地喷了一身干粉，他郁闷地摸了一把额头，瞪得婷婷心里直发毛："你就跟着添乱吧你！"

他扭头去浴室拿来一条毛巾，在沙发前的地板上蘸了蘸，那里刚好有留下的不明液体，放在鼻子前闻了闻，没有任何味道，于是走到门口让婷婷找来打火机，站在走廊里对着蘸湿了的毛巾一角点。

一点燃烧的迹象都没有。

他压低声音靠近婷婷，问："南羽刚刚来元宝的房间了吗？"

婷婷认真地回忆一番，摇头："应该没有吧，我进洗衣房的时候，大小姐就在那摆弄花了，我还劝她别把小少奶奶的花弄坏了，否则小少爷该不高兴了。她也没听我的呀，我就去洗衣服、晒床单。我出来的时候，大小姐还在那弄花呢……”

贺东弋长叹口气，顿时觉得焦头烂额。

一直在卧房休息的贺东风不是没有听到元宝的呼救，他房间的窗半开着，元宝的声音很清晰地从窗外二楼传进来，他当即慌张地跳下床，却意外地撞在门框上，当即撞得眼前发黑、晕头转向。他想了想，自己什么忙也帮不上，还是静静地等消息就好。

他靠在门上慢慢滑坐在地上，修长的手指微微发着颤，慢慢地抚上自己的双眼，接着，又张开五指在眼前晃了晃，看不清，什么都看不清，只有模糊的肉色影子。

是的，他看不到东西很久了。那场绑架案里，他被伤双目，一觉醒来之后，看什么都只有模糊的影子。

他下床时会像个孩子一样摔倒，喝水也可能推翻水杯，找不到衣服在哪里，磕了无数青紫。这些都让他极具挫败感，好端端一个人，突然之间就成了废物。

随着他的味觉与嗅觉越发的敏感，他才慢慢接受这个现实。

贺东弋敲了两下门没得到回应，便径自推开门走进来，东风正倚窗而立。

这里是他能够最清晰听到元宝房间里动静的地方。只可惜元宝发出那几声救命之后，楼下便基本安静下来，他无法从只言片语中判断出发生了什么事情。

“你这么淡定？”贺东弋抱着铁皮糖果盒，撕开糖纸将一颗糖扔到嘴里含着，“元宝闹那么大的动静，你都不急不躁，不闻不问？”

“到底发生什么事了？”东风侧身对着他，目光落在窗外，强烈的光线落在他的眼睛里散成一小片微弱的白色，并不刺眼。

“元宝说贺南羽要烧死她，可我连丁点火星都没看到。”贺东弋嘎嘣嘎嘣地嚼着嘴里的果汁硬糖，“元宝和南羽，这两个女人，你最终要舍一个，再说她俩再这么折腾下去，我不用吃糖也够牙疼的。”

东风没有开口，贺东弋也早已习惯了他的冷淡沉默，尤其是经历了上次绑架事件以后，这孩子就跟中了邪一样木讷，贺东弋不以为然，抱着糖盒子正要走，又回身问：“你的眼睛，元宝……”

“别告诉她，她还不知道。”

贺东弋玩世不恭地笑了两声，那放荡的模样简直不正经到过分，一点也不像个快要四十岁的大哥：“行，听你的，你是祖宗。我呢，长这么大，只见过装病、装瞎的，还没见过装没病、装火眼金睛的。”

他关门离开，东风又在窗边陷入良久的沉思。

他想着，如果时间能在这一刻永久地停留也很好，生活无喜无悲，没得到什么，也没失去什么。

晚饭之前，贺东风听到楼下传来丁零当啷的声音。

元宝跟婷婷将房间里所有沾上不明液体的东西全部换掉，贺东弋说那应该是水，可应该不应该和到底是不是是两码子事儿，她只知道这豪门深似海，弄不好就会变成火海。

元宝请人来更换门锁，钥匙全部归她自己保管。原本她还打算将所有的窗户都封死，在婷婷的提醒下，意识到万一发生什么意外，窗户还可以作为逃生通道，便又叫人将封死的窗户拆开。

元宝吭哧吭哧地抱着一罐灭火器放在门后，想了想，又挪到床头，却又觉得不妥，正在纠结灭火器该放到哪里才最能救命时，婷婷进来告诉她东风找她。

元宝连忙捋了一把头发，拔腿就往东风的房间跑，风风火火地推开门便问：“相公，你终于想我啦！我等得花儿都谢了！”

“元宝，你在胡闹什么？”他冷冷地问，“你让人把房间的窗户封死了还摆了一堆灭火器？”

“相公，我没有胡闹。”元宝用手背在额头上蹭了把汗，“贺南羽她要烧死我，我这是在自保。相公，我给你也搬两罐备用吧。你长得这么好看，万一她求而不得，想跟你同归于尽怎么办？我不能允许你生活在这种危险里，你等着，我马上去给你搬。”

元宝刚转过身，身后便传来东风平静的声音：“如果她要烧死你，你为什么还能站在这里？别再让这个家鸡飞狗跳了。”

在东风看来，贺南羽如果想要烧死元宝，绝不会心慈手软，轻易放过。可是，贺南羽现如今只是一个病人，一个时时刻刻惊恐着、不安着，觉得有人要害她的女人。

“相公……”元宝转身看向他，却只看到他的侧脸，他颀长的身姿被笼罩在夕阳的余晖里，被镀上一层金色，如天神一般不可轻易接近，“你不相信我？”

“你是不是怀疑我无中生有，不相信我？”元宝追问，却得不到东风只言片语的回应。

她紧紧盯着东风，却没能与东风对视，眼中只有东风眼睑微垂的模样。

光线似乎瞬间暗淡下来，连空气中的温度都降了几分。渐渐地，元宝垂下脑袋，抿着嘴唇一语不发地转身离开。

信任真是个磨人的小妖精，怎么说不在就不在了呢？元宝心里很失落，失落到连对放灭火器自保都失去了兴趣。

世上最难的事，恐怕就是要一个正常人证明自己正常。

月色昏昏。

元宝靠着墙根慢吞吞地往前挪着步子，走廊里壁灯的灯光将她的身影拉得很长，她的目光却早已不知道飘去哪里，神情不属。

“咣当……”

元宝撞到拐角突出的墙壁上，吃痛之下皱起了眉，两手捂住额头慢慢蹲到地上。

婷婷迷迷糊糊地从房间里走出来，眯缝着眼睛环视一圈，没发现什么，以为是自己太困产生幻听，一转身，眼角余光瞥到蹲在地上缩成一团的元宝，她浑身一激灵，瞪大眼睛往后退了几步，吃惊地喊出声：“小少奶奶，这么晚了你不在房间睡觉，蹲在这儿干啥？”

“大好时光，我要去赏月。”元宝泪眼汪汪地站起来，捂着脑袋走开。

“小少奶奶……”婷婷低低地喊了她一声，没能得到她的任何回应，不由得抱着双臂打了个冷战。正以小碎步走开的元宝长发披满肩头，宽松的白色棉质睡裙在光线暗淡的走廊里格外显眼。

“小少奶奶不会是魔怔了吧？”婷婷小声咕哝着，揉了揉眼睛，打着哈欠回房。

贺南羽静悄悄地起身，刚准备开门出去，床头的台灯突然亮起，东风的声音如同窗外冷冷的清风袭来：“为什么不睡觉？”

贺南羽转过身看向东风，纵使台灯照亮了小半个房间，她的神情落在他的眼里却依旧如同隐在浓浓的夜色中，看不分明，她的嗓音轻软温顺，如同被冤枉受了委屈的小孩子一般无辜：“东风，我有乖乖睡觉，我只是口渴，我想喝水。”

夜深了，贺东风无法叫醒别人帮贺南羽倒杯水，他也明白贺南羽要出这个门，他没有办法阻止。他担心贺南羽会去伤害元宝，可是无论如何，以他现在的身体，他无法做到时时刻刻地守住她。

“我陪你去。”贺东风掀开被子，摸索着准备起身。

“小东风，”贺南羽的语气有些受伤，“我知道你们都认为我疯了，我听到他们偷偷地在说我的病治不好了。可是我很清醒，我真的没有病。你是我的东风，难道你看不出来我很正常吗？他们要害我，你不能不信我，你说过要好好保护我的。我只是口渴，去倒杯水喝，我什么也没有做，你不要像防贼一样防着我好不好？”

贺东风沉默着。

贺南羽继续说道：“我只去倒杯水便回来好吗？你闭上眼睛，数一百下，这样小东风你一睁开眼睛就可以看到我啦。”

贺东风终是妥协了，只在贺南羽准备转身出去时，提醒她披件外套，夜里凉。

南羽却没有立刻离开，微微弯腰吻了吻东风的眼睛，在他的睫毛颤了颤最终合上时，温柔地说道：“我马上回来。”

今晚的贺南羽似乎真的清醒了很多，可她这样看似善解人意、温柔体贴的行为，并未能让贺东风心安半分。

贺南羽并未离开太久，大概连她说好的一百下都没能数完，她便双手握着水杯回来。她吹着水杯上袅袅的热气，轻笑着伸出一只手覆在东风的手背上。

东风的手背微凉，而她的手因为一路握着水杯回来，有些发烫。

“小东风，你睁开眼睛就能立刻看到我了。”

贺东风稍稍松了口气，贺南羽安静地小口抿着杯里的热水，直到将一杯水喝完，才脱掉鞋子上床睡觉。

她刚躺下，便蜷着身子依偎到贺东风身边，抱紧东风的一条手臂。

“南羽，”贺东风抽出手臂，若有所思地摸了摸她的头发，“我在这里不会走，你不用紧张，安稳地睡觉就好。”

贺南羽不情不愿地转过身子躺平，双手叠放在身前：“这样够乖了吧？”

“嗯。”

东风不知道自己是什么时候睡着的，照顾贺南羽，比对付一秒也不能乖乖地坐到凳子上的元宝更累，也许是面对的人不同，心情也不一样。当他被一声尖叫惊醒时，一只手臂不知被南羽搂了多久，微微一动，疼痛酸麻的感觉瞬间袭遍半边身体。

身边是空的，贺南羽不在房间，东风没能分辨出方才那一声尖叫属于元宝还是贺南羽。

当他磕磕绊绊地摸着扶手走下楼梯，发觉走廊里到处是水，每一脚踩下去都冷冰冰的。最后一个台阶迈下后，他感觉自己踏入了一汪无际的浅海。脚下的水让他对这个熟悉无比的家失去了所有安全感，他僵硬地向前迈了一步。

“东风！”贺南羽像是被定在水里一般，一动不动，直到看到东风出现，才如梦初醒一般尖叫着投进他的怀里。

贺东风措手不及，被她一头撞得坐倒在身后的台阶上。

这一次，她的尖叫持续而尖厉，惊醒了别墅里所有的人。

元宝从外面冲进来，一开门，水泄洪一般哗啦啦地往外涌，她微微一怔，半个裤腿都被水打湿。

“相公？”元宝看到东风摔在楼梯口，便往那里跑，踩在水里啪啪地响。

她刚准备扶起东风，就被贺南羽尖叫着一掌拍在额头上，仰面朝天摔到水里。

“小少奶奶，天啊！这是怎么回事？”婷婷捂着嘴惊呼道。

紧随其后到来的贺东弋不由皱起眉头，迅速下楼冲进厨房，将所有大开的水龙头关紧，婷婷也紧随着去检查其他的水龙头。

“大少爷……”婷婷偷偷瞥了一眼元宝，“所有的水龙头都被打开了，除了您和二少爷房间的。”

元宝浑身湿淋淋的，白色睡裙紧紧贴在身上，裹着贺东弋扔过来的一块大浴巾瑟瑟发抖。她盯着贺南羽，声音打着战："你烧不死我，就准备淹死我吗？你真是脑子有病，这么放水连狗都淹不死，我起码也是身高一米好几的人，你放这几厘米的水，是在羞辱我！"

南羽瞪大眼睛吃惊地看着元宝，不明白元宝为什么这么说。她害怕得缩着身子躲进东风的怀里，声音带着哭腔："东风，不是我，我有乖乖睡觉，我没有做坏事……"

"小少奶奶……"婷婷走过来，将一件干净的厚睡衣披在她身上，抿了抿唇，似乎有话要说又不好说。

"婷婷，过来，你这欲言又止的干吗？"贺东弋敏锐地发现了婷婷的不对劲，对她招了招手。

"没……没事……"婷婷目光躲闪着，摇摇头。

"找打呢是不是？"他不耐烦地凶了她两句。

婷婷又偷偷瞥了一眼元宝，小声开口："那会儿我都睡着了，听到外面有动静，出来一看，小少奶奶正蹲在地上，说要去赏月。今儿晚上可是下弦月，外面乌漆墨黑的，哪有什么月亮可以看啊……"

"我睡不着，去外面透透气，这怎么了？"元宝不解地反问。

"小少奶奶……"婷婷说话越发小心翼翼，"你房间的水龙头也开着，房门的锁是新换的，钥匙只有您有。"

"我出来的时候没有锁门啊，我出门赏月还要反锁房门啊？难道你们怀疑水是我放的？"元宝瞪大眼睛惊讶地反问，她不自觉地提高声音，"难道我会自己把自己淹死吗？！好歹我也是上过大学的人，能不能别给我安排这么低智商的犯罪方式？"

在场的众人都没有说话。得不到回应，元宝焦急地重复着问："你们真的怀疑我放水？贺南羽没有烧死我便想要淹死我，你们竟然觉得是我自己干的？"

在元宝几乎歇斯底里地大吼时，婷婷说："小少奶奶，你这几天的状态有点不对劲……你是不是，中邪了？”

“我才没有中邪，我好得很，你们为什么不肯相信我？”元宝急得眼泪都出来了，喉头一阵阵发紧，她激动地往前走了几步，指向贺南羽，语无伦次，“为什么你们都向着她？非要等她害死我，你们才肯相信我说的都是真的吗？为什么？”

贺南羽害怕地拽着东风的衣服躲到他的怀里，紧紧地抱住他的腰身：“东风，我们回去吧，我好害怕……”

“为什么你们不肯相信我？你别碰我相公！”元宝崩溃，大哭出声，想要冲上去拉开南羽，却被贺东弋一胳膊勾在脖子上控制住。

贺东弋拎小鸡似的拽着元宝的衣领往外走，让东风赶快将贺南羽带回去，以免这样下去再出现什么不可控制的局面。

“贺东风！你老婆在被别人欺负！你到底是不是男人？！”她不甘心地回头大喊，“你是我老公，你应该保护我！”

贺南羽猛地回身，双目通红地尖声质问：“那我呢？！难道我不是因为他保护你才遭受那么恶心的不幸吗！如果你愿意，我把东风还给你，你去被人轮奸，你愿意吗？！”

元宝哑然，南羽凄楚地笑了两声：“他保了你的平安，你还要带走他的人，你让我怎么活啊元宝？你到底还要让我活得多辛苦才甘心？”

元宝一时愣怔，不知道该说些什么反驳回去。

贺南羽说的不无道理，东风选择了贺南羽，却阴差阳错地解救了她，她自己也说不明白，这到底是不幸还是万幸。

令她一直耿耿于怀的是，东风出于什么样的考虑才选择了贺南羽，应该是潜意识里无法磨灭的爱吧。在残忍抉择的最后一刻，他选择了心底最珍视的。东风依旧爱着南羽。毕竟这场爱情争夺战里，她才是后来者，还是指腹为婚，与东风毫无感情基础，纯靠撒娇耍赖、无所不用其极的套路才得到他。

青梅竹马难忘，初恋更难忘，贺南羽是东风青梅竹马的初恋女友，而东风是元宝的初恋丈夫，这条食物链中，谁高谁低，一目了然。

爱能让人强大，让人不要脸，所以元宝发誓要抢回自己的老公，可有时，事与愿违；爱又让人卑微、懦弱，所以，她忍气吞声，只为多看他几眼。

第六章

东风的眼睛看不到这件事，他一直都清楚，却将她蒙在鼓里。

贺南羽被东风带回房间，元宝站在原地不动，浑身湿透的她嘴唇青紫，瑟瑟发抖也不自知。

“你再不去泡个热水澡换件衣服，明年我就该烧钱烧衣服给你了。”贺东弋开着玩笑在她后背上推了一把，示意她回房，眼中却满是担忧。

元宝充耳不闻，失魂落魄的样子如同行尸走肉。贺东弋只好让婷婷放下手里的活，先扶她回去。

满室狼藉，满眼荒唐。

贺东弋无奈地用手指揉了揉眉骨，今天晚上用人是别想睡了，都撅屁股努力擦地吧……

水基本已经退去，地面湿漉漉地反射着灯光。贺东弋踢掉脚上湿透的拖鞋，光脚上楼，准备去看看东风，再去看看元宝就回去睡觉，折腾了半宿，他实在是困乏得很。

他楼梯还没踏上几级，婷婷便咚咚咚地跑下来找他："大少爷，您要不还是去看看小少奶奶吧，她跟丢了魂似的，喊她也不应。"

贺东弋进去的时候，元宝正窝在单人沙发里，像一个破败的失了神的布娃娃，两眼失焦，完全找不到曾经的灵动劲儿。

澡是婷婷帮忙洗的，衣服是婷婷帮忙穿的，婷婷下楼之前将她扶到沙发上坐下，她便一直这样坐着不动弹。

贺东弋连喊了元宝好几声，都没能引起她的注意，一个栗暴落在她脑门上，好半天，她才后知后觉地感受到疼似的，皱着眉抬起头来，声音也是有气无力："要死啊你……"

"怎么着，刚才贺南羽把你骂成植物人了？用不用我搞个高档花盆把你栽到里面？"贺东弋拉过一把椅子在她对面坐定，"反射弧太长是病，得治，知道不？"

"哦。"元宝盯着他很久，才呆若木鸡地应了一声，移开目光看着某一处继续发呆，看样子，并没有听进去他在说什么。

贺东弋又胡侃了几句，发现元宝根本无心与他对话，便让婷婷把她扶到床上睡觉去。

临走时，他叮嘱婷婷留下来陪着元宝，别让她一个人待着。

婷婷谨遵贺东弋的嘱咐，死死守在床边，距离天亮已经没有多长时间，元宝一直盯着天花板，婷婷则一直盯着她。

当婷婷开始单手撑着脸颊打盹时，贺东弋敲开了元宝的房门，让元宝跟他出去一趟。

与昨晚相比，元宝的情绪和反应已然好了很多，她慢吞吞地坐起身来，转头看向门口："去哪儿啊？"

"你跟我出去不就知道了，大哥我能害你吗？"看到元宝肯理会他，他轻松许多，靠在门框上双手抱臂看向元宝。

“你不说，我就不出去。”

“信不信我一脚踹你到一楼？我在楼下等你。”贺东弋瞥了她一眼，径自转身出去。

好奇心害死猫，元宝坐在床上，想了想，又想了想，一骨碌爬起来洗了把脸，换身衣服下楼。

客厅正在整理中，元宝看到那些被泡坏的家具被拉出去时，脸色变得有些阴沉。

她头也不回地以最快的速度出门，省得多看一秒这里的狼藉，便多堵一分心。

贺东弋正在车里等她。车窗打开，贺东弋一只胳膊搭在车窗上，闲适地打着电话。

元宝走近时，看到了他手机屏幕上童年的表情，有些凝重与担忧，下一秒她便听清了童年的话：“我家元宝得被你们欺负成什么样啊，需要被你骗去看心理医生……元宝？”

贺东弋闻声回头，元宝正站在一米开外。他吓得差点将手机扔出去：“你走路怎么没声啊？”

“是你做贼心虚吧！”元宝没好气地顶回去，“谁要去看心理医生？我又没病，有病的那个都没看心理医生，我干吗去看心理医生？我不去！”

贺东弋连忙下车拦住她，耐心哄着：“就是因为你没病，所以我才带你去看心理医生。看过心理医生，就能证明你没病了，那以后谁也不能说你不对劲儿了，对吧？”

“好像是有些道理哦。”元宝若有所思地点点头，又狠狠地摇摇头，“那我也不去，没病还得证明自己没病，这才真是有毛病！”

她一扭身子挣脱开贺东弋，撒丫子便跑。

“小元宝！你给我站住！”贺东弋刚追了几步，手机铃声在车里响起来，他回身上车，接完电话开车离去。

元宝没有回房间，她受够了那栋房子带给她的压抑的情绪。她从仓库里搬出藤椅，叫婷婷暂时停下手，帮她取出一些面包和果汁，准备享受这清晨惬意温柔的日光。

一切都准备就绪，看上去都很完美。

元宝刚躺到藤椅中翘起脚丫子晃了一下，便提高声音尖叫一声：“婷婷！谁动了我的花？”

婷婷慌慌张张地跑出来，将湿淋淋的手在围裙上蹭了两下：“那个啥，小少奶奶，你的花，花怎么了？”

“我的花怎么成这样了？乱七八糟的，还死了这么多。”元宝心疼地围着死掉的那几株花团团转。

“哦，那啥……”婷婷目光躲闪着，手指胡乱往外一指，“那个，昨天不知道从哪儿跑进一只猫来，可能是它咬的吧。”

“不可能，猫又不吃草，也不可能有这么大的伤害力啊！”元宝气呼呼地说道。

“猫吃草，真的，小少奶奶。”婷婷一本正经地说着，“还有只狗，狗追着猫耍。”

“真的？”元宝半信半疑地看着她，慢慢直起腰来，“那猫和狗从哪儿进来的啊，咱家不会有狗洞吧？这可是大隐患啊！”

“对，大隐患，不能轻易放过。小少奶奶，我这儿还有一大堆活要干呢，不能陪你，要不，你自己去找找吧。”

元宝跟寻宝似的，猫着腰沿着墙边扒拉开灌木丛仔仔细细地排查。她正找得认真呢，肩膀突然被拍了一下：“找什么呢，这么认真，难不成在你们家地皮底下发现什么大墓了？”

元宝“啊”的一声坐在地上，在看清楚来人之后，立马用两只手紧紧地捂住嘴巴，以免自己喊出声来。她一把拉着男人的衣袖让他蹲下来，压低声音问道：“你怎么来了？”

“你家大门敞着不就是给人进的吗？”岑迩尼微笑着，顺从地挨着元宝蹲在灌木丛后面。

“你这么说话就不对了，岑老师。”

“别叫我岑老师。”

“古人说，一日为师，终身为父。你不让我叫你老师，难不成想让我叫你爸爸？”元宝一脸诧异地看着他，仿佛听到什么不可思议的事情，“岑老师，你要是想当爸爸，那就赶紧去找个人结婚生孩子，生一堆胖闺女胖小子，整天喊着爸爸抱抱，多好！何必非要在我这儿占便宜？”

“伶牙俐齿，看来我出差的这些日子，你过得还没有那么糟糕。”岑迩尼宠溺地揉了揉她的脑袋。

元宝被针扎似的跳起来将他的手拍开：“岑迩尼，你来找我，到底是为了什么？”

“嘘……”岑迩尼依旧蹲在地上，竖起食指挡在嘴巴前面，示意她小声。等元宝重新蹲下身子，推着他往外挪动时，他才抬起手指在她的鼻尖上轻刮了一下，说道：“元宝，虽然我很想你，但是我今天不是来找你的。”

他从容地站起身来，顺便将一脸疑惑地看着他的元宝拉起来往外走：“我听说东风受伤了，身为他的朋友过来探望探望。你不带我进去吗？”

元宝这才想起来，岑迩尼除了是她的老师之外，还是东风从小一起长大的好友。可是他们打完架还没有过去多久。

元宝有些纠结：“你把我相公打了，不知道他还愿不愿意见你。”

岑迩尼哑然失笑："分明是他跑来跟我打架，还把我打进了医院。我这肋骨还疼着呢，你忘了？"

"谁让你不禁打……"元宝小声嘀咕着，依旧坚持贺东风无过错论，"我相公以前从来没有挨过打，你是第一个打他的。"

元宝带着岑迩尼走到门口时，正碰上两个人抬着东西走出来。她脚下一转，伸出手臂指向藤椅那边："今天阳光好，咱们在外面坐吧。"

"我刚才来的时候，就看到人进进出出地搬着东西。"岑迩尼不动声色地扫了一眼被搬出来的家具，跟着元宝坐到藤椅里，"这是谁要搬出去吗？"

"换些家具而已。"元宝帮他倒了杯果汁，秉持着家丑不外扬的原则岔开话题，"岑老师先坐，我去叫东风下来。"

"等等。"岑迩尼喊住她，转身走到车边打开后备厢，搬出几盆鲜花盆栽，"我去外地出差，看到这几盆花，觉得你一定喜欢，所以特地带回来送给你。你这儿的花有些残了，正好可以补上。"

"谢谢。"

"我跟你一起上楼，省得他有伤在身还得出来。东风应该还住在原来的房间吧，他比较恋旧，不喜欢挪地方，喜欢什么便会一直喜欢，对待东西是这样，对待人也是这样。"

看样子，他跟东风不是一般的熟。元宝心里如是想，却忽略了岑迩尼的话意有所指。

岑迩尼走得比元宝还快，轻车熟路地敲开东风的房门。

"好久不见东风，你无情我不能无义，所以，我来看你了。"

贺南羽站在窗边，身前是一幅画了一半的油画，她举着手里的画笔半侧着身子看向门口。

东风正坐在贺南羽对面，看到有人来，南羽紧紧地攥着手中的画笔，神情紧张不安地走过去，挽着东风的手臂躲在他侧后方。

元宝看着南羽手中的画笔在东风灰色的家居服上画了长长的一道红，极艳丽，比那次她发现的东风白衬衣上的口红印还要刺眼。

岑迩尼有些意外，他回头看了一眼垂着脑袋、神情黯然的元宝，猛地伸手将她揽到自己怀里："我就说你贺东风是个恋旧的人，却没想到你是个不负责任的丈夫。把初恋女友藏在你自己的房间里，却让你的老婆站在外面。东风，看来你有了南羽，根本想不起元宝是谁了，不如洒脱一点放手，让我带元宝走，不让她在这里碍你们的事儿。"

"哦？"贺东风淡定至极，目光冷冷地飘向窗外，"我还以为你是真心来看我，没想到来者不善。"

"我刚刚说的每一句话，都是真心的。"他收紧手臂，紧紧揽住不断试图逃跑的元宝。

"元宝自己有脚，她想走，用得着你来带吗？"他不紧不慢、不慌不忙的语速听起来更像一种挑衅，"换句话说，元宝若是真心想跟你走，还会有你现在这出戏吗？"

元宝沉默着，反手握住岑迩尼的手，在他看向她时，缓慢却不容反抗地将男人的手从她的肩膀上移走。

元宝有些小小的难过，贺东风总是那么自信笃定，这个她深爱着的男人总是轻而易举地将她看透，却从不肯轻易告诉她他内心的想法，而她又不如他百分之一的聪敏，能够探知他心里是怎么想的。

比如，贺南羽跟她，东风究竟要怎么安排？

"岑老师，我家相公要休息了，您请回吧。"元宝低眉垂眼，有气无力地说着，做出送客的姿态。

岑迩尼恨铁不成钢地盯着元宝的头顶，一字一句极认真地说道："元宝，我对你说过的每一句话，我都记得，我希望你也记在心里。"

他慎重地拍拍元宝的肩膀，抬头看向床边一站一坐的男女，意味深长地轻笑两声："贺南羽？你可真不是一般的女人，什么事儿都干得出来。"

他说得痛快，走得也痛快，不管身后的人什么反应。

元宝抬头扫了一眼，东风面无表情地靠在座椅里，双手交握在身前，贺南羽脸上满是惶恐不安，泫然欲泣地依偎在他身边。

贺南羽被指责，元宝心里还是有些暗爽的。尤其是在贺南羽想要烧死她，却没有人相信她之后，她恨极了贺南羽这副弱不禁风、羸弱不堪的模样。

元宝跟东风说她要去送客，便紧跟着岑迩尼下楼。

元宝没有再给岑迩尼开口的机会，只是遥指了一圈凌乱的客厅："不好意思，岑老师，家里乱，招待不周，您请回吧。"

岑迩尼斜觑了她一眼："元宝，别这么说话，听着心里瘆得慌。"

元宝双手一叉腰，挑了挑眉头，直接开口赶人："岑老师，我这么礼貌您竟然接受不了，那您还是赶紧走吧，哪儿凉快哪儿待着去，别来添乱了。"

好不容易轰走岑迩尼，将他送来的鲜花摆放好，元宝特意叮嘱婷婷，让她看好了，千万别再让野猫野狗来捣乱，便去车库开车出门。

生活已经这么艰难，不给自己找点乐子怎么行，元宝独自开车去吃甜品，还带了几份回来。

她将车停到车库里出来，发现别墅里格外安静。难不成客厅里已经全部收拾妥当了？元宝心里嘀咕着，双手拎着东西往家里走。

她刚走到玄关，准备换鞋，却看到东风难得地坐在客厅新换的沙发上。

"找到了吗？"听到这边的动静，贺东风转头问道。

他的声音很平静，元宝环视了一眼客厅，没有发现其他人，疑惑地问道："相公，你在找什么啊？"

听到元宝的声音，东风微微一愣，侧首避开她的方向："南羽不见了。"

元宝已经换好了一只拖鞋，闻言又默默地换回来："那大哥知道了吗？家里人都出去找了吗？我也去帮忙，相公你要跟我一起去吗？你还是在家里等吧，万一她自己跑回来呢？"

"大哥带着人去找了，不需要你帮忙。你最好老实地跟我待在家里，别乱跑。如果这个时候你也走丢了，没有人能顾得上找你。"

"哦。"元宝点点头，自动屏蔽掉东风冷漠的语气，她换好拖鞋，献宝似的将手里的东西呈到东风面前，"相公，我买了甜品回来，你尝一尝。"

她的声音很甜美，让东风觉得她吃过的东西一定也很诱人。东风的嘴角微微上扬，手腕扬起，却又突然放下。

他连摆放在面前的甜品勺都看不到。

"大哥喜欢吃甜食，等他回来一起吃。"

"我买了很多，有专门留给他的。"元宝挖起一勺递到他嘴边，他却偏头避开。

"那我们等大哥回来。"元宝有些失望，却不再坚持，甩掉拖鞋将东风的一只手臂抱到胸前，脑袋靠在东风的肩膀上，舒舒服服地窝进沙发里。

对于贺南羽不见的事情，元宝一点也不着急。能够想要放火烧死她的女人，她才不信会走丢。

贺南羽是在一个公园里被找到的。元宝后来才从婷婷那里得知，那是贺南羽经常和东风一起散步的地方。

被叫醒时，元宝才发现自己不知道何时躺在东风的怀里睡着了，口水可耻地浸湿了东风的裤子。

元宝不好意思地嘿嘿笑了两声，扯着衣袖蹭着贺东风的裤裆："我给你擦擦，要不相公你脱下来，我帮你洗吧！"

"东风……"

一声幽怨哀愁的呼唤让元宝打了个冷战，她这才发现客厅里还站着贺南羽和贺东弋等人。

没等元宝跟大哥打声招呼，南羽便走近两小步，却依旧与东风保持着一定的距离："东风，趁我还清醒的时候，把我送走吧。我不想成为你的负担。我爱你，不想让你为了我受到别人的责难，我不想让你为难。无论我变成什么样子，都不想让你因我而受到伤害。"

"没有人能为难我，你也从来不是我的负担。"东风将元宝在他裤子上捣乱的手拿开，他站起身来，冷静如常，"如果你想出去散散心，带上人同往，不要一个人出门。你姓贺，这里是你的家，除非你自愿，否则谁也不能让你离开。"

东风转身准备上楼回房间，客厅里的家具是新换过的，摆设的位置也有了很大的变化，对于东风来说，这里的一切都还是陌生的。已至黄昏，光线太过微弱，贺东风甚至看不清近在眼前的东西，腿直直地撞在沙发旁的实木边几上。

"东风！"

"相公！"

元宝和南羽几乎是同时喊着冲上去。元宝距离他更近，率先一步扶住他的手臂，却发现他的另一只手在半空中胡乱地摸索。

"相公……"元宝惊诧地看着东风，不敢置信地慢慢伸出手在东风的眼前晃了晃，她的声音不自觉地放轻压低，试探道，"给你一个橘子要不要？"

"东风，你怎么了？"南羽着急地一把推开元宝，环住东风的腰身，“你的眼睛，东风，你是不是看不到我？”

贺南羽这一推，所用的力道是元宝没有意料到的。她猝不及防地后退几步，脚下不稳，磕在沙发扶手上，直接倒着卡进沙发里，四脚朝天，像个被掀翻了的小王八。

她以极其艰难的姿态挣扎着从沙发里滚下去，等她重新站起来时，贺南羽已经扶着东风走到了楼梯口。

贺东风推开南羽的手上楼，看上去与平日无异，如同正常人一般。

元宝愣怔着，脑子里一片空白，目送着东风消失在楼梯拐角处，她才眨了眨干涩的眼睛。

她突然开始用两只手快速地猛拍自己的脸颊，想让自己清醒清醒，肉乎乎、白嫩嫩的小脸瞬间被拍出红色的巴掌印。贺东弋上前握住她的手腕，制止了她这种愚蠢的纯自虐行为：“还是自己心疼自己，这么打都没事，手下留情了吧？不如换我替你打。”

“大哥，”元宝认真地看着他，“你说我是不是没睡醒啊？我怎么好像发现我相公他瞎了呢？”

贺东弋沉默地看着她。

他的沉默是一种变相的承认，显然，东风的眼睛看不到这件事，他一直都清楚，却将她蒙在鼓里。

不只是瞒着她，东风几乎瞒过了所有人。他几乎不踏出房门半步，元宝去找他，与他说话时，他从来不看她。元宝曾以为东风不想看到她，原来不是不想，而是不能。

元宝闭上眼睛，伸出双手在空中试探性地摸了摸。失明是一种什么样的感觉？她摸索着往前跨出一步，发现没有危险后，继续跨出一步，却很快就撞到东西。从客厅到楼梯不过几步路，她却磕磕绊绊好几次。

元宝想起东风上下楼的模样，步履沉稳，轻车熟路，怎么会是一个瞎了的人能够做到的呢？对未知与黑暗的恐惧，一个人需要有怎样强大的内心才能够克服？更何况，看样子，东风是熟记了家里的路线和家具摆设，所以才会在客厅新换家具之后因为不熟悉而露出端倪。

元宝一夜未睡，瞪大眼睛坐在伸手不见五指的黑暗中。

她偷偷地去东风的房间看了一眼，台灯彻夜未关，东风和衣睡着，柔和的光线落在他的脸上，眉眼长长的，睡梦中也是一副冷冷清清的禁欲模样。

元宝想，她总要为东风做些什么。

天还泛着青色，元宝已然待不住了。她将长发绾在脑后，在衣柜中选了很久，最后选出一件白色连衣裙，总算觉得自己稚气褪了些，端庄了些。以前总有东风在她身前挡着护着，她什么都不必操心，也不必考虑。现如今，她却想替东风分担一些。

开车出门，元宝先去医院找了东风的医生朋友了解关于东风的眼睛的一切情况。因为来得太早，元宝还在办公室外面等了一个多小时才等到朋友上班。

从医院出来，元宝直奔碧水蓝湾。她要去接童年一起去东风的医院。

之前去医院找东风，她都是以东风可爱的小太太身份去的，纯粹是为了去看东风。而今，她是为了当老板娘来的。

这间医院是东风的心血，他好久不来上班，总会有事务需要他处理，她不能让医院疏于管理。

元宝拍着童年的肩膀说："我今天要去当老板娘，你就是我的御用助理。我就需要你这样美丽能干的女人，来镇压那些蠢蠢欲动，想要图谋不轨的人。"

"当我是镇妖宝塔啊。"童年拿走元宝手里的车钥匙，打开车门坐进去，“以贺东风那样的性格，他应该会把休假期间的事情都交代安排妥当啊。你怎么突然想起弄这一出了？”

元宝将安全带系好，转过头看她一眼：“大哥昨天晚上是不是不在你这？”

童年睥睨了她一眼，嘴角微勾：“他要是在，我可能起不了这么早陪你出来，怎么了？”

“悲伤那么大……”元宝嘴巴一撇，眼泪吧嗒吧嗒地往下掉。她将昨天晚上如何发现东风失明的事情告诉给童年，刻意避开了贺南羽的事情，她怕童年知道会爆炸。

童年沉默片刻，将车熄火，拔下车钥匙扔到元宝怀里：“你还是回家看你老公去吧。一个能把自己失明的事情对身边最亲近的人隐瞒这么久的男人，会处理不好一间医院的事务？真不知道是你太蠢还是他太过聪明。”

“我东风相公不是一般的男人，他是神一般的男人。”元宝用抽纸擤了擤鼻子，说道。

童年最终还是跟着元宝去了医院。尽管预想到元宝可能什么都做不了，但她还是体谅了元宝想为老公做些什么的心情。

东风不在医院期间，医院的事务都交由他的学妹打理。元宝看到她时，下意识双手抱臂护住胸口，呈防御戒备之势。

东风学妹不动声色地打量了童年一眼，笑着迎上去：“带朋友来，有什么需要我帮忙的？我亲自主刀。”

“没有没有。”元宝连忙摆摆手，又护回胸口，生怕学妹一个猝不及防又上来袭胸，“我相公说她什么都不需要整。”

“我赞同。”学妹认真地点点头，“很美。所以你来，是有什么事情吗？”

“我来替我相公看看医院最近的情况。”元宝说。

东风学妹将她们引到东风的办公室："你想看什么？我叫人去准备资料。"

"看……看什么？"元宝一时茫然，转头向童年求助。

"这段时间，你们接手过什么案例？客户资料和病例。"童年开口，她好奇地问道，"有没有什么明星来过？"

"不好意思，我们对就诊者的信息和病例都是严格保密的，能接触到病人信息的工作者都是签署了保密协议的。不知道你们是否询问过东风，我需要他的亲口许可才能把资料拿给你们看。"

"那就算了，我也看不懂那些高深的专业术语。"元宝挠挠头。

"工作做得不错嘛，回头我可以介绍我的姐妹们过来。"童年悄悄地戳了戳元宝的后背。在来的路上，童年早就教过她该看些什么。高层管理人员都是运筹帷幄，除了一些公文需要查阅之外，作为一个老板娘，财务状况才是她应该关注的。

"能不能把近三个月的医院收支情况给我看看？"元宝说道。

"好，你稍等。"学妹点点头出去，很快便抱着几个厚重的文件夹回来，"这是近三个月的收入明细及医院消耗明细。"

元宝随便翻了两页，密密麻麻的数据看得她眼花缭乱、头皮发麻，领导果然不是好当的。她故作淡定认真地翻阅着文件，时不时还用手指指着某处稍停顿。

童年百无聊赖地坐在沙发上啃着苹果，顺便跟学妹聊起天来，开始了一场关于女性身材审美的友好探讨。

过了好半晌，元宝终于把所有的文件都翻了一遍，她伸着懒腰松了口气，发现童年和学妹正并排坐在沙发上看着平板电脑聊得热火朝天。

元宝咳嗽了两声，但童年没有任何反应。元宝不由得撇撇嘴角，带童年来是撑场子、壮声势的，她不会被策反了吧？

“我看完了。”元宝提高声音，走到童年的身边拍拍童年的肩膀，她对学妹笑了笑，颊边的梨窝显得她格外友好而纯真，“桌子上的文件我都看过了。我相公他最近都不能来上班，您是我相公特意从国外请回来的，是他最重视的人，所以医院的事情还得劳您多费心。”

直到走出医院，元宝才长长地松了口气，这只是第一步的尝试。如果真如东风的医生朋友所说的那样，东风需要等待合适的眼角膜捐献，那么她所需要做的事情还有很多。

曾经她是躲在东风臂弯中的一朵小花，而今，她愿意成为他的左膀右臂，为他遮挡风雨。

为了这小小的第一步，元宝请童年去吃饭。在餐厅门口，童年停车时，后车门突然被拉开。元宝正跟童年宣讲着她为了成为一个合格的老板娘而初步制订的学习计划时，被突如其来的人影吓了一大跳。

“你谁啊？干吗乱……”元宝噌地转过身，在看清来人的面目时，沉默了一瞬，她迅速地下车拉开后车门，“你下来，这是我相公特意给我买的车，我的车，不欢迎你乘坐！”

唐泽轻蔑地笑了两声，懒散地靠在座椅上，斜觑着元宝：“你倒是比童年有出息，一只小乌鸦飞上了枝头，成了贺家的小少奶奶。童年整天跟你混在一起，反而越混越下贱，毁了跟我的婚约，去给你大伯哥当小三。到底是你在害她呢，还是她本来就这么自甘下贱？”

“你才小乌鸦呢，你全家都是乌鸦！”元宝气呼呼地钻进车里，抓着唐泽的衣袖使劲往外拽，“你给我下车，你信不信我报警，让警察来抓你这个坏蛋？！”

唐泽一挥袖子，便把元宝甩开。元宝“哎哟”一声，四脚朝天地摔到地上，疼得她龇牙咧嘴。童年连忙下车，将嗷嗷喊疼的元宝从地上扶起来，她冷冷地看着车里的唐泽：“我下贱，你又何必纠缠着我不放？我觉得做贺东弋的爱人比做你的妻子更快乐，你在意的不过是我被别人抢走。”

元宝可没有耐心跟唐泽扯那么多，更何况他还让她摔了个大马趴，这简直是叔叔能忍，婶婶不能忍。她深呼吸，扯开嗓子便喊：“你这个不要脸的臭男人！睡了我弟弟又来纠缠我妹妹！你男女通吃，是个人你就想睡！你个人渣！”

她们所处的位置是一条繁华的街道，人流量很大，元宝号这一嗓子便引来不少人的注意。

唐泽没想到她会来这一出，脸上有些挂不住，黑着脸从车里出来。他狠狠地瞪了她一眼，咬牙切齿地说：“我的东西，别人抢走了我就要抢回来，抢不回来，我宁愿毁掉也不会让别人好过。”

元宝对着唐泽的背影张牙舞爪，恨不得追上去朝着他后背踹上两脚，被童年及时拉住。

“神经病！童年不是我说你啊，早些年你的眼光真的是有问题，现在看上贺东弋也有问题，他也是个神经病，不过比唐泽好多了！你看看唐泽那副嘴脸，哎哟我的天哪，说他都是浪费我的口水！”

童年没搭理元宝的碎碎念，只是有些担心，唐泽的为人她是了解的。他若是不出这口气，是绝不会善罢甘休的。他若单冲着她来，她并不怕，这么多年摸爬滚打，还能独善其身，她也不是吃素的。可今天元宝让唐泽难堪，她怕唐泽会连元宝一起报复。

童年并未对元宝表现出她的担忧，元宝也没有想太多。

以元宝这样活泼好动、二百五般的性格，平日里她一刻都安分不下来，现在却整日被困在家里无所事事且忧心忡忡。今天这趟外出，她就像是被囚禁在笼中的飞鸟重获自由一般，除了唐泽这个意外的小插曲，一顿饭吃得格外舒心。

第七章

贺东风已经摸不清楚，整日腻在自己身边的元宝，究竟有多少事情在瞒着他。

从餐厅里出来，童年开车送元宝回家。

车是元宝的。童年的心思元宝知道，自然无条件赞同。

元宝一路絮絮叨叨地跟童年说着些琐事，恨不得把这些天没说的话全部补回来似的。童年边开车边应和几句，突然她看着后视镜说：“后面有辆车，跟着我们很久了。”

元宝瞬间觉得头皮发紧发麻，她立刻转身向后张望，终于发现一辆黑色SUV跟在她们后面，不远不近，始终保持着一定的距离。原本她们该右拐，童年变更车道直行，后面那辆黑车果不其然跟着变道直行。童年几次试图甩掉黑车，都没有成功。

“会不会是白家的人派来绑架我的啊？”元宝十分紧张，双手紧紧地捏着安全带，白鸣宇绑架东风的事件还历历在目。回想起之前的那一幕，元宝不由得打了个冷战："咱们别回家了，直接去警察局吧。"

关于贺东风被绑架的事情，童年是知道的。贺东弋打电话时并不避着她，虽然她不知道东弋具体做了些什么，但他那么宝贝自己的弟弟，必定不会让白家好过，又怎么会留有后患，让白家有反击之力？

童年更担心的是唐泽刻意报复。

她绕到一条繁华的街道，在确认了路口的监控摄像头的位置之后，将车临时停靠在路边。

"好好待在车上，别出来。"童年不放心地嘱咐元宝，将车门反锁。

她根本没有给元宝任何说不的机会，直接朝那辆紧跟着停下来的黑车走过去。

童年的手刚碰到黑车车门，车上便下来两个男人，一个迅速地控制住童年，一个朝着元宝的车跑过去。

元宝在车里目不转睛地盯着童年，手机屏幕上110已经按好，看到情形不对，她立马拨了出去。

眨眼的工夫，男人已经跑过来，元宝惊恐地看着窗外的男人不停地敲玻璃试图打开车门，语无伦次地报着警，说明自己所在的位置："你们快来啊！"

话音刚落，童年跟另一个男人也走了过来。

童年示意元宝开门，她才发现刚才一直敲窗玻璃的男人是在试图引起她的注意力，但她太害怕了，以至于根本没有注意男人手里拿着警官证。

元宝下车将童年拉到自己身后。得知男人要搜查她的车时，她果断地退到一旁，趁他们不察，转身就跑。

元宝被追上来的男人按倒在地上时，呼啸而来的警车正好停在她面前。她仰着脖子尖声叫道："警察叔叔救我！他们要绑架我！"

很快两个警察便从警车上下来，男人黑着脸立时掏出警官证，解释道："我们接到举报电话，并且在她们的车里搜出毒品，但她们拒不配合。"

在警察确认过男人的警官证之后，元宝才肯相信男人的身份，并且跟他们回去接受调查。

她坚信这是一场误会，只要接受调查，很快警察就会查明她是清白的。她不肯打电话告诉贺东风，也不准童年打给大哥。她安慰着愁眉不展的童年，信誓旦旦地说道："放心，不会有事的。就算是毒品，他也得找出从哪儿来的吧。"

童年说："但愿如此吧。"

警察只从元宝的车里搜出小剂量的毒品，并且经过测验，纯度不高，元宝和童年的尿检测试结果也呈阴性，她们并未吸毒。

元宝和童年被带到不同的审讯室分开询问，警察反复地询问她们毒品从哪里来的，元宝被问得头昏脑涨，说："我也想知道那是从哪里来的。"

问不出结果，警察便出去留她一个人待着，隔一段时间便进来重复询问。

不知道过了多久，元宝几乎要趴在桌子上睡着了的时候，有人进来摇醒她："你可以走了。"

元宝一脸疲惫，迷迷糊糊地抬起眼皮，下意识地问道："去哪儿啊？"

"去哪儿都行，你不用在这儿待着了。"

"那我朋友呢？跟我一起来的女孩，她呢？"元宝边跟着她往外走，边问道。

"已经出去了，跟你男朋友一起在外面等你呢。快走吧。"

“男朋友？”元宝眼睛一亮，高兴地往外跑，“我老公来接我回家了！”

童年抿了抿干涩的嘴唇，拒绝了男人递过来的纸杯，她苦笑着说道：“这里的水可不是白喝的。我更愿意把钱花在外面。”

“还好。”男人笑笑，将纸杯放在嘴边抿了一小口，他的声音很低，像是在自言自语，“应该是物超所值。”

元宝出来时，男人将纸杯放到一边，迎了上去：“丫头，回家吧。”

元宝一顿，脚步慢了下来，她东张西望：“岑老师，怎么是你？我东风相公呢？我大哥呢？”

岑迩尼失笑道：“他到底是你老公，还是我老公？你竟然来问我他在哪儿。”

“你竟然对我相公产生了不该有的想法！他可不喜欢你这样的，他笔直笔直的，就喜欢像我这样软萌可爱的女孩子！”元宝梗着脖子，斜睨了他一眼，一摇头晃脑便发觉脑袋昏沉沉的，像是脑袋上面顶了个大南瓜，她连忙两手扶着头，“岑老师，你怎么会在这儿？”

岑迩尼想嘲讽她几句，贺东风喜欢南羽那样的，却又不忍她伤心。

“我昨天刚从外地结束工作回来，今天得空到这里来拜访个朋友，碰巧知道你在这。”岑迩尼伸出手掌，轻轻落在元宝的肩膀上，笑容温和，“这里的事情，我已经处理好了。我先送你们回家。”

“谢谢你，岑老师。”元宝不动声色地甩掉岑迩尼的手，想到他可能昨天一回来便去贺家找她，偷偷往旁边挪了小半步，拉开与他之间的距离，“以后有机会，我一定会还你这个人情。我们开车来的，可以自己回家。”

岑迩尼无奈地笑了笑，伸手在她头顶上揉了两下：“元宝，我们之间一定要分得这么清吗？”

“岑迩尼！”元宝整理着自己变乱的头发，斜睨他一眼，“我相公看到我跟你在一起，不会开心的。今天谢谢你了。”

她拉起童年埋头急匆匆地往外走，岑迩尼在后面喊着让她等等，她却充耳不闻。

一出派出所的大门，纷乱急促的脚步声突然响起，元宝低垂的视线中突然多了好多双脚，她一抬头，不由得瞪大眼睛向后退了一步。不知从哪里涌出一堆记者，一窝蜂似的一拥而上，将她们包围起来。

不知道谁的话筒都快要戳到元宝的嘴里去，派出所门口乱成一片。

“作为贺家的小少奶奶，关于贺氏集团贩毒的消息，你有什么想说的？”

“听说你今天被带回派出所问话，是因为从你的车里搜出一包毒品，请问真是假？你有多久的吸毒经历？”

“我没有吸毒！我们家也没有贩毒！你们不要胡说八道！”元宝气得直跺脚，想从缝隙里挤出去，却被重重包围的记者弹了回来。

人声鼎沸，熙熙攘攘，元宝声嘶力竭的喊叫声像是一枚投进大海里的小石子，她甚至都听不到自己的声音，只觉得自己被人推过来挤过去，话筒、录音笔、摄像机，各种长枪短炮将她瞄准。

元宝身上、脸上挨了好几下，几乎要站不稳身子。不知什么东西迎头盖下来，元宝眼前一黑，被人紧紧地揽在怀里向前走去，鼻端充斥着男士香水的味道，岑迩尼温柔而富有磁性的声音在这一片凌乱纷杂中却格外清晰：“别怕，我带你走。”

元宝的心瞬间定下来，她低头看到岑迩尼锃亮的皮鞋鞋面上灰扑扑的脚印，不知他在冲进人群时被踩了多少脚。之后他所到之处，其他的鞋子都渐渐退出元宝有限的视野。

当她被塞到车里，远离那些记者时，她才猛地转头看向驾驶座上的岑迩尼：“童年！童年还没上车呢！”

岑迩尼腾出一只手，轻轻地捋顺她凌乱的头发：“难道你没有看出来，那些记者都是冲着你来的吗？只要你离开，他们就会散去。我已经让童年趁机开车回去了。”

元宝狠狠地松口气，倒进身后的座椅里：“我们下午才进了派出所，为什么这么快记者就堵在门口了呢？平时也没觉得我这么招媒体的关注啊。”

“招媒体关注的不是你，是贺家。”岑迩尼转头看她一眼，“在商场上做生意，难免会有仇家对手。你的车上为什么会被查出毒品？”

元宝摇摇头，一脸郁闷：“我也想知道我的车上为什么会有毒品。我就是找童年出来，去了趟医院，吃了顿饭而已，就被人跟踪了，我连毒品长什么样都没见过呢。要真是我藏的毒品，我难道会报警找警察来抓我吗？”

“我朋友说缉毒警察是接到匿名举报电话才盯上你们的。你有没有得罪什么人，能够在你的车上动手脚的？”岑迩尼问道。

“听你这么说，那些记者也是被刻意引来的了？不然怎么会这么凑巧？”元宝双手环住自己的手臂，气呼呼地噘起嘴，“可是我人见人爱，谁会看我不顺眼啊？除了贺南羽和……”

元宝蓦地坐直身子：“唐泽！今天我们碰到他了，他坐在我车里不出来，我们俩还吵架来着。快回去，我要告诉警察叔叔！”

等重新回到派出所做完笔录，天已经黑透，元宝并不确定是不是唐泽做的手脚，可是除了他，没有第二个人接触到她的车。

岑迩尼送元宝回家，离贺家别墅还有相当长一段距离时，元宝便要下车。她要尽最大可能避免岑迩尼和东风见面，更不能让东风知道岑迩尼送她回来。

岑迩尼要将她送到门口，她不肯，坚持下了车，才想起来东风早已看不到她了。

东风眼睛瞎了这件事，让元宝总觉得云里雾里不真切。在元宝心里，她的相公贺东风是一个完美的男人，拿着放大镜也找不出一丁点瑕疵来。

贺东弋和童年正坐在客厅里等她，她一看到大哥就紧张起来。

“大哥，你在家啊……”元宝挪着小碎步，磨磨蹭蹭地凑过去，远远地坐到贺东弋对面，想起书上说坐对面成对峙关系，她如今在大哥面前只能是单方面接受批评教训的，这个位置堪称是受死的绝佳之地，她连忙又站起来挤到童年身边，寻求保护和同情。

贺东弋一看她那个受气小媳妇的模样，心里再多的火气也没了：“元宝，我是不是该给你配个贴身保镖，省得你出门爱招祸还老是打不过吃亏？”

元宝讨好地嘿嘿笑了两声：“保镖可以有，贴身就不必了。我相公不会喜欢我身边有其他男人的。不过要是女保镖就最好了。”

“我不如给你找只狗，母的。”贺东弋哂道。

玩笑开完，气氛开始变好。元宝趁机将今天下午发生的事情从头到尾一丁点都不落地跟贺东弋讲了一遍，她断言道：“这事一定是唐泽干的。”

“你的猜测，童年已经跟我提过了。”贺东弋有些无奈，听元宝絮絮叨叨这么久，还以为她有什么新的发现，“如果只是他单纯打击报复，这些都不足挂齿。那些媒体和记者我会去处理，钱能解决的问题都不是问题。我担心会是其他人别有用心。”

“还能有谁啊？我好不容易出趟门，就倒霉地撞上他，时运不济。”元宝可不觉得自己是会被贼惦记的人，重要的是唐泽跟她没有任何关系，他可是冲着童年去的，要报复的是贺东弋，她充其量算是个比较重的炮灰。想到这儿，元宝补充道：“大哥，你倒是得给童年配个贴身保镖。”

事情并非元宝想的那么简单，以她吸毒、贺氏集团涉嫌贩毒为标题的报道以迅雷不及掩耳之势迅速地被曝光和传播开来。以贺东弋的手段，他只来得及控制住三家影响比较大的杂志社，却阻挡不住网络媒体病毒式的传播速度。

这一切，显然是有人在背后推波助澜，单靠一个唐泽是绝对做不到的。

仅仅一个晚上，对绝大多数人来说，不过是个普通的夜晚，一觉醒来，旭日照样东升。但对于某些人来说，这一夜无眠。

东风是被手机铃声吵醒的。他睁开眼睛，清晨的光线透过白纱帘照，已经微弱到入不了他的眼，时间尚早。

他微微撑起身子倚在床头，一只手抚着微皱的眉头，另一只手接起电话。

干脆利落的女声如同一堆玉制成的珠子掉落在铜盘上一般好听，节奏很快：“东风，你看新闻了吗？哦不对，你听到什么消息了吗？你太太昨天刚从我这里离开，怎么就涉嫌吸毒被派出所找去问话了呢？她不像是有不良嗜好的女孩子啊。不过你太太竟然来医院了，还查看了你不在的这段时间医院的财务报表。这件事情在网上已经闹得天翻地覆，不可收拾了。”

贺东风听不明白学妹指的是什么事情，但是这并不影响他从这段话中提取关键词。

“我待会儿打给你。”东风迅速地挂断电话，用手机语音搜索，跳出来的新闻一条接一条，他逐条听过去，在手机语音略显生硬的女声中，他神色越来越冷。

因为元宝涉嫌吸毒，与她相关的一切都被调查曝光出来。元宝妈妈的铝厂被曝出资金周转出现问题，并且疑似存在违规排放污染物的负面消息，而贺氏集团被曝出公司一中层涉嫌挪用公款。

“我认识他。”贺南羽不知何时醒了过来，听到语音好奇地凑过去看，她伸出一根手指指着手机上的配图，小心翼翼的声音带着一丝怯懦，“那天说要带走元宝的男人，好像是你的朋友。”

东风脸色一沉，迅速地关掉手机，起身走进浴室。

从昨天一早到此刻为止，东风一直没能等到元宝来找他。吃早餐时他询问婷婷，才得知元宝从昨晚回房直到现在都没出来。

“我敲门，小少奶奶好半天才在里面应了一声，听起来她不太高兴。昨天童小姐来的时候，小少奶奶还好好的，大少爷也在，心情也不是很坏，大概是因为一些小事心烦吧。”

这并不是件小事。元宝想不到事情会演变得这么出乎她的意料。从一开始，她嫁进贺家，嫁给贺东风，便被哥哥叮嘱，怀个儿子坐稳贺家少奶奶的位置，为的便是能够借助贺氏来发展妈妈的事业，但从来没有人告诉她，她的父亲为之奋斗一生，她的母亲辛苦操持的工厂，状况已经糟糕到了这种地步。

胃里一阵翻江倒海，元宝忍不住转过头呕起来，嘴里又咸又涩，却什么东西都吐不出来。她就着桌上玻璃杯里的凉开水漱了漱口，起身准备下楼去倒杯热水，不料眼前一黑，身子晃了晃，扶住桌角才稳住。

元宝不敢乱动，直到那种恶心眩晕的感觉消失，才慢慢走出去。

大概是一夜未睡，又没有吃东西的缘故吧，元宝心想。

已经八点多钟，过了吃早餐的时间，元宝摸了摸软软的肚子，一按就深陷下去，她好像瘦了，这是该哭还是该笑呢？她撇了撇嘴，婷婷怎么也不来叫她下楼吃早餐……等等，她好像忘记了什么，方才似乎有人不停地在敲她的房门。

一想起网络上铺天盖地的新闻，元宝因为饥饿而产生的食欲瞬间消失了一半，平素里黑亮灵动的眼眸也失去了神采，步子也沉得跟拖着两只大肥猪似的。

她慢吞吞地走着，在楼梯间，遇到正在上楼的东风，南羽在一旁挽着他的手臂，小心翼翼地盯着他的脚下。

“相公。”元宝走快几步上前，碰到东风另一只手臂时，贺南羽突然失声尖叫了一声，急促而短暂，紧接着元宝便看到她踩空一级台阶，后退着抓紧身后的楼梯扶手，整个身体微蜷着倚在那里。

元宝很清楚地听到她踩空的声音，东风一样听得清楚。他微微偏头：“怎么了？”

南羽没有开口。

直到东风再次询问发生了什么事时，南羽才动了一下脚腕，她倒吸一口气，声音中充满隐忍不住的痛楚：“咝——没……没什么事，小东风，你先上楼吧。”

元宝居高临下地看着她，她大概是真的崴到了脚，没有办法动弹。元宝想了想，走下台阶弯腰准备去扶南羽起来。

“别！别再推我！”贺南羽像是被针扎一般，身子向后一弹，她压低声音，极尽委屈，“求你，元宝，我不想跟你争什么，我只是想尽我所能好好照顾东风，求你放过我。”

元宝站直身子，深深地看了她一眼，浑身的力气像是被谁在一瞬间抽走似的，同时也深深地反省了自己的善良，为什么要伸手去扶这个诡计多端的女人呢？贺南羽这演技完全是影后级别的，她就应该反套路狠狠一脚把贺南羽踹翻，可如果真这样做了，她大概也不是元宝了。

她颓丧地叹了口气：“相公，我先下楼吃早餐了，我很饿，没有力气吵。”

元宝继续慢腾腾地往下迈步子，不知怎么回事，她突然有一种不好的预感，她再这样与东风擦肩而过几次，他们两个，这一生都怕是要擦肩而过了。

东风没动，而是开口叫住她：“元宝，你难道没有什么想对我说的吗？”

贺东风已经摸不清楚，整日腻在自己身边的元宝，究竟有多少事情在瞒着他，比如她昨天出去做了什么，比如她为什么还跟岑迩尼在一起。

连孙悟空的手指头都算不上，顶多是只小猴子的元宝，究竟想翻出多少跟头，惹出多少风浪？

元宝没有回头，她连脚步都没停下，只摇摇头：“相公，要说的我刚才都已经说完了。你要是想跟我聊天，等我吃完早餐去找你好不好？”

元宝并没有像她所说的那样一吃完早餐就去找东风聊天。她很忙，没有时间和精力与贺南羽战斗，她还有很多事情要做。

网络上各种爆料愈来愈多，其中不乏捏造不实消息来赚取流量和关注度的。毕竟这个世界上，最不缺的就是看热闹的群众，他们均有一颗八卦玲珑骚动心。

竟然还有人专门开帖扒元宝，讲述了她一个小工厂老板的女儿是如何凭借一系列手段飞上枝头，成功嫁给贺东风这个豪门公子高富帅的，说得头头是道，条理清晰，她自己都差点要相信了。

不过有一点她就不服了，什么叫她妈妈的铝厂是贺氏集团的一个重要据点，为了拉拢下线，贺家才决定让俊美无俦的贺东风勉强娶她？

她元宝可是凭借着自己的个人魅力成功将贺东风扑倒的，绝不掺假！

舆论的力量是不可小觑的。

网上的风起云涌终是掀起了现实中的浪涛。大量关于贺氏集团资金问题的消息层出不穷，其中最为广泛的便是贺氏贩毒和偷税漏税的问题，这直接引起了有关部门的注意。

三人成虎。随着经济侦查科介入调查，贺氏集团的股价大幅度地下跌。

元梓谦原本跟着贺慕雯在国外出差，看到国内的消息时，立刻先回国处理。

被调查的不仅仅是贺氏集团，还有元家的铝厂。虽然经营规模与贺氏集团不可相提并论，但元家的铝厂在本市铝业也是龙头企业。

元梓谦回来时，铝厂已经因为污染排放不达标而被责令停业整顿。原本铝厂便存在着严重的资金问题，在这次风波中，一批不合格的铝制品被查封，造成了几十万的亏损。

元宝捏着自己的银行卡，亦步亦趋地跟在元梓谦身后，等他了解清楚现今铝厂的境况后，才小心翼翼地凑上去，把卡推到哥哥面前："对不起，我没有想到事情会变成这样。这是我攒的十万块钱，平时东风和大哥给的零花钱，我都放在里面了。"

元梓谦将卡拿起来塞到元宝的口袋里："如果你这点钱可以解决问题，那就根本不是问题。这次的事情来势汹汹，冲的是贺氏，我们家跟贺家结为姻亲，一荣俱荣，一损俱损，难免受到牵连。"

"哥哥，那你知道是谁在后面下的黑手了吗？"元宝听他话里的意思，急忙问道。

元梓谦拍拍她的小脑袋："打探这些对你来说没什么用，你要做的是别再添乱。还有，能救铝厂的不是媒体，是你的肚子，这直接决定了贺氏要不要挽留铝厂那个大坑。你要知道，姑姑是个很有原则的人，她不会轻易为任何人做有损贺氏利益的事，赔本的生意她不会做，别人也动摇不了。”

听大哥再次提到怀孕的事情，元宝有些羞臊，内心却隐隐泛起不安。一想到东风现在对她的态度，还有个浑身是戏的贺南羽横亘在他们之间，她脸色就不大好。

“怎么了？脸怎么白成这样？”元梓谦看她有些不对劲，问道。

元宝摸摸自己的脸颊，微凉，她摇摇头：“没事儿，最近没睡好。”

元梓谦点点头，拍拍她的肩膀：“看完妈妈就回去吧，你在家，她还要伺候你。你就是个拖油瓶，肩不能扛，手不能提。”

元宝没精打采地点点头，突然感觉自己是整个世界的拖油瓶，一点也乐观不起来了。

除了回娘家，元宝再也没有出过门，明明在家什么都没有做，却总是觉得疲惫，一想到身体疲惫，她就对一切事情失去了兴趣。面对贺南羽几次三番的表演，元宝眼皮子都懒得抬一下，没有助兴的乐趣。

日光好的时候，元宝便蜷缩在藤椅里睡觉。下雨时，她便躲回房间里，拉上密不透风的窗帘继续睡。

起初婷婷摸摸她的额头，再用手背贴贴自己的额头，一脸担忧：“小少奶奶，你不会是生病了吧？食欲不振，还总犯困，要不咱们去医院看看吧？”后来婷婷便见怪不怪，只是帮元宝添盖薄毯。

元宝听说姑姑也快回来了，她也是该回来了，家里出这么大的事，她应该回来揍他们一顿的。

有些事，元梓谦可以解决，但有些事，需要她那种厉害角色亲自出面。

元宝觉得姑姑很了不起，一个人可以撑起那么大的一个家族企业，而她，连自己小小的家都保不住。

又是懒洋洋的一觉，睡醒后，她睁着圆溜溜的大眼睛盯着天花板，想起大哥说的，能够救铝厂的，不是媒体，而是她的肚子，她便开始思索怎么才能跟东风单独在一起，毕竟现在的贺南羽并不好对付，不给贺南羽一个奥斯卡奖都算屈才了。元宝觉得自己就像是个古代的小妾，整天无所事事，能做的只有一件，就是争夺丈夫的宠爱。

就算是争宠，她元宝也是东风明媒正娶的正室啊。元宝有些心酸，想着想着出了神，又不知不觉地睡过去。

元宝再醒来时，因为口渴下楼喝水，却发现整栋别墅除了她，似乎空无一人。

“相公？”元宝试探地喊了一声，没有任何人回应，她接连喊着大哥、婷婷和陈姨，都没有人出现。客厅里空荡荡的，元宝似乎听到了自己的回声。一觉醒来，全世界只剩下自己，她心里有一种被抛弃的凄凉感。

“贺南羽，你出来啊！”元宝失落地使出全力喊出来，想要找个人出来，哪怕是贺南羽，只为赶走这别墅里的空旷寂寥。

“小少奶奶，你找大小姐啊？”婷婷从外面推门大步地走进来，手里拎着两大袋食物。

“你们都去哪儿了？”元宝急急忙忙迎上去，从她手中接过一个袋子，“怎么家里一个人都没有？”

婷婷皱着眉头，边往厨房走边说道：“姑姑出车祸了，大家都去医院了，连我和陈姨也去了。消息来得很突然，我到处找您，但您房门锁着。大小姐说您出门了，可是我打您电话又打不通。”

“我一直在房间里睡觉。她的话怎么能信？”她急得围着婷婷团团转，心里急得想打婷婷，这个婷婷有时候也傻乎乎的，智商不在线，“姑姑现在情况怎么样？你还买菜回来做饭？谁还有心情吃得下饭？！”

“姑姑呀！”婷婷一脸天真地回答，似乎这饭真跟元宝没啥关系，“大少爷说，万一姑姑想吃东西，还是吃自己家做的比较好。”

元宝眨眨眼：“哦哦，她受了轻伤……”

“不轻的小少奶奶，你是没看到姑姑被推进急诊室的时候是什么样，满脸都是血，身上也都是血，不过好在现在人醒了呢。说起来姑姑也是福将，有老天护着，福大命大。那个……司机直接被撞死了。”

元宝吓得倒吸一口冷气，她问清楚医院名字和病房号，匆匆转身上楼，随便换了件衣服便开车去医院。

元宝一点也不喜欢这里，因为是高级病房区，走廊安静得可怕，一个人影都没有。找到病房后，她先向里面瞄了一眼，才推开门。

贺东弋不在这里，贺东风则坐在一旁的单人沙发上，南羽坐在姑姑的病床边，用勺子喂姑姑一小口一小口地喝水，不时地用纸巾擦擦姑姑嘴角的水渍。她本就温婉优雅，这般细心的模样，在她病后已经很久没有出现过。

元宝有些吃惊，她下意识地转头看向东风，他的目光投向贺南羽的方向，眸光深邃，似乎透着一种深情，可那是假的，他看不到南羽的，也许只是他天生就深情，才会让她有这种错觉。

这眼神有些可怕，令元宝想到，他曾经是多么喜欢这样的贺南羽，甚至不顾及姐弟的名分。

“元宝。”病房里很安静，东风听出元宝的脚步声，发现她进来却不出声，便出声喊她。

元宝如梦初醒，看向平躺在病床上的贺慕雯。贺慕雯额头上缠着厚厚的白色纱布，她乖巧地喊了一声姑姑，鼻子一阵阵发酸。她有些懊恼，自己怎么那么能睡？

“姐姐身体不好，照顾姑姑的事情还是我来做吧。”元宝走近，极自然地端过贺南羽手中的小碗，拿走她手里的汤匙，“姑姑，婷婷炖了鸡汤给您，一会儿就送来了。您还想吃点什么，我让她一并做了送来。”

“鸡汤太油腻……”南羽坐在病床旁边未动，对她无理地夺走碗的举动似乎丝毫不在意，淡淡地说着。

“我去问过姑姑的主治医师，他说鸡汤可以喝，还叮嘱了我一些姑姑术前这三天时间需要注意的事项。我特意叫婷婷炖好鸡汤之后，一定要把油撇掉，对姑姑的身体是有好处的。”元宝拿起一个苹果，却没有找到水果刀，大概是怕南羽发病用刀伤害到别人或者自己，所以他们特意收了起来。她放下苹果，换了草莓送到贺慕雯嘴边：“姑姑，吃草莓。”

“我以为你又偷偷一个人出去玩，所以姑姑出事，我跟东风和大哥着急赶往医院的时候联系不到你，没想到你竟然来了，还先去找了姑姑的主治医师。”贺南羽轻轻柔柔地说着，单听语气，真是温文动听。

贺慕雯虽然清醒着，却因为车祸中撞击到头部，有脑震荡的症状，头晕目眩，没有精力去注意元宝与贺南羽之间的针锋相对。

在元宝来之前，贺慕雯刚刚做完一系列的检查。除了有轻微的脑震荡之外，贺慕雯腰椎骨折，盆骨多处骨折。车祸发生时，她刚刚关上电脑准备在车里休息一下，才闭起眼睛没多久，车身就遭到猛烈的撞击，接着是恐怖的连环侧翻。相比那惨烈的车祸现场，司机当场死亡，她的秘书到现在还昏迷不醒，连她自己都觉得，她这是命硬。

贺南羽寸步不离地守在姑姑的病床前，擦洗，喂食，伺候姑姑去洗手间，相比毛手毛脚的元宝，这一切，她做来是无比的细心妥帖。

元宝本来有些不开心，依她跳脱的性子，她安安静静地坐在椅子上十分钟都坚持不下来，做个早餐能够把厨房烧掉，实在是不适合照顾病人。她盯着贺南羽有条不紊地忙碌着的身影，摩拳擦掌，似乎时刻准备着冲上前去代替贺南羽。

东风看不到她，可是她的一切举动，都没能逃脱回到病房的贺东弋的眼睛。

在她又一次将餐具从小桌板上不小心碰掉而手忙脚乱的时候，贺东弋终于没忍住，拎着她脖子后面的衣领将她塞到东风怀里。

“你不好好看着你相公，瞎捣什么乱！”贺东弋刻意压低的声音从牙缝中挤出来。

元宝下意识想反驳他两句，嘴张到一半，突然眨巴眨巴眼睛，悄无声息地转身凑到东风身边，紧挨着他坐下：“相公，你饿不饿？”

东风嗓子有些发紧，元宝缠在他指间的手指细了一圈，她一定没有意识到她有多久没有来缠着他，有多久没有这样坐下来好好地跟他说句话。

那个娇小柔软的元宝，在遇到困难时，宁愿自己死扛着，宁愿去找他人帮忙，也不肯告诉她曾经最依赖的丈夫。

那个眼珠滴溜溜乱转，什么事情都写在脸上的元宝，到底是什么时候变的呢？她的秘密多得他都没办法一一追究。说好的什么事都不对他隐瞒，她甜腻的声音似还萦绕在他耳边，她却渐渐地在他们之间砌起一道墙。

东风没有回答，元宝也没有再问。她将东风的手臂抱在胸前，头靠在他的肩膀上，享受着难得的依偎在东风身边没人打扰的时刻。

贺东弋叫来婷婷陪夜，他在病房的小套间里守着，以便半夜随时可以帮忙。贺南羽守在床前，不肯回去。贺东弋想到她今天的表现，还有他跟婷婷在，就算她发病，在医院也好处理。要真让元宝和南羽待在家里，指不定会发生什么不可想象的意外呢。

贺东弋揽住元宝的肩膀："照顾好东风，算了，你连自己都照顾不好。你跟东风，好好看家吧。"

"我一定会照顾好我相公的！"元宝信誓旦旦地拍着胸口。

第八章

元宝，你有没有想过离开贺家?

元宝开车载着东风回家。她将车停进车库的工夫，东风已经上楼回房间了。元宝追进去时，卫生间里传来哗啦啦的水声。尽管心里知道姑姑还躺在病床上，可一想到这个家里，除了年老的陈姨，就只剩下她跟东风，躺在病床上，元宝依旧忍不住小小地雀跃起来。她几步跳到卫生间前，手握在门把手上开门，门却纹丝不动，门被反锁了。

“相公，”元宝贴在门上，“放我进去，我给你擦背啊！”

“……”

“相公，我尿急，我要上卫生间！”

“……”

“相公，你能听到我说话吗？”

“……”

“相公，我给你送睡衣啊。”

除了不间断的水声，元宝得不到任何回应，但她不气馁地敲着卫生间的房门，伴着节奏哼唱着：“相公乖乖，把门开开，我要进来。”

水声一停，元宝立马站直身体，双手捧着方才挂在手臂上的男士睡衣。东风赤裸着上半身，腰间围着宽大的浴巾走出来，伸手去找睡衣，元宝却突然缩回手，将睡衣藏在身后。她抓住东风的手，歪着脑袋，从上到下仔仔细细地看着他：“相公，别穿了，反正最终是要脱掉的。”

她冲着东风眨眨眼睛，吻了吻他的指尖：“还是你更喜欢我帮你穿上，再帮你脱掉？”

贺东风瞬间觉得有些口干舌燥，他不自觉地将手指稍微伸进去一些，摩挲着她柔软的唇瓣。许久后，在元宝按捺不住，双手环住他的脖颈时，他握住她的手臂，将她从他怀里推开：“回你的房间睡觉去，我累了。”

元宝迎头被泼了盆冷水，有些委屈：“这里原本就是我的房间，我还要回哪儿？”

“回你现在的房间。”东风淡淡地说着，顺着她的手臂从她手里抽出睡衣穿好，往床边走去。

“可是……”元宝紧忙握住他的手，嗫嚅着，“我想要你跟我一起睡。”

“元宝，你能告诉我，姑姑为什么回来吗？”东风转过身来。

元宝下意识地摇摇头，想起东风看不到，张了张嘴，半晌后才回道：“不知道。”

她很紧张，垂在腿边的双手不自觉地握紧又松开，很快便渗出汗来。

“那个，”元宝目光躲闪，“那你睡吧相公，我先……先回房间了。”

东风仿佛看到元宝落荒而逃的身影，此刻他更希望自己成为一个彻底的瞎子，这样是不是就看不到一再隐瞒和撒谎的元宝?

姑姑的手术很顺利，但是这次车祸受伤的部位太多，因为腰椎骨折采取保守治疗，贺慕雯需要平躺在床上休养，脑震荡导致她注意力难以集中，健忘而且常常失眠。

贺慕雯生活不能自理，贺南羽自愿成为照顾姑姑的主要力量，虽然所有人都在阻止她做这件事，可还是没能改变她那颗尽孝的心。

照料卧床的病人是一件琐碎且极需耐心的事情，贺东弋原本还担心她会闹出什么事情来，可她到底是从小看着长大的妹妹，看她将姑姑像个孩子一样悉心照看着，他的心不由得变得柔软。

他告诉东风，趁着南羽的注意力都在姑姑身上，尽量避免在她面前出现，等找到合适的机会，送她离开这里，重新开始生活。

贺东风没有反驳，原本话就很少的他近来越发的沉默，有时会让人怀疑，这不是个瞎子，而是一个哑巴。

元梓谦来了，不用他多说，贺慕雯也清楚地知道如今的贺氏因为她的缺席陷入了怎样的动荡中。有些事情虽然他能处理，可他毕竟只是董事长秘书，而不是董事长本人。他将那些自己处理不了的事情一桩桩、一件件地和她口述清楚，耐心地等待她给自己回应。

贺慕雯眼睛有些涣散，很长一段时间里就盯着天花发呆，没有任何反应，也不知是听进去还是没听进去，时间久了，他会平和地向她再陈述一遍。

病房里其他人都已经被元梓谦提前支出去了，他拿着湿巾轻柔地帮贺慕雯擦手，细心地擦拭每一根手指。曾经强大而完美到无懈可击的女人，如今躺在病床上连翻身都很难自己做到，其实是令人很无奈的一件事，就像家里的房梁突然折断，说塌不塌，说好不好。他满眼心疼地叹息："我躺在家里想一想，其实宁愿是我替你受这些伤。我应该帮你处理好所有的事情，而不是在你手术之后还拿这些乱七八糟的事情来烦你。可惜我没办法替你做决定。"

贺慕雯反手轻轻握住他的手，张了张口又闭上，似乎是想起很多事，忽然之间又忘记了，眼里竟蔓延着一股近乎绝望的无奈。

"让我再想想。"贺慕雯抽回手，将手臂轻轻横在眼前，闭上眼睛。

除了她，贺家俨然找不出第二个合适的人选来管理贺氏。贺东风性格冷漠而孤僻，加上现在眼睛有疾，贺东弋八面玲珑却志不在此。若非如此，贺慕雯当初绝不会站出来成为贺家的当家人。

如今，她躺在病床上，有心无力，本是回来解决问题，如今却将自己变成了最大的问题。

在贺慕雯出车祸以后，不知哪来一股邪风把贺慕深是贺家排挤多年的私生子这个消息重新吹起来。今非昔比，如今的贺慕深在娱乐圈有着举足轻重的位置，跟朋友吃饭喝茶都会上头条，可想而知这样的爆炸新闻多有影响力。

元梓谦知道贺慕雯在想什么，她想让贺慕深回来，平内攘外，他却觉得，自己才是更好的选择，有谁会比在贺家俯首称臣这么多年的他更了解贺氏，更懂得如何经营这个商业帝国？

直到离开，元梓谦都没等到贺慕雯的回复。他没有催促，转身喊了元宝出去。

"我听说贺南羽寸步不离地守在病房。"元梓谦意味深长地看着元宝，"抓紧，把我的话放在心上，别整天没心没肺、笨手笨脚的。让你怀个小孩又不是让你生个哪吒，有那么费劲吗？"

"哦。"元宝低着头边走边听，直到元梓谦走进电梯。

看着电梯门渐渐关闭，元宝盯着显示屏，不断变化的数字在她眼中慢慢模糊成一片红色，压得她心里沉甸甸的，让她有些喘不过气。

“叮咚”，电梯的提示音在耳边突兀地响起，元宝回过神来，她刚要转身回病房，电梯门打开，岑迩尼从里面捧着一束鲜花走出来：“元宝……”

“啊！岑老师！”元宝打断他的话，堆着笑道，“您是来探望姑姑的吗？她住1603号病房，就从这里一直走到走廊尽头，左手边第三个。”

“你不一起进去吗？”

“不。”元宝猛摇头，她眼明手快地按住电梯，边往电梯里走边说道，“您先进去吧。我下楼去买点东西。”

岑迩尼看着她在电梯里不停地按着关闭按钮的举动，没有揭穿她的小谎言。刚才他在楼下看到了元梓谦。

元宝有些不安，眼皮剧烈地跳了几下，似乎有什么事情将要发生一般。她用力地揉了揉眼睛，暗中庆幸自己随机应变的能力一流。若是她跟岑迩尼一起进病房，东风不知道会怎么想呢。惹不起，她还躲不起吗？她要去远一点的便利店买东西，最好是坐一站公交车再回来，等时间差不多了再回病房，就算是碰到岑迩尼，她躲到一边站着，他也跟她沾不上关系不是？

元宝在外面晃了四十多分钟，才随意地买了几样日用品回去，却不承想，一出电梯，便有人朝她冲过来。

她被吓了一大跳，下意识地双手护在胸前，却依旧被那人紧紧地抱在怀里。

“岑迩尼，你干什么？！”元宝气急败坏地推着他的胸口。

岑迩尼将她抱得越发紧，他吻着她的发顶：“元宝，你想要什么，你告诉我。贺东风能够给你的，我都可以给你。贺东风给不了你的，我也可以给你，你不必委屈自己。你跟我在一起，你不想做的事情，没有人可以逼迫你去做。”

“你在说些什么啊？”元宝有些莫名其妙，“你再不松开，我就踩你咬你了哦。”

“元宝，”岑迩尼深深地望着她，“东风不会再要你了。”

他的眼中有着元宝看不明白的情感，元宝却不想弄明白，他的话像针一样扎在她的心上，一阵刺痛。元宝很气愤，她现在一点也不想听岑迩尼说话。要是她再与他这样纠缠不清地搂搂抱抱下去，那东风真的该不要她了。

元宝心里一激灵，猛地抬腿踩向岑迩尼的脚的同时，迅速地转身看向走廊。

岑迩尼吃痛，松开元宝弯下腰去。元宝趁机挣脱出来，警惕地退后几步，她方才福至心灵地想，岑迩尼不会设了什么圈套想要离间她跟东风，才敢那么笃定地说贺东风不要她了吧？

还好，东风不在。

不仅仅是东风不在，谁都没有看到他们。元宝怒气难平，却又不能拿他怎么样，只恶狠狠地瞪了他一眼：“你别再来找我了！”

“元宝……”岑迩尼伸手去抓她的手，却落了空，眼睁睁地看着她像见了鬼似的逃走。

元宝推开病房的门进去，却发现房间里的氛围有些不对劲，像是被冰封了一般。她似乎看到了贺南羽似笑非笑地看着她，一眨眼，却只看到南羽一脸平静地给姑姑捏腿。东风站在病床前，颀长的背影透出一股生人勿近的意味。

可她元宝不是生人，是内人啊！

“相公。”元宝走近去握他的手，却碰到什么东西。她低头想要看清楚，东风却躲开她的手，将手里的东西放进裤兜里。

“姑姑，我先带元宝回去。”东风低声说道。他很严肃，薄薄的唇瓣紧紧地抿成一条直线，没有血色。他握着元宝的手，示意她带他离开，她立刻言听计从，跟姑姑打了声招呼便走。

“相公，怎么了？我刚回来，你就带我回家。”直到走出病房，元宝才敢低声发问。

可东风一直沉默着，不管元宝怎么闹他烦他。

元宝开车也不安分，趁着等绿灯，还要歪过身子来靠在东风的肩膀上。她很不喜欢东风现在的样子，失焦的双眼越发深邃，像一泓深潭，似乎什么都不曾放进去，却又像是黑洞，吞噬掉所有，让她无端地有些害怕。东风仿佛又变成一块难以融化的寒冰，那她偏偏要让他融化：“相公，我给你讲个笑话吧。”

东风神色淡漠地将她推开，对她置之不理。当胸前的安全带被扯紧，她再次被甩进座椅里时，他冷声道：“专心开车。如果你像我一样，出了意外，你该怎么办？”

“我还有你啊！如果我出了事，那我们就是患难夫妻了。”元宝嘴上开着玩笑，身体却很听话地乖乖坐直专心开车。

临到家门口时，一路都闭着眼睛拒绝交谈的东风突然开口说道：“病了太久，在家也待得太久，忽然想出去走走。你平时在家做些什么？”

他的语气很平和，元宝有些意外，更多的是惊喜。这些日子以来，他不肯轻易离开卧室，若不是姑姑出车祸住院，他连贺家的大门都没有迈出去过。今天东风主动提出去散步，元宝兴奋得眼睛里都能冒出火花来。她将车停在庭院里，殷勤地打开副驾驶室的车门，牵着东风的手扶他下车：“相公，我带你去，我新种的花开了，你还没有看到过！”

东风听得出她的兴奋，她甚至连他眼睛有疾的事情都忘了。

“既然我没看到过，你就讲给我听，我也很想知道，我们的世界有什么不同。”

元宝微微一怔，觉得自己就像一个得意忘形的二百五。她抬起东风的手掌，温柔地与他十指交握，仔细地感受他每一寸骨节和肌肤，这些都是她喜欢的：“相公，现在医学这么发达，你的眼睛一定会好起来。你是医生，一定要相信医学。我上网查过，不是有科学家造出人工眼球了吗？说是跟真的一样呢！如果你需要，我还可以把我的眼角膜给你，以后我的眼睛就是你的眼睛。你一只，我一只，你看左边，我看右边，我们两个一起看到的就是全世界。”

“我两只眼睛都要看得见。”东风纠正道，元宝大概不知道，一片眼角膜，可以让他两只眼睛重见光明，虽然他并不需要。

“两只？”元宝反问着，她摇摇头，“相公，如果我的眼睛都给了你，那我就会成为你的累赘。我笨手笨脚，除了吃就会玩，一刻都不能消停，你照顾我会很辛苦的。最重要的是，我就再也看不到你了。”

她歪着脑袋想了想：“但如果你真的想都要，那我还是会给你的。”

东风侧过身子避开元宝的目光，就算看不见，他也知道元宝正用怎样炙热的视线望着他。

元宝小心翼翼地牵着东风，每走一步都细心提醒他周围有什么东西。

元宝要的并不多，哪怕他们只是一起走走路，她也会很开心，她对东风说：“以后等我们老了，你走不动路了，我也会这样牵着你的手，推着轮椅带你出来散步，但是我只准你看风景。你要是看别的老太太，我就在下坡路上松开轮椅，嗖！走你！”

东风没有说话。

元宝从口袋里掏出一小把芒果条，给东风嘴里塞进一根，他没有多想便毫不犹豫地嚼了两下。酸味从舌尖弥漫开时，他紧皱眉头，拒绝了元宝再次递到嘴边的芒果条。

“你不喜欢吃吗？”元宝把青绿的芒果条放进嘴里，“这可是纯天然的，比店里卖的好吃多了，还解腻，是陈姨亲手做的，不知道为什么没有人吃。我已经消灭了一大罐，每次还随身带很多呢。我真的觉得很好吃，可能是我口味奇葩，最近我喜欢吃的东西，大家都不喜欢吃，谁知道他们是不喜欢我还是不喜欢我给他们的东西呢，哼……”

“元宝，你有没有想过离开贺家？”

元宝一愣，手里举着半根嚼断的芒果条，她想起岑迩尼的话，心里咯噔一下：“东风相公，我怎么可能想要离开你呢？这是我从来想都不敢想的事。”

“是不想离开我，还是不想离开贺家？”他的声音有些低沉，听不出什么情绪。

“有区别吗？”元宝紧紧握住他的手，认真地看着他，“有你的地方才是我的家。你在哪儿，家就在哪儿。有谁会不要家呢？”

东风沉默片刻，抽回自己的手掌，他平静的语气听不出半分变化：“回去吧。”

从前的东风，元宝看不懂；现在的东风，她更难懂了。他总是将心事藏得很深很深，这种心似大海的深沉感，忽然就让她想起结婚那一晚，他一个人端着酒杯站在宾客散去的酒店大堂里，冷冷清清的，好似与这个纷乱复杂的世界格格不入。

他总是近在眼前，却又如隔远山。

不知道岑迩尼到底在医院给东风下了什么药，她总觉得事情有些不对劲，不过就算不对劲，她也不想去找他问个明白，那简直是送羊入虎口。

由于贺东风明确地表示自己不想吃东西，元宝只好一个人坐在餐桌前，按着近日的惯例，她是注定要一个人吃饭的。

她在桌上巡视半天，夹起一片生菜放进嘴里，在吃到生菜上的沙拉酱时，转头吐到餐巾纸里。胃里一阵阵地难受，元宝离开餐桌跑进厨房里，在冰箱里翻找半天，拿出一颗西红柿啃一大口，才觉得胃里舒服些。那个沙拉酱味道和鸟屎一样，虽然她并没有吃过鸟屎，但是在她想象中，鸟屎就是那个味道！

“小少奶奶，那些菜都不合你胃口？”婷婷见她最近吃东西越来越少，心里有些自责。

元宝瞬间消灭掉手中的西红柿，又从冰箱里拿出一颗来：“别提了，鸟屎一样。”

婷婷吓得赶紧自己夹了一筷子菜塞进嘴里，哪里像鸟屎啊？就是正常的味道啊，再说鸟屎啥味儿啊，她也没吃过。

元宝上楼以后，她跑去找来陈姨，非让陈姨尝尝她做的饭菜到底是不是鸟屎的味道，陈姨也很茫然，因为陈姨也没吃过鸟屎。

由于平日里都是婷婷在照顾元宝，陈姨并不太了解元宝的日常，听了婷婷道出始末，生活阅历丰富的陈姨立刻一拍巴掌，刻不容缓地找到元宝。

十几分钟以后，元宝盯着自己手里的验孕棒，坐在马桶上连裤子都忘记提起来。这清晰的两条杠，证实了陈姨的话：“那么能睡还不好好吃东西，你该不是怀孕了吧？！”

这可不就是怀孕了吗！苍天呀大地呀，哪位天使大姐这么给力呀？！

上一次跟东风睡在一起是什么时候来着？日子久得元宝都有些记不清了。她的例假向来不准，她又心心念念着要扑倒东风，却从来没有想到过自己的身体里已经在悄悄地孕育着一个神奇的小生命。元宝觉得自己身后的瓷砖正在噼里啪啦地开花，洗手间里都充满了明媚的阳光。

陈姨看她好久不出去便推门进来，拿起她手里的验孕棒仔细看了又看，笑得眼角的皱纹都挤在了一堆：“真是，真是，我这激动得都不知道张嘴了！东风妈妈怀孕的时候就是我照顾的，现在他长大了，我还能照顾他的小孩！你说哈元宝，这传承是多奇妙的一件事！”她是真的很开心，元宝分明看见她笑得眼里有一丝泪花，也许是因为新生，也许是因为故人。

“家里没个长辈真是不行，大小姐没结婚不懂这些，没办法提点你们，不然也不会到现在都没发现你怀孕。你看你，这肚子都起来了呢。”

陈姨说的大小姐是指贺慕雯，她是贺家的老人，对待东风这些小辈都是直呼其名的。

元宝穿好裤子，她微微掀起上衣，看不出自己的肚皮有什么不同，照样捏起来软软的，里面却真真实实地住着一个小宝贝。

元宝不自觉地咧开嘴，撒腿就往外跑，吓得陈姨忙不迭地在后面追着叮嘱：“别跑，别跑，小心肚子！”

元宝一听，立马停下脚步，小猫一样蹑手蹑脚，不过她实在是迫不及待要跟东风分享这个好消息，最后脚步还是快得像在竞走。她直接推开东风的房门，喊道：“相公！”

东风正在打电话，因元宝的突然闯入而不得不提前挂断电话。

元宝正在兴头上，可是，她仍然将东风挂断电话前的最后一句话听得清清楚楚：“拟一份离婚协议。”

她的笑容僵在嘴角，脑子里像是被投下了一枚炸弹，炸得她大脑一片空白，两只耳朵嗡嗡地响。她看到东风的嘴在动，却听不到他在说些什么。

东风喊了两声“元宝”都听不到她的回应，便坐在窗边不再说话。

过了好久，元宝终于回神。

离婚协议？谁跟谁的呢？贺家是不许离婚的，连贺东弋都没跟她那个疯子大嫂秦臻离婚，更不可能是她跟东风了，绝对不可能。

虽然心里这样自我安慰，可仍旧抵挡不住潮涌一般的忐忑，她捏了捏依旧僵硬的脸颊，弯起嘴角走到东风身边。她撩起上衣，牵着东风的手放在自己软软的肚皮上，想笑，也想哭：“相公，我怀孕了。”

“你要当爸爸了哟。”元宝柔声补充道。

宝宝？

贺东风的手掌轻轻覆在元宝柔软的小肚子上，手指不自觉地慢慢收紧。这软软的一层肉下面，居然有一个小生命在悄然生长。

他曾幻想过很多次，他和元宝的小孩会是什么模样，如果是女孩子，最好要像元宝，个子也要像元宝，不要长成贺家人那样高，女孩子就该圆圆的、软软的；如果是男孩子，就要像他，性格也要像他，不可以像元宝那般调皮。

可是后来，他就没再想过了。

这个孩子应该是在他被绑架之后不久，贺南羽不在房间的那一晚有的，本该是惊喜，却因完全不在自己的计划之内，令他方寸大乱。

他的眼眸明亮如星，却怎么也泛不起欢喜的光芒。

他与元宝的婚姻始于一纸婚约，他只有两个选择，要么跟元宝一起生活，要么弄死元宝，自己生活。他以为仅仅是婚姻的开始不够美好，谁能料想到，连他感受到的爱情，也是假的。

一切都是假的，所有人，所有事，女人怎么会如此可怕？

这个世上，除了他去世的父母，除了与他血脉相通的大哥，还会不会有人值得他信任？

生活不该朝九晚五、按部就班地延续吗？为什么他的生活却布满了未知的陷阱？为什么每一次他的全心全意，换来的都是不可理喻……

如果没有人真心疼爱这个小生命，如果他的母亲是一个处心积虑的女人，他的父亲是个一生终不得所爱的孤家寡人，他会幸福吗？

因为元宝总是用各种各样的谎言对他进行欺骗，他甚至不敢完全相信，她是真的怀孕了，又或者，她有别的计谋和打算。

“相公，”元宝将手覆在贺东风的手背上，她看不透东风的表情，“我们有宝宝了，你不开心吗？陈姨说，我的肚皮已经起来了呢，我怎么一点也看不出来？你快用你的火眼金睛看一看，宝宝长什么样，他在里面正做些什么呢？”

良久的沉默之后，东风在她肚皮上轻轻地摸了摸，斟酌着说道：“明天你不用去陪姑姑了，我会给你安排检查。”

“好。”元宝乖巧顺从地点点头，嘴角总是不自觉地漾开笑意，心里总算是放松下来。她挽着东风的手臂，微微弯下身子，将脑袋在他的颈窝里轻轻蹭着：“相公，那你今天晚上能不能陪宝宝和我一起睡？”

她柔软的头发撩拨着东风敏感的肌肤，他心里像是被小猫抓过一般，酥酥痒痒的。多可爱的元宝，却偏偏要做可恨的事情。

东风答应了，元宝却扭扭捏捏起来，折腾着将床单、被罩等里里外外换了个遍，直到折腾出一身汗才停下来。

元宝坐在床上端着水杯喝水，嘴里却还絮絮叨叨地说个不停：“相公，你说把哪间房改成婴儿房比较合适？是不是明天就应该请人来家里看看，着手设计装修了？壁纸我不想要蓝色，也不想要粉色，我想要绿色。我要在墙上画满可爱的多肉植物，从胎教开始培养，让他和妈妈有共同爱好。”

“相公！”元宝猛地往东风身前一扑，扑倒在他的身前，她手里还拿着玻璃杯，大半杯水全部洒在床上，“哎呀，相公，水洒了，这张床今天晚上不能睡，咱们换个房间睡吧。”

东风虽然看不清她的表情，却能从她的话语里将她的用意猜测个八九不离十。元宝想要跟他一起睡，却不想睡在这个房间的这张床上，因为贺南羽在这里待了太久。

“好。”东风点头。

“啊？”他如此爽快利索地答应下来是元宝始料未及的。元宝手里已经端起第二杯水，只待东风不肯时，再洒上去，以扩大波及范围，外加她最拿手的撒娇耍赖手段，必定要拿下贺东风。

愣了几秒钟，元宝一骨碌滚下床，伸手去扶东风。她无声地笑着，像只偷腥的小狐狸，却故作平静地说道：“那我们走吧。待会儿我叫婷婷过来收拾，不然明天也没办法睡在这里了呢。”

终于如愿以偿地抱着东风滚在柔软的大床上，鼻间全是自己熟悉的味道，元宝十分开心，而她开心最直接的表现便是不停地说话：“相公，你说给宝宝起什么名字比较好？要不就叫宝宝吧，贺宝宝，贺东风和元宝的宝宝。咱家是不是有家谱啊？你和大哥的名字里都有东字，姑姑和叔叔的名字里都有个慕字，那宝宝是什么字辈啊？咦，贺南羽为什么不叫贺东羽？是不是女孩就不用遵循那些字辈？可是姑姑就是慕字辈呢。对了！”

元宝突然坐起身来：“我还没有打电话给妈妈和哥哥呢，大哥和童年也不知道我怀孕了呢，我要把这个好消息告诉大家！”

她原本一直握着东风的手，此刻手却被他反握着拉住，阻止了她立刻要蹦下床去打电话的行为：“等明天检查过后吧。如果你真的怀孕了，你这又蹦又跳，来了兴致恨不得立刻劈个叉的行为，是胎儿难以承受的。”

“是吗？”元宝一听，两只手立刻护在肚皮上，她乖乖地躺下去，凑到东风怀里，觉得面对面的方式跟东风不够亲密贴近，又背对着东风将身体缩进他怀里，“陈姨也是这么说的，让我慢慢走路，慢慢下楼。我以后一定要小心，我现在是妈妈了，我要保护好我们的孩子。”

相比元宝的激动、难以自持，东风的表现太过冷静，甚至有些冷漠，他的表情和语气中都听不出即将为人父亲的兴奋与激动。

元宝浑然不觉，她完全沉浸在这份强烈的幸福感里。此时此刻，她有了和东风的宝宝，她拥有东风的臂弯，只要一闭上眼睛，脑子里闪过的全是未来一家三口的温馨画面，以后的日子一定会越来越好，好得不得了。

东风侧转过身子，背对着她无声地叹了口气：“我困了，不要说话，睡觉。”

元宝噤了声，却兴奋得闭不上眼睛，她抱着东风的腰，将脸颊贴在他的后背上。听着耳边令人心安的心跳声，她眼珠滴溜溜地转着，设想着关于这个新生命的一切。

元宝睡得晚，第二天东风醒来时，压在他胸前的是元宝白嫩嫩的小脚丫，他几乎可以想象得出元宝此时此刻四仰八叉的睡姿。东风摸索着将元宝揽到自己怀里，盖好被子。他的手掌轻轻地贴在元宝的肚皮上，虽然按照他的推算，他现在并不能感受到胎动，他却情不自禁地想要试试。

东风原本安排别人陪元宝去做检查，到了医院却又改变主意，亲自陪着元宝一起去。他行动不便，元宝便牵着他慢慢走。这一系列的咨询检查，耗费了一整个上午的时间。

最后医生确定元宝怀孕三个多月。东风打电话给婷婷，让她从姑姑的病房出来陪元宝回家。

“相公，我跟你去看姑姑，顺便告诉她我怀孕了这个好消息不好吗？”元宝不肯走，抓着东风的手说道。

“记得刚才医生叮嘱你的事情了吗？孕早期危险因素多，等稳定下来再告诉他们，万一有什么闪失，会让老人家空欢喜一场。”

“呸呸呸，我儿子是哪吒！没有闪失！”虽然嘴上这样说，但她还是失落地撇撇嘴，嘟囔着，“我还打算给妈妈打电话呢，看来不能打了，就先回家了相公，你注意安全，早点回家。”

东风请陪同检查的人带他去病房。除了护工，病房里就剩姑姑和贺南羽。

看到东风进来，贺南羽立刻站起身，却没有走近。她深深地看了东风一眼，安静地端着水盆去卫生间。

东风能够捕捉到她极为模糊的身影，他轻声开口：“南羽，我的袖扣刚刚不小心掉在走廊上了，你能帮我去找找吗？就在走廊上，你不要走远，好吗？”

护工陪着南羽一起出去，病房里就只剩他跟姑姑。东风坐在病床对面的单人沙发上，却沉默着，似乎想说些什么，却不知道该怎么开口。

贺慕雯并不催促，贺家那么大，能容得下秦臻，能容得下南羽，怎么会容不下一个小小的元宝呢？

“元宝怀孕了。”半晌后，东风才说道。

“是吗？”贺慕雯闻言，露出久违的笑容，“真怀孕了？”

“姑姑，我想让元宝离开。如果留下这个孩子，元宝以后再婚，我怕对方会心存芥蒂，对元宝不够好，也不喜欢这个孩子。”东风慢慢地说道，显然他的这番话是经过深思熟虑的。

贺慕雯微微皱起眉头：“东风，你想离婚？”

“这对她对我都好。”东风默认。

“咱们贺家，只能丧偶，不能离婚，这一点你应该再清楚不过。你大哥挨过鞭子，很长时间下不了床，他都没有跟秦臻离婚。家规家规，就是这个家里的人都要遵守的规矩。”贺慕雯思索着，说道，“孩子必须留下，他是我们贺家第一个孙子，你大哥我是指望不上了，你也不要小孩，你们都要造反吗？”

东风没有接话。他不只是喜欢元宝，他爱元宝，可是元宝并不只是喜欢他一个人，她的心太大太复杂。那样的一个人怎么会耐得下心来守着一个瞎子呢？

他的眼睛不知什么时候才能康复，长痛不如短痛，他要为元宝做最有利于她的选择。

“姑姑，我手里有一部分可动用的资金，是给元宝妈妈的工厂准备的。她妈妈不是一个好的管理者，那个工厂无论填补进去多少资金，都将无济于事。我想请你帮忙，找个有能力的人带着这部分资金帮帮她妈妈。如果有必要，可以将那家工厂真正地挂在咱们贺家名下。我想给元宝留个保障，只要有我在，我就不会让元宝吃苦。”

“可做这一切，都不是以你的名义。”

贺慕雯最近的精神状态已经好转很多，但是东风与她的谈话依旧费了她不少精力。听她的声音已渐渐疲惫，而需要跟她说的事情也基本已经说完，东风便起身准备离开。他在想，如果自己一直是这个状态，那是不是需要一根拐杖？

第九章

以前她是东风的妻子，现在她是东风的孩子的母亲，可贺南羽才是东风心爱的人。

当护工气喘吁吁地推门进来时，东风才发觉贺南羽竟然一直没有回来。

“我原本陪她在走廊里找东西，可是一眨眼的工夫，人就不见了。这一楼层我都找遍了，连楼上楼下也找了。我不敢走太远，怕她自己找回来。”

贺东弋接到东风的电话，听说南羽在医院走失的时候，正在鉴赏一件私人藏品。对方电话邀约了他很久才请动他，自然不肯轻易让他走，他道了歉，并且承诺了下一次来才得以离开。

“还以为她学乖了呢。隔两三天不闹出点动静来，她就浑身痒痒！”贺东弋咬牙切齿地说着，眼睛却紧紧地盯着监控录像。从录像中可以看到贺南羽乘坐电梯下楼，但是门诊大厅人流量太大，各个出入口的监控中都没有看到贺南羽。

贺东弋不能报警。在外人的眼中，贺南羽是个正常的成年人，不符合报警的条件。贺东风找到医院里的朋友，动用保安在各自的巡查范围内寻人。

贺南羽失踪三个小时之后，被一名保安在离住院部不远的一个亭子里发现。

“东风！”一看到东风，贺南羽便冲过去将他抱住，“我好害怕，我怕我再也找不到你了！”

“我嘱咐过你，不要走远。”东风拍拍她的后背安抚着，将她从自己的身上推开一些。

“但我有听你的话，我想帮你找到你的袖扣，我在走廊里来来回回找了很多遍，但都没能找到，所以我想在你来的路上找一找。可是我迷路了，没有办法回去找你了。”南羽两个眼圈红红的，她低声问道，“我是不是又做错事了？”

“没有，你没有做错。回家吧。”东风听她的声音像是哭过的，只得耐心地哄着。

“可是我还没有帮你找到你的东西……”贺南羽望着他，“我也不能回家，我要陪着姑姑。你很爱姑姑，可是你现在不方便照顾她，所以我要连你的那份一起，好好地照顾她。小东风，我很想做些能够帮到你的事情。”

“你做得很好。”他的语气淡淡的，听不出什么情绪。

贺南羽的这种无端惊慌，过了很久才慢慢平复，贺东风将她安置在陪护床上睡下，才让婷婷带自己回贺家。

元宝在房间里看母婴书籍，听到楼下有汽车轰鸣的声音，便扔下书籍跑到窗边去看，确定是东风回来了，又匆忙下楼，一边健步如飞地走，一边不停地感叹：我怎么就不能慢点走路呢？我上辈子是运动员吗？还是我要生个运动员呢？怎么越走越快呢？

听说贺南羽在医院走丢又被找回，元宝脸上说不出什么颜色：“她怎么可能会走丢？她这种行为纯粹是想刷一刷存在感！她还回家来了呢……”——不过我躲起来了，家里没人，万一她欺负我咋办？不过她的话没说完，就被婷婷打断了。

“小少奶奶，晚饭您想吃什么啊？”婷婷将她拉进厨房里，示意她不要多说。

直到东风走远，婷婷才小声地对元宝说：“小少奶奶，您不要再针对大小姐了，她就是一个疯子。您现在是有身孕的人，何必跟一个疯子过不去？”

“我哪里针对她了？是她一直跟我过不去。怎么连你都这么说？”元宝有些生气。

婷婷语重心长地说道：“小少奶奶，我说句您不爱听的，小少爷一直都很喜欢大小姐，今天她不见了，小少爷特别着急，还托了很多人一起找，最后是在医院里很偏僻的地方找到的，当时她吓得动都不敢动，您要跟小少爷说大小姐回家了，那不是……睁眼说瞎话吗？”

“她真的回来了！这个家里，谁都能走丢，唯独贺南羽不会走丢！”元宝越听越觉得委屈，不由得提高嗓门。

婷婷吓得连忙去捂她的嘴：“小声点啊，我的小少奶奶。我这是好心好意，您怎么更来气了呢？您肚子里怀着小少爷的孩子，以后这个家里谁都会宠着捧着您的。小少爷再怎么喜欢大小姐，您才是小少奶奶啊，姑姑也会护着您的。”

元宝气过了头，反而冷静下来。她转身立刻出厨房上楼，那次水淹客厅的事情，所有人都不肯相信她。这次婷婷不信她，别人更不会信她。若不是发现贺南羽回来，元宝是不会躲在房间里不敢出来的。元宝不知道贺南羽会用什么幺蛾子来对付她，只知道贺南羽的眼神像刀一样犀利危险。她现在不是一个人在战斗，她必须将肚子里的孩子的安全放在第一位。

她是一位准妈妈，她必须规避一切风险。

从婷婷的话里，元宝还听出另一层意思。以前她是东风的妻子，现在她是东风的孩子的母亲，可贺南羽才是东风心爱的人。

元宝心里有些泛酸，她摸着自己尚算平坦的小腹，心想，这个孩子是自己一直所期盼的，那么是东风所期盼的吗？回想起昨天她告诉东风自己怀孕时，她兴奋激动得无以复加，恨不得跟所有人一起分享这份喜悦，东风却从来没有笑过，他的表情甚至没有一点变化，这是一个即将做父亲的人应该有的情绪吗？

是因为他喜欢的是贺南羽，所以才对她的孩子无所谓吗？

元宝想得出神，一个不注意，脚下打滑，直踩空了好几级台阶才停下来。元宝整个人都吓蒙了，她是在上楼时滑倒的，整个人面朝楼梯，肚子贴着台阶滑下去。

她这一摔，动静很大，虽然她没有叫人，东风和婷婷却都听到了动静，不约而同地赶来。

东风离得近，听到楼梯处传来"咚咚咚"几声响便出来看，隐隐约约看到有人躺在台阶上，便开口问："是谁？婷婷吗？怎么了？"

元宝在倒下去的那一刻，一只手便下意识地护在小腹上，听到东风发问，才从茫然的状态中清醒过来，她一开口，声音颤颤巍巍的，几乎连不成句子："相……相公，我我我……是我……"

元宝还在"我"个不停，婷婷上楼看看情况，发现她倒在台阶上，几步冲过来想要将她扶起："小少奶奶，你怎么摔倒了？！"

元宝再也支撑不住，"呜哇"一声哭出来。

谁也不会明白她在摔下来的那一刻承受着多么大的恐惧和绝望，明明是瞬间的过程，她却清楚地看到一级一级台阶慢镜头一般从她眼前掠过。

“我的天啊小少奶奶！你没事吧！别哭别哭，快看看摔坏没！”婷婷扶不起她，手忙脚乱地翻看着她的衣服。

“别慌，看看她下半身有没有出血。”东风冷静地指挥着，他循着声音朝着元宝走近。

婷婷连忙查看了一下，回道：“裤子上没看到有血，可是手上有血。”

东风听她这话，便知道她没能理解他的意思。他伸出手示意婷婷将他带到元宝身边，蹲下身来搀扶元宝，不疾不徐地说道：“哭解决什么问题？摔都摔了，平时不是让你慢一点走路吗？”

“相公。”元宝抽泣着点点头，双手环住东风的脖子。

东风解开元宝的裤子，手掌探进元宝的裤子里，指尖却触碰到黏腻的液体，他脸色微微变了变，吩咐婷婷将司机找来，带元宝去医院。

元宝一听说要去医院，环在东风脖颈上的手不由得收紧，眼泪鼻涕全都蹭在东风的衣服上：“我害怕。”

司机来得很快，元宝却不肯松开东风。东风轻轻拍了她的背，临危不乱地说道：“我看不到路，不能抱你。你起来自己走，我在你身边，不会有任何问题。起开吧，不要像个孩子一样依赖别人。”

元宝心里不情愿，可还是不得已松开他，其实心里有一点点难过，以为他是故作镇定地安慰自己，没想到，他是真镇定。

可能因为他是医生吧，医生面对这些事都不会慌。她这样安慰自己。

元宝下身出血，先兆流产，需要住院留观保胎。

元梓谦得知消息来医院时，已经是第二天。东风不在病房，折腾了一晚上，趁着元宝还未醒，他要将元宝住院的事情告诉姑姑。

元梓谦有心训元宝两句，这么大的事居然都不告诉他，真是越来越有主意，可是看着她精神萎靡的模样，又说不出口，不知道昨天晚上她是怎么过来的。

“大哥。”元宝睡得并不好，一睁开眼看到元梓谦，眼圈立刻又红起来，嘴巴抿成一条线。

“不准哭。孩子还在，就摔了一跤，哭什么哭？”元梓谦在她脸上抹了抹。

元宝忍着眼泪点点头，医生特意叮嘱她一定要保持好情绪，对胎儿才好。

护士来给元宝打保胎的针，元梓谦原本坐在病床对面，见状便起身坐到元宝身边，将她的头按在自己胸前：“闭上眼睛，一点也不疼。”

元宝紧紧地闭着双眼，等护士打完针离开，她的嘴唇上已经咬出深深的牙印来。

“谢谢大哥。从小我打针，只要你在，你就这么护着我。”

“先养好身体，其他的事以后再说。”元梓谦拍拍她的肩膀，说道。

元宝知道哥哥在指什么事情，她也明白，这件事情越早提出来越好：“哥哥，我会找合适的机会跟东风提的。”

“这件事的决定权不在于他。等你身体养好了，姑姑自然该有所表示。妈妈身体不好，你住院的事情我没让她知道，等你情况稳定下来再告诉她，别让她担心。”

元梓谦没有待太久，他等东风回来，聊了几句话便走了。

元宝现在所需要的是卧床静养，所以不必要的探望，东风一律挡在门外。童年跟着贺东弋一起来，没说上两句话，便被打包赶出病房。

元宝本来就闹腾，若不是这次受了惊吓，这卧床静养比打针还让她难受。贺东风十分担心同样不安分的童年在这里会勾起元宝体内蠢蠢欲动的折腾因子。

贺东弋临走时，告诉东风，他在元宝摔倒的三楼楼梯上发现了油迹，在靠近墙壁的位置，不知是偶然还是有人故意为之。

婷婷每天早晨都会打扫，家里别说不会有油迹，连一丝灰尘都摸不到，而只有东风知道，元宝有贴着墙根走路的习惯。

元宝和贺慕雯住在同一间医院的不同楼层，东风每天往返于两个病房之间，晚上便在医院陪着元宝一起睡，如此一来，元宝便觉得住院也没有什么不好，打针也没有那么难以忍受了。

短短的几天时间，东风陪在她身边的时间比这三个月加起来还要多，尤其是每天晚上她都可以抱着东风睡觉，真是一大美事。

对于贺慕深的到来，元宝有些意外，但更多的是惊喜。从东风被绑架的事情之后，贺穆深因为接了工作拍戏进剧组，元宝便再也没有见到过他，只能在新闻上看到他的消息。

对于这个和善亲切的叔叔，元宝还是很喜欢的。尽管贺东弋曾经告诫过她叔叔心怀不轨，而东风也让她听从大哥的话，可是她心里并没有这样觉得。

相比总是在口头上占她便宜的贺东弋，贺穆深真是温柔绅士得不要不要的呢。

“叔叔，你回来啦？”元宝原本侧躺在床上玩手机，贺东风不在，她一个人实在是无聊得很，眼角余光瞥到贺穆深抱着一捧鲜花推门进来，她立马坐起身来。

“提前杀青，好赶回来看看你。”贺穆深将鲜花放在床头的柜子上，帮元宝将病床摇高，好让她躺得舒服些，“感觉好些了吗？”

“我现在什么感觉都没有，就是闷得慌，拍戏的时候有什么好玩的事情吗？”元宝饶有兴趣地看着他。

“你要我剧透吗？”贺穆深倒了杯水递给她。

元宝脑袋摇得跟拨浪鼓似的：“才不呢，我是要追剧的人，剧透了就没有意思了。”

贺穆深看她摇头晃脑的样子，忍俊不禁，几乎想要伸手去帮她把脑袋扶住，他温柔地笑着，拣了些拍戏中的趣事说给她听，她笑得前仰后合。

东风回来的时候，病房门口围了几个小护士在窃窃私语，元宝的欢笑声从病房里传出来。

“贺穆深真的好帅好温柔啊！也不知道他们是什么关系。”

“里面的病人是先兆流产住的院，她老公也很帅呢，就是眼睛不太好。”

“真让人羡慕啊，身边围着的男人都是高富帅！”

婷婷送东风回来，她猛咳了几声准备说点什么，东风却阻止了她，并且让她先回姑姑那儿去。

贺东风轻轻地推门进去，隐约看到贺穆深坐在床边，上半身离元宝很近。

“你摸摸看，有感觉吗？”元宝笑眯眯地问着。

贺慕深摇摇头，他回头看到东风，起身坐回病床边的椅子上：“东风，好久不见。”

“相公，你怎么一个人回来了？”元宝想要下床，“你别动，我过去扶你。”

“怎么了？”贺慕深不解地看着元宝，又回头看了东风一眼。他起身按住元宝的肩膀：“你躺着，我去。”

贺慕深走过去，握住东风的手臂，却被东风轻轻甩开。

“好久不见。没想到你回来，不是先去看姑姑，竟然来看元宝。”东风对眼前迅速晃过的手影无动于衷，他抬步慢慢地朝病床走过去，坐在贺慕深原先坐的位子上。

贺穆深在这里坐了不短的时间。

“你的眼睛受伤了？”贺穆深坐在沙发里，距贺东风一米远，在这里他能够清楚地看到东风的举动。从进病房开始，或者说，从他回到贺家见到元宝的那一晚开始，东风就对他保持着淡淡的疏离和警惕。

这种警惕，在他跟元宝在一起时，会加深。

对于东风的话，贺慕深选择性忽略。

元宝在东风身边对他摆摆手，用口型无声地解释。

“元宝，好好休息，我改天再来看你。”贺慕深站起身来。

等他离开病房，贺东风才开口问道：“刚才你们聊了些什么？”

“我跟叔叔啊，”元宝侧过身子，大大咧咧地将脑袋枕到东风的腿上，把玩着他修长的手指，“叔叔跟我讲了些他拍戏时遇到的好玩的事情。”

“还有呢？他摸了你哪儿？”东风慢吞吞地说着，伸手将元宝往身上揽了揽，以免她掉下去。

元宝终于察觉出不对劲来，她猛地抬头盯着东风，揶揄道：“相公，你不会是吃醋了吧？他可是叔叔啊，我们宝宝以后要叫他爷爷的。你是花样美少年，怎么能吃大叔的醋呢？”

东风侧过头去，作势要将元宝从他的身上扒拉下去，元宝连忙伸出两只手紧紧地环在他的腰上：“相公，我错了，我不能离开你。我招，我什么都招！请相公饶了小女子吧。”

看东风停下动作，元宝身子一拧，一骨碌爬起来，双腿分开坐在东风的身上将他扑倒，她柔软的嘴唇在他的脸上留下一串串湿漉漉的吻：“叔叔摸了我的肚子。我要让宝宝沾沾他的气息。听说怀孕的时候接触什么人，以后的宝宝就会像什么人。相公你帅得惨绝人寰，又会动刀子做手术，有一双化腐朽为神奇的手，这已经足够了。可是我又想啊，万一我的基因太强大，压倒了你的基因，生下来的宝宝蠢萌蠢萌的怎么办？这样会吃亏的。技多不压身，万一以后宝宝想进军娱乐圈，想去当歌手怎么办？”

她吧唧在东风的嘴上亲了一口：“不是谁都能像本宝宝一样，唱歌既要命又要钱的！”

贺慕深从元宝的病房里出来之后，便去了贺慕雯的病房。贺慕雯三番五次地派人去找他，都被他以工作为由拒绝。

他清楚贺慕雯为何而来。

“来之前，我去看了看元宝。”贺慕深坐在沙发里，面对着贺慕雯，双手交叉置于膝盖上。生平第一次与人谈判是在病房里，还是面对着一个平躺在病床上的女人，这让贺慕深有一种欺凌弱小的错觉。

是错觉。贺慕雯掌管贺氏这么多年，从未出过差错，这不是一个柔弱可欺的女人能够做到的，更何况，她身后还拖着一群小鬼。无论是贺东弋、贺东风还是贺南羽，有谁是能够让她省心的呢？

这次的敌手联合势力虽然足够强大，所采取的行动又是特别针对贺家的，但是贺氏并非没有可解之法。若非贺慕雯倒下去，贺氏绝不会分崩离析到这种境地。

只是，贺慕雯的车祸真的只是一场意外？

贺慕深想得有些出神，面上不由自主地流露出些许同情。贺慕雯连叫了他几次，他才反应过来，重新将目光投注在眼前的女人身上。

“我并不需要贺氏。我对贺氏也没有任何责任，贺氏没有任何属于我的东西。我的资产虽然抵不过贺氏，但是比起贺东弋来绰绰有余。”贺慕深淡淡地说着，温柔的眉眼间多了几分冷漠与疏离。

“有一点，你说错了。”贺慕雯因为腰椎受伤还未痊愈，只能平躺在硬板床上不能动弹，这让她很不舒服。她努力地转过头去，看向贺慕深："据我所知，父亲的遗嘱里虽然没有你的名字，大哥却在他的遗嘱里将他手中贺氏三分之一的股份转让给你，是你不肯要，并且选择将这件事隐瞒下来。"

贺慕深没有反驳。

"当年你不甘心，将大哥的心意当成一种施舍。现在你可以靠你的本事亲自拿走这些，如果你能够站出来暂代我管理贺氏，这一切便是你理应得到的。"贺慕雯缓缓地说着。

贺慕深不得不在心中赞叹一句贺慕雯，叱咤商场多年，她的实力不容小觑。贺慕雯能够三言两句抓住他的软肋，直击重点。

既然双方立场得到统一，接下来的谈话便得以迅速而顺利地进行。

在贺慕深踏出病房的那一刻，贺慕雯打电话给公司内部，她告知了下属两件事，第一，新副总即将上任，暂代她的一切职务，行董事长职权；二，撤去元梓谦的所有职务，等候调令。

贺慕雯的这两个决定是当贺慕深出现在贺氏周一的董事会时宣布的。

一个在绯闻八卦中所为人熟知的男人，和一个占据公司领导高层的男人，一个即将行使最高权力强势入主贺氏，而另一个却将一无所有地离开。

在董事会的议论纷纷中，元梓谦铁青着脸，愤然离席。他对贺慕深的回来并不意外，这早就在他的预料之内。可是贺穆深还没能在贺氏站稳脚，身为整个贺氏最忠于贺慕雯，最有能力领导贺氏的他，却被毫不留情地淘汰出局。

拥有再高的职位，若没有实权，也不过是个打工仔，说开除便会被开除。

昨天他还去看过贺慕雯，她没有对他透露出一丝一毫的口风，自然也谈不上任何解释。

且不论他在贺氏为贺慕雯做了多少事情，便是与她形影不离，整日同床共枕，她怎么能一声不吭就将他一脚踹开？

当病房门被一脚踹开时，贺南羽被吓了一跳，她正在喂贺慕雯喝水，玻璃杯里的水也因此往外洒了一些。

对于元梓谦的到来，贺慕雯并不意外。他的怒气，也在她的预料之中。她镇定自若地擦掉洒在身前被子上的水："南羽，出去吧。"

南羽点点头，悄悄瞥了一眼元梓谦，贴着墙脚远远地绕开这个气势汹汹的男人，走出去关上病房的门。

"贺慕雯！"元梓谦气极反笑，他盯着病床上这个不能动弹的女人，因为病痛的折磨，五官虽依旧精致，却美丽不再，脸色黯淡无光。曾经她足以遮天蔽日，如今却凋敝至此，多可怜！无论多少次看到这样的贺慕雯，他总是忍不住心疼她。

但是可怜之人必有可恨之处。元梓谦一想到这个在他怀中软语温言的女人可以毫不犹豫地在他背后插刀，脸上便满是嘲讽："养条狗，这么多年，是不是也该有了感情？你在背后捅我一刀的时候，有没有不忍心过？"

"梓谦。"贺慕雯的声音依旧平缓，听不出丝毫因元梓谦的质问而产生的慌乱。她抬起手在枕头下面摸索了几下，取出一支录音笔来。这在常人看来再简单不过的动作，贺慕雯却做得十分吃力。

她示意元梓谦将她手中的录音笔接过去，元梓谦却只是冷眼看着，无动于衷。

贺慕雯轻轻地叹了口气，打开录音。

"有消息了吗？"当元梓谦的声音从贺慕雯手中的录音笔里传出来时，他脸色一变，下意识地向前冲了一步，想要将录音笔夺过来扔掉。抬起的脚堪堪落地，元梓谦便找回理智，冷静地站定。

“贺南羽整日待在东风相公身边，我找不到机会。”是元宝的声音。

“没有机会，那就制造机会。这事宜早不宜迟，夜长梦多！”

这是几个月前他在贺家的客厅跟元宝说的话。元梓谦迅速地回忆着那天在家的人，试图找出这段录音的来源，思路却被贺慕雯打断了。

“元宝怀孕了。你应该看得出来，她很喜欢东风。你和元宝，贺家只能留下一个。梓谦，你有你想得到的东西，我也有我要守护的。”

元梓谦的脸色有所缓和，他慢慢地走上前，站在病床边，怅惘地看着贺慕雯，低沉地开口：“我并不在你的守护范围内，尽管我们在一起这么多年。在需要选择的时候，你都不曾问过我，便弃了我。”

“贺家还有一条不成文的家规，贺家的女儿出嫁后不能分贺家的财产。这么多年来，贺家的子女没有一生未婚的。如果我什么都没有了，你还会在我身边吗？那个时候，恐怕我只是一个毫无用途的老女人。”

贺慕雯十分冷静，她理智地将问题一一摆在元梓谦面前，元梓谦想不起她什么时候情绪失控过，似乎一切都早已在她的算计之内，无论情况是好是坏。

“你不试试，怎么知道我不会？”元梓谦心里有些不服，声音却明显地低了下来。

“那我们就试试。床头柜的抽屉里有一份密封的文件，你打开看看。”

元梓谦弄不明白她要做什么，依言取出那份文件。

里面有一份协议，是关于他跟贺慕雯的。

二十年后，贺慕雯的私人财产中有一半是属于元梓谦的。如果在这二十年中，贺慕雯意外死亡或者元梓谦结婚，那么他将一分钱也得不到。

“这份协议，对你并没有什么不利，这是我对你的承诺。你可以选择不签，现在就离开。你所处的状况并不会比你踏入这间病房前更坏。你签署了这份协议，同样可以随时抽身而去，它对你没有任何限制。”

元梓谦没有说话。贺慕雯的这份协议不过是吊在驴子眼前的胡萝卜，看得到吃不到，可是他的怒意却在不知不觉中被贺慕雯消弭于无形。

“我手中还有一部分可动用的私人资金。我知道你跟元宝在担心你妈妈的工厂，这部分资金，我会指定专用于工厂周转。我希望是你带着这笔资金去管理铝厂。你父母的工厂也算是本市铝业的龙头企业，规模并不小，但是你妈妈不善经营管理。你跟着我在贺氏工作这么久，什么也得不到，倒不如以这笔资金开始，积累属于你自己的财富，以你的能力，这是谁也夺不走的。”

元梓谦最终离开了贺慕雯的病房，虽不似来时那般怒气冲冲，却也是面沉如水。他出门时正好碰到贺南羽在门外站着，他若有所思地看了南羽几秒，才紧抿着唇走开。

贺南羽却像是没有察觉元梓谦在打量她一般，神色自若地回到病房里。

元梓谦没有顺路去看元宝，他离开贺氏，回去管理铝厂的消息，元宝是在出院那天从贺慕深那里得知的。

“今天我是特意来接你出院回家的，没想到晚来一步，去了你的病房却被告知你已经离开了，幸好在这里碰到你。”贺慕深笑容温和，将一捧鲜花递给元宝。

第十章

她可是东风明媒正娶的太太，理应永远比见不得光的贺南羽理直气壮，凭什么让贺南羽压在头上？

今天贺慕雯需要做几项检查，贺东弋和东风陪同前往，他们担心检查科室人太多，贺南羽会出意外，所以叫南羽在病房里等。而元宝有孕，不适合跟着去，所以也只能在病房里等。

不过元宝对贺南羽可是保持着十二分的警惕，坚决不与她待在同一个封闭的空间。贺南羽在病房里待着，她便坐在病房外面的长椅上。

“叔叔，你从当红大腕摇身一变成总裁的新闻都在网上成头条了！”元宝一脸迷妹样，朝贺慕深竖起两根大拇指，“又要俘获多少少女少妇的心啊，啧啧……就是没有想到你竟然回家住了，还以为上次你来看过我后，就会有很长一段时间见不到你了呢！”

“那你以后天天可以看到我了。”贺慕深在她身边坐了下来。

“叔叔！”元宝被针扎似的尖叫着从长椅上跳起来，捂住自己的嘴巴左顾右盼，她举起鲜花挡在脸前，对贺慕深小声地说道，“叔叔，你怎么能坐在这种地方呢？你可是大明星呢，难道不怕被狗仔拍到吗？或者被你无处不在的粉丝拍下来传到网上，那明天的头条就该是明星总裁在医院幽会神秘女子了。”

“难道不该是明星总裁带神秘女子就医吗？”贺慕深被她逗笑，调侃道。

“您可是喝杯茶都会上头条的人呢，咱们还是进去吧。”

“南羽也在啊。”贺慕深朝着南羽笑了笑，温和地说道。

“叔……叔叔。”贺南羽对他还有些陌生，怯怯地躲到病房的角落里，低下头绞着手里的毛巾。

元宝看了她一眼便转过头：“叔叔，这边坐啊。”

聊了几句后，贺慕深提起元梓谦来：“你哥哥是个有能力的人，也有魄力，做事果断，换作一个外人去管理工厂，未必会在这么短的时间内挽回颓势。”

“啊？”元宝一脸疑惑地看着他。

“你不知道你哥哥离开贺氏，回去管理工厂的事情吗？”

元宝摇摇头：“我好几天没有看到他了。”

“我接手贺氏的业务时，调查过你家的工厂，漏洞很多。听说在我之前，东风也调查过，我以为他会因为你而出手相助，却不知为何没有了下文。”

元宝沉默了。她以为她不曾提起过，东风便不知情。为什么东风明明知道，却什么都没有做呢？她惹出来的那些祸，他是不是也都知道了？

“东风是个有分寸的人，也许他有自己的想法。”贺穆深站起身来，他拍拍元宝的肩膀，“我去看看他们检查得怎么样了，你要一起吗？”

元宝摇摇头，坐着没动。她心里还在猜测东风到底知道些什么。她只是不想让东风担心，他不会误会她对他撒谎隐瞒吧？

贺慕深离开后，病房里只剩下南羽和元宝，而对于这一点，元宝并没有察觉，甚至于贺南羽从她面前走过，坐在病床前，她都没能反应过来。

“你以为东风是真的喜欢你吗？当初他跟你结婚，不过是因为我不能跟他在一起，他为了赌气才答应娶你。”贺南羽突然开口，全然不见平日里的怯懦失智。

元宝下意识转过头看她：“你胡说！”

“你大概还不知道，那天岑迩尼来看姑姑时，花店里送来一束花，其中夹带着一支录音笔。我想那录音笔里的内容，你应该不会陌生。”贺南羽脸上带着冷冷的笑，扬起的手掌里握着一支录音笔。

“贺南羽整日待在东风相公身边，我找不到机会。”

元宝脸色突变，猛地冲上去将录音笔夺走，狠狠地摔在地上。

南羽一脸惋惜地摇摇头：“那天，这段录音是被公放出来的。怎么办？你现在摔坏它已经晚了。东风听到了，姑姑也听到了，就连你的备胎奸夫岑迩尼，也听得一清二楚。”

“你胡说，你故意的，都是你在害我，你这是断章取义！”元宝的脸惨白一片，连嘴唇都没有一丝血色。

贺南羽冷眼看着她，薄唇轻启，吐出的话语不带一丝感情：“你知道为什么东风从来不去质问你吗？你所做的一切都瞒不过他，他又何必问你？你并不会跟他坦白。那天，他在我面前亲口对姑姑提出要跟你离婚，这个孩子他也不想留。是姑姑不肯，因为你肚子里怀着的，是贺家的第一个孙子。一个女人而已，贺家养得起，就像秦臻那样。我大哥从来没有碰过她，她仍旧可以被当作大少奶奶供着。元宝，你还不明白吗？你不过是个生孩子的工具而已。”

元宝失魂落魄的样子并没有引起贺南羽的一丝悲悯，她心里反而有一些快感："你以为你从楼梯上摔下来是意外吗？元宝，你最好安分些。"

病房的门被推开，贺东弋推着病床进来，东风和贺慕深紧随其后。贺南羽连忙上前帮忙抓住病床。

"姑姑，累了吗？"贺南羽柔声问着，帮她将薄被往上拉了拉。

"整日躺着，做检查也是从这张床躺到另一张床上，怎么会累？"贺慕雯回道。

随着床被推进病房，她看到坐在沙发上的元宝："元宝，你身体不舒服吗，脸色怎么这么白？不会是贫血了吧？去检查一下，贫血对孩子可不好。"

元宝慢慢抬头看了贺慕雯一眼，又看向最后进来的贺东风，她抬手摸了摸自己的脸颊，觉得自己大概是真的贫血了，有气无力，连嘴巴都快要张不开了。

贺慕雯一脸担忧地看着元宝，叮嘱道："先别急着出院。东风，还是东弋去吧，带她再去看看大夫，确定没事了才放心。"

"那会儿看着还生龙活虎，壮得能吃下去一头牛，怎么转眼的工夫就蔫儿成这样了？来来来，大哥带你去遛遛。"贺东弋玩笑着朝她勾勾手指头，看她没有反应，不由严肃起来，将手掌贴在她的额头上，"不会是真病了吧？"

"没有。"元宝浑身发软，有气无力地拨开贺东弋的手，她的目光一直投注在东风身上，可惜东风却看不清她眼里复杂的情绪。

"看你相公也没用。大哥我带你去检查，必须要保证我大侄子的安全。"贺东弋揽着她的肩膀带着她出去。

"大哥，我没病。"元宝拽着他的衣袖从他的手臂下面钻出来。

"我知道，你要是没好利索，东风会舍得让你出院？说吧，怎么回事？”贺东弋双手抱臂，好整以暇地看着她。

“我我……”元宝眨巴着眼睛，鼻子一阵阵发酸，“我想吃龙虾！”

“买！”贺东弋捏了捏她的脸，“瞧你那点出息，不知道的以为咱家吃不起呢，为了屁大点事儿半死不活的，买！”

“民以食为天，还能有什么事比我吃龙虾还重要？你要理解，我身为一个孕妇，情绪变化不是我能控制的，这都是体内激素影响的结果，我也不想的。”元宝吸了吸鼻子，梗着脖子一脸傲娇地说。

“哟呵，你还知道激素呢。别人的智商靠脑子，你的是靠激素吧。不过，请问这位孕妇，你能吃龙虾吗？”

“大概，也许，好像，可以吧。”元宝没底气地说道，“其实不是我想吃龙虾，是宝宝他告诉我他要吃龙虾，所以我必须吃龙虾。”

贺东弋最终还是带着元宝去医生那里报了个到，最主要的目的是求证孕妇到底能不能吃龙虾，顺便将元宝想吃的食物都做了咨询。

当晚，贺家的餐桌上出现了两大盘龙虾，虽然在东风的监督下，元宝只被允许吃了两小块，剩下的都进了贺东弋的肚子里。

贺南羽的话只刺激到元宝一时，她可是情敌，敌人的话怎么能全信呢？元宝静下心来想一想贺南羽的话，打定主意，只要东风不提起，她便当作什么都不知道。

她可是东风明媒正娶的太太，理应永远比见不得光的贺南羽理直气壮，凭什么让贺南羽压在头上？

晚饭后，元宝拉着东风坐在客厅里玩手机，她不安分地钻到东风怀里，脑袋枕在他的腿上刷网页。她刷到关于贺穆深的娱乐新闻时，看到了自己的照片，下意识地滑了过去，转念一想，这些消息，就算她不让东风看到，贺南羽也会有一百个方法告诉东风。与其让贺南羽有机可乘，不如她主动提出来。

元宝拍着东风的胳膊，哈哈大笑：“相公，我看到一个很好玩的新闻。今天早上我在姑姑的病房外面等你们回来，遇到叔叔来看姑姑，当时我还跟叔叔开玩笑，说怕被狗仔拍，怕上头条，结果早上的事情晚上就被发出来了。”

元宝还探出半个身子举着手机给坐在旁边的贺慕深看：“记者写出来的标题果然比我们想的更有噱头呢，八竿子打不着的事情都可以放在一起写。”

文章将元宝描述成贺慕深的绯闻女友，因为流产住院，并且配了一张元宝用鲜花挡住脸，弯腰靠近贺慕深的照片，从拍摄者的角度来看，很像元宝要去亲吻贺慕深。

贺慕深放下茶杯，接过手机看了一眼，不在意地莞尔一笑：“有人说，记者是这世界上最具想象力的生物。他们以此为生，自然要想方设法吸引读者的注意力，不要放在心上。”

“嗯。”元宝认同地点点头，“我就喜欢看娱乐新闻。每个人都有颗八卦的心，如果这报道如实地写成你去看望亲姐姐，那大家就不会这么津津乐道地分享传播了。”

贺慕深喝完茶便上楼去书房工作，贺氏还有很多事情是急需他处理的。

元宝刷完网页已经过去一个多小时。她一抬头，看到东风棱角分明的下颌，不由得摸了摸自己肉嘟嘟的下巴。她拿起手机给自己和东风的下巴拍了张合照，摇头晃脑地赞叹道：“唉，不愧是我的相公，连下巴颏都那么好看！”

贺东风戴着一只耳机，元宝便捡起来另一只耳机塞到自己的耳朵里，听着听着，她不由得皱起眉头，将东风耳朵里的那只耳机拔下来听：“相公，咱俩听的是一样的内容吗？好歹我也是上过大学，考过英语四六级的人啊，怎么一个单词都听不懂？”

贺东风将耳机从她手里拿回来："这是最新的医学文献，专业术语很多。"

元宝目光贼溜溜地往客厅里扫了一圈，没有人，她拉着东风的手放在自己的胸上："相公，那你快用医学专业术语评价一下，我的胸最近是不是变大了，胀胀的呢！"

"这是怀孕初期的正常变化。"东风的手没有动弹。

"东风医生，"元宝突然严肃起来，"可是我好像摸到了肿块啊。"

她突然哭丧着脸："相公，我的胸不会是又吹了个鼻涕泡吧！"

东风闻言，微微低下头，他细细地触摸着，元宝迫不及待地抓起他的手放在刚才自己摸到肿块的地方："相公，就是这里，好大一块，两边都有呢！"

她索性抓起东风的两只手全都放在自己的胸口。

贺东弋从外面走进来，正好看到这一幕，他好整以暇地看着这对儿活宝，笑道："我这是看到什么了啊？一定是我的打开方式不对，我要退出去重新进一次。"

"这也是正常的，不是鼻涕泡。不用担心。"东风摸索着将元宝胸前的衣服整了整。

"我的衣服整齐着呢。"元宝小声嘟囔着，她拉着东风站起来，"相公，我们回房间吧，省得做些什么都会刺激到大哥这个孤寡老人。"

元宝不知道从哪儿翻出一把放大镜来，匍匐在楼梯上，恨不得将台阶看穿似的："相公，你说这楼梯我每天上下来回走好多遍，怎么会突然摔倒了呢？"

东风从她身边走过去："那你看出些什么来了吗？"

元宝摇摇头，看他即将要拐到他的卧室方向，急匆匆地追上去拦在他身前。

她挽着东风的手臂，强行帮他更改了方向：“相公，你的房间里跑进去一只猫，床上、地毯上都是猫毛。婷婷说，打扫起来需要费些时间，今天晚上是不能住了。我们住我那间，等婷婷打扫干净了你再回去。”

再次如愿以偿地跟东风睡在一起，元宝满足地在床上打了个滚，滚到东风的怀里，同时打定主意，明天就叫人来，把东风那间卧室改成婴儿房。

次日，元宝在与婷婷闲聊中得知那天她跟贺东弋在楼梯上发现了油迹。

“我每天都会打扫干净的，楼梯上怎么会有油迹呢？”婷婷郁闷到不行，因为那团油迹，贺东弋罚了她半个月的工钱。

元宝将这件事情告诉给元梓谦，她提起那天贺南羽回过家，然后她便摔倒，险些流产，这很有可能是贺南羽干的，但是并没有证据。

其实她可以把这件事告诉所有人，只是当下，怕是谁都不会信她，信她的，只有自己的哥哥。

对于元梓谦来说，一无所有地离开贺氏，和带着一笔资金回铝厂，并没有什么不同。他是被迫回到这间铝厂的，可他的志向并不仅仅是管理好一间工厂。在贺氏，他是一人之下，董事会的那些老顽固们都需要给他几分面子。可如今，谁还知道元梓谦是谁？

元梓谦心里有些矛盾，他想通过这间铝厂真的做出些成绩来给贺慕雯看看，另一方面却又不甘心。明明他离成功只有一步之遥，就算是贺慕深回来，他本来也有办法将贺慕深逼走，自己上位。

可是，这一切都被一段录音毁掉了。

贺南羽，都是贺南羽。元梓谦已经思索了很久。那天能够录下他跟元宝的对话，并且有动机这么做的人，除了贺南羽，他想不出第二个人选。

更何况，她还差点害得元宝流产，元宝肚子里的孩子可是他重返贺氏的唯一希望。

当元梓谦在酒店里发现贺南羽时，这种愤恨在一瞬间升至极点。

他在参加一场酒局，应酬的是一堆大腹便便、粗俗低庸的小老板，满身酒气之后，言语更加不堪。元梓谦去卫生间吐过之后，还要再进去陪着喝酒。

他原本应该出现在高级酒会上，西装革履，推杯换盏，优雅绅士地谈生意。

这一切都是因为贺南羽。元梓谦两眼发红，紧紧盯着朝他走过来的女人，尽管她戴着墨镜口罩，他却依旧一眼就将她认了出来。

贺南羽显然也认出他了，脚步微微一顿，然后故作淡定地继续向前走着。

元梓谦转过身子，面对墙壁微微弯下腰，装作难受想吐的样子来降低贺南羽的警惕。他在贺南羽从他身边经过时，迅速转身，一只手捏住她的手臂反剪到背后，另一只手死死地捂住她的嘴巴。

“安分一点，你要是敢叫，我就把今天晚上的事情告诉所有人，别人信不信我不知道，至少你姑姑会信，她信了，你的小东风会不信吗？”明显地感觉到南羽的身体越发僵硬，元梓谦心中渐生快意，他附在她耳边低声威胁道，“别以为我没看到刚才送你出来的男人是谁！贺南羽，你这个忘恩负义的白眼狼，你是我见过的名副其实的婊子！”

贺南羽挣扎的身体在听到元梓谦这句话后立刻安静下来。

她顺从地跟着元梓谦走着，并且示意元梓谦别将她抓得那么紧，他不想引起别人注意也要装得像一些：“这里有监控，你这样抓着我，别人会怀疑。既然我们都不想节外生枝，梓谦哥哥……”

“梓谦哥哥……”他带着几分醉意重复了一遍她刚刚对自己的称呼，这可是第一次听她用这种令人恶心的语气叫自己，听着可怪恶心的。

他将南羽带进走廊尽头的房间里，这原本是他准备喝酒之后用来休息的地方，没想到现在有别的用处。

房门打开，贺南羽率先走了进去，警惕地打量了一下四周，虽然自己也说不出在提防什么，可两人心知肚明对方不是省油的灯。

她是趁着贺慕雯睡着才偷偷跑出来的，必须尽快回去，可是到底怎么才能全身而退成了棘手的问题。

“你想怎么样？”贺南羽径自坐在床边，开门见山地说道。

元梓谦在酒局上被灌了太多的酒，头昏脑涨，此时已经有些站不稳，他倚靠在墙壁上看向贺南羽，顺手扯松了领带：“你从小跟在姑姑身边长大，浑身上下却没有一点像她，她要是知道你是一个习惯用身体当筹码的婊子，大概会直接气死，枉你姓贺！”

“你把我带到这里，就是为了跟我说这些？”贺南羽微微皱眉，方才太过紧张，现在才闻到元梓谦身上浓烈的酒味。她对酒味并不反感，只是担心跟一个酒鬼谈不出什么。

“也对，你不过是幸运点，被贺家抱回家养了。”元梓谦自说自话，他摇摇晃晃地朝贺南羽走过去，“如果贺家的人知道你在背地里都做了些什么，你觉得贺慕雯会怎么做，贺东风会怎么看你，嗯？”

随着他的逼近，贺南羽脸色微微僵硬，她故作镇定地回望着他：“这样做，对你有什么好处？贺慕雯大你十几岁，你二十三岁起就跟着她，陪了她十几年，到头来，她还不是把你像狗一样一脚踢开吗？难不成你还真爱上一个老女人了？她那种木讷的女强人，满足得了你？梓谦哥哥，不如重新选择一个合作伙伴，何必在一棵树上吊死？”

元梓谦本就热得难受，听到贺南羽在他面前提起贺慕雯，瞬间脑子里轰的一声炸开，他扼住贺南羽的脖子，将她推倒在床上，咬牙切齿地看着她："选择谁？你吗？你觉得你也配和我元梓谦讲合作？如果不是你从中作梗，我也不会沦落到这种地步！我十几年的心血都毁在你这个吃人不吐骨头的贱人手里……"

贺南羽被掐得喘不过气来，她双手握住元梓谦的手，剧烈地咳嗽起来，白皙的脸瞬间涨红："放……放开我！"

"你说我是狗，我今天就让你看看谁像母狗一样求我！"元梓谦的眼睛红得可怕，像是两团火焰在熊熊燃烧。他一把扯掉贺南羽身上的长裙，将她的身子扳过去背对着他。看到她的背，元梓谦的脸色倏然一变，他按住她的肩膀。

"你……"元梓谦的声音颤抖得厉害，嘴巴微张着，半天说不出第二个字来。他颤巍巍地翻看着贺南羽的身体，后背、脖颈和手臂。

贺南羽被他来回摆布得恼了，转过身抬手便给了他一个响亮的耳光，她气愤地看着他："你想鱼死网破还是同归于尽我陪着你！但你别以为我贺南羽是你可以随意摆布的人！"

元梓谦突然将她松开，回头拿起床上的薄羽绒被将她全身上下包裹得严严实实。

"你抽什么风！"贺南羽早已做好了挨打的打算，却没有想到元梓谦非但没有还手，反而一言不发地做出这些奇怪的举动，她更加来气，扬手再次扇了元梓谦一耳光。

元梓谦两眼蓦地发红，贺南羽不由得后退一步，她有些后怕，故作镇定地问道："你想干什么？"

他双唇颤抖着，似乎有很多话说，却又一个简单的音节也发不出来，猩红的双目慢慢渗出眼泪来。他失态地抬起手在脸上狠狠抹了一把，在贺南羽疑惑警惕的目光中，慌张地抓起衬衣夺门而出。

对于他这种可以称得上是落荒而逃的行径，贺南羽完全摸不着头脑，愤恨地骂了一句神经病。

元宝迷迷糊糊地提溜着裤子，从卫生间里摇摇晃晃地出来，眼睛眯成一条小缝，在辨清床的位置后，闭着眼睛倒上去，正好砸进贺东风的怀里。她蹭啊蹭，找到绝佳的睡觉姿势，舒服地叹出一口气来："相公，你说我是不是尿频尿急尿不尽，前列腺有问题啊？我这一晚上不睡觉，净起夜去尿尿了……"

东风最近睡眠浅，元宝翻个身，他都会醒来看一看。她睡觉不老实，最辛苦的却是东风，他困得睁不开眼："你的前列腺在哪……"

元宝闭着眼睛戳了戳他的，含混不清地回应着："在这儿呢……"

元宝的声音渐渐低下去，房间里重新变得安静。

没过几分钟，元宝刚刚睡着，一阵手机铃声突然响起来。

"关掉关掉！"元宝一只手捂住一只耳朵，眼睛也不睁地伸手摸向床头柜，一碰触到手机，立马抓起来扔到地上。

手机落在厚密而软的地毯上，仍旧不知疲倦地响着。元宝捂着耳朵躲进东风的怀里，试图忽略这烦人的声音，东风却坐起来身来。

元宝还没清醒，但惦记着东风的眼睛不好，立马一骨碌爬起来下床："相公，你睡你的，我去看看。"

她从地毯上将手机捡起来，用手指胡乱地在屏幕上滑了两下，便接起放到耳边："喂？喂？说话啊？"

由于人还没清醒，她根本没有意识到自己拿反了手机，并且将来电挂断。她把手机扔回床头柜上，再次爬上床朝东风凑过去："相公，那边没人说话，可能是骚扰电话。"

这么一折腾，东风没了睡意。他睁着眼，眼前一片黑暗，他无法辨认出现在是什么时间。其实他有些害怕自己会在半夜醒来，以前不会，现在会。在白天虽然他看不到东西，但总能感觉到光。若是哪一天他在清晨醒来，眼前却仍旧一片无尽的黑暗，那就是彻彻底底地瞎了。

他问元宝现在几点了，元宝懒洋洋地翻个身，嘟囔着：“相公，时间还早，天都没亮呢。”

她的美梦再次被手机铃声打断，她猛地坐起来，一脸崩溃地把自己的头发揉成鸡窝，接起电话对对方喊道：“到底是谁啊？不停地打骚扰电话！我没有快递要收，没有违禁品被查，没有赌博欠债的儿子，没有车祸抢救的女儿，不需要办理业务、买东西！”

对方沉默几秒，才开口道：“你的家人在我们鑫源超市拿了东西就想走，没钱结账，她说这是她男朋友贺东风的手机。”

元宝一声“再见”已经到了嗓子眼，听到最后一句话硬生生地咽了回去。她有点后悔，应该完全不给对方留机会说话才对。元宝动动脚指头都能想到，那个所谓的“家人”指的是谁。

她其实很想把这个电话当作骚扰电话置之不理，可是内心里善良的小树苗却不允许她这么做。尽管她十分讨厌贺南羽，却狠不下心去伤害乃至报复贺南羽。就算她有心报复，也不能在东风听到她接电话以后再故意挂断，贺南羽可比她精明多了，到时候指不定有多少花式胡编乱造等着自己。

“相公，你的电话。”元宝将手机递给贺东风，“好像是贺南羽拿了人家超市里的东西没给钱。”

东风问清楚情况之后，便打电话给大哥。

昨天晚上贺东弋原本该留在病房陪姑姑，可是因为童年受凉发烧，所以他一整晚都待在童年家里。接起东风的电话时，他还在床上。

看样子他大哥是被童年吃得死死的，已经沦落为有异性没人性的不肖子。

元宝拉开厚重的遮光窗帘，明亮的阳光立刻铺满整个房间，已经八点钟了。她知道那个超市，就在医院附近。童年家比贺家离医院远，加上元宝秉持着作为中国好闺密在童年生病且要和男人苟且，不对，是缠绵的时候不能拖她后腿的原则，元宝跟东风要去把人捞出来。

元宝和东风到达超市时，贺南羽正抱着一大袋东西端坐在超市入口处，低眉垂眼，温婉柔软，一看就是有钱人家的漂亮公主，外人很难将她与拿了东西不付钱的女人联系在一起。

超市的工作人员守在一旁："她一大早就来了，拿了这一大袋子东西往外走，我们这儿的警报器响个不停，我就请她到收银台结账，她说她没钱。我让她先把东西放下，拿了钱再来买，她又不肯。好不容易，她才把你们的联系方式说出来。"

"东风。"贺南羽紧紧地挨着东风，她害怕地看了一眼超市的工作人员，"你快带我走吧，姑姑还等着我回去呢。"

元宝替她道了歉，结了账，从里面拿出一包饼干拆开来吃："都是些吃的用的，我看她是贪吃，馋瘾犯了。"

东风面无表情地说："她不是你，没有馋瘾。"

元宝将饼干咬得咔嚓咔嚓响："没有馋瘾，就会有其他的瘾。相公，你要知道，吃货才是最单纯可爱的，一个吃货的世界里只有美食，可是非吃货的世界就不一定是什么样了。"

元宝他们回到病房，贺东弋紧随其后推门进来。

护工见到他们进来，连忙站起来，小声说道："病人还没醒。"

贺南羽走到一边，将袋子里的东西拿出来整理，她偷偷松了口气。昨天晚上，在姑姑睡着之后，贺东弋接到电话离开，她借去找大哥的名义离开了病房。幸好护工不曾在众人面前提起她昨天晚上不在病房的事情。可一想到元梓谦，贺南羽心里又有些不安，她抬眸不动声色地看了一眼正坐在东风旁边喝酸奶的元宝，不满于元宝蠢得冒泡，却被那么多人爱护着。

她嫉妒元宝可以笑得那么开心轻松，她却每天活在阴郁和痛苦之中，但在知道元梓谦会怎么做之前，她要尽量少去找招惹元宝。

贺慕雯病情已经稳定，可以出院，回家静养。

因为腰椎骨折过，贺慕雯大部分的时间还是需要平躺在床上，偶尔贺南羽会推她出去晒晒太阳。

再高明的医术，能挽回贺慕雯性命，却不能将她恢复成曾经挥斥方遒时的模样。除了身体上的行动不便，脑震荡所带来的记忆力下降、注意力难以集中等影响是长久的，难以恢复。

元梓谦近日来看望贺慕雯的次数较前些日子多一些。

起初，贺南羽对他的到来还会有些紧张，可她发现他似乎无意做些不利于她的事情。

元梓谦在陪贺慕雯说了会儿话之后，看了眼时间便准备在看过元宝之后离开。他站起来时，朝贺南羽看了一眼，欲言又止。

元宝拿着一把小铁锹在庭院里摆弄她的花花草草，她的多肉已经长得有模有样，贺东弋蹲在她身边，这里戳戳，那里戳戳。他指着一盆桃蛋问她："这个长得挺好看的，能吃吗？"

元宝正忙着，转头看了一眼，随口便回道："应该不能吧。不是都说长得越好看、越鲜艳的，越有毒吗？世界上好吃的东西多了，你为什么想要尝试吃花？你是采花大盗吗？"

"那这个长这么绿，应该能吃了吧？"贺东弋不理会她的碎碎念，从一旁的青丽上利落地掰下一瓣叶片，"仙人掌都能吃。"

“仙人掌能吃？”元宝对他的话表示深深的怀疑，再次回头看他指的“这个”是哪个，看到他手中的叶片，瞬间奓毛，“相公，大哥他偷吃我的多肉！”

“还没吃呢！”贺东弋捏着叶片，皱眉往旁边挪了挪，避开元宝的高分贝轰炸，“民以食为天，这不一向是你做人的原则吗？”

东风躺在遮阳伞下的藤椅上，耳朵里塞着耳机听音乐，却依旧能将元宝的尖叫听得一清二楚。他正准备开口，却听到元梓谦的声音：“元宝，你怎么整天没大没小、叽叽喳喳的，和你大哥说话还这么凶？”

元宝收回指向贺东弋的手指，被元梓谦一批评，心里有些不舒服，低低地喊了声哥哥。

“我就喜欢跟她这么玩，你是觉得我太老了，准备让她当我是长辈毕恭毕敬吗？”贺东弋拍拍裤脚上的土，站起身来，胡乱揉揉元宝的头发，“你们聊，我要出门了。”

元宝点点头，眼前有些灰蒙蒙的，一摸脑袋，上面全是土，她忍不住朝着贺东弋的背影喊道：“贺东弋！你这个！这个！”酝酿半天，她实在想不出用什么样的词汇骂他既符合规矩又解气，只好吼道，“大坏蛋！”

喊完，她故作无辜地用两只手捂住自己的嘴巴，朝着元梓谦眨着眼睛。

元梓谦问了元宝几句诸如饮食、睡眠的问题，叮嘱她有了身孕之后不能像以前那样胡闹。

元宝乖乖地低头应了，虽然东风都没有限制她的行为、活动。

“大哥，你这么快就要走啊？”

“我还有点事情需要处理。”

“那我送你出去。”元宝见他要走，连忙跟上去。

“不用了，你陪着……”元梓谦指着贺东风，却突然一顿，“你留在这儿。”

元宝还想再问，元梓谦已经大步走远，她总觉得哥哥今天怪怪的。

元梓谦朝着自己的车走过去，拉开驾驶座的车门准备上车，却发现贺南羽正坐在副驾驶座上，他不由一怔。

“下车，回家去。”元梓谦朝四下里望了望，发现附近没有人在，才弯腰坐进车里，“一会儿贺慕雯该找你了。”

说这些话时，他一直目视前方，没有看南羽的眼睛，原来对待她的刻薄语气也全然不见，取而代之的是平和，甚至有那么一丁点温柔。

贺南羽扬了扬手中的文件夹，她的眼圈红得厉害，仔细听，能听出她强装淡定的声音里的颤抖：“这是什么？”

元梓谦一看到她手里的文件便变了脸色，劈手夺过来。

“如果不是我自己发现，你打算什么时候告诉我？”她的视线像一把锋利的剑，直直地插在他的心口。那天早晨元梓谦所有的“神经病”行为，在她偶然看到这份文件时都得到了最合理的解释。

“南羽，”元梓谦嗫嚅着，似乎贺南羽的问题很难让他开口，“哥哥……”

“我一直以为我是孤儿。”贺南羽一眨眼睛，泪水凝成珠无声地从她白皙的脸上滚落。

“对不起。”元梓谦捏紧手里的文件，这是一份DNA检测报告，受检者是他跟贺南羽。

“你是怎么认出我来的？”贺南羽做着最后的确认，她内心深处残存的一丝理智提醒她，要小心这是元梓谦有意设的局，虽然她基本已经相信元梓谦就是她的哥哥。

“你身上有一块红色的胎记。小时候，爸爸妈妈工作忙，是我一直在照顾你，我不会认错。你是在三岁那年走失的，我回家给你倒水喝，出来就发现你不见了。爸妈和我找了很久，报了警，却一直没有找到你。这么多年我一直没有放弃找你，可是太难了，你走失的时候太小，找人就像大海捞针，时间越久，这片海越大，希望越渺茫。”

“那元宝呢，她是我妹妹？”

“元宝……”他犹豫了片刻，还是决定告诉她真相，“是领养的。”

贺南羽不知道自己在看到这份检测报告后是怎么等到元梓谦回来的，她抽出面巾纸擦掉已经滑落至下颌的泪水，却又有新的泪水掉下来：“我从小以为自己没有爸爸妈妈，尽管我那个时候根本不懂事，他们完全可以说我是亲生的，可没人那样做，他们说我是领养的。小时候我最羡慕他们对待贺东弋和东风的态度，哪怕是批评和指责，都会让我眼红。我也没有哥哥，贺东弋是东风的哥哥，不是我的，我只有我。”她的肩膀抑制不住地颤抖，声音也因为哭泣变得断断续续，“可事实呢？我有爸爸妈妈，我还有哥哥，我的爸爸妈妈却在给别的孩子当父母，我的哥哥是别的小女孩的守护神，你们都把她捧在手掌心当成了宝，那我呢？我才该是享受这一切幸福的人啊！”

贺南羽哽咽着，缓了缓才继续开口：“现在可好，我成了这副样子，那个取代我家庭地位的小女孩，还抢了本该属于我的婚姻、我的爱情！被指腹为婚的人是元宝吗？是我！是我才对！她不过是一个将计就计的工具！她可以是工具，但她永远不会是我！”

“对不起。”元梓谦不停地道歉，他转过身抱住南羽，“南羽，对不起，是哥哥的错，你就在身边却认不出你来。是我的错，我们都很想你，真的很想你……”

或许贺南羽说得没错，元宝是一个将计就计的存在，当时贺家老人只是说，以后元家儿媳妇怀孕了，若肚子里是女孩，就是贺家的孙媳妇，可肚子里真正的女孩，却阴差阳错被贺家收养，与自己原定的老公成了姐弟。

在贺南羽走失的时候，贺家还不知道，他们家的孙媳妇已经到了可以淘气的年纪。

从没有人质疑元宝的身份，她是那么可爱天真，完完全全长了一副该被所有人喜欢的模样。

“我叫什么？”她问。

“什么？”元梓谦没懂。

“我以前叫什么名字？”她只记得自己的小名是囡囡，被贺家接走之前，福利院里的人都这样叫自己。

元梓谦有些不忍心说，他的声音也越发的哽咽：“是叫，元宝……”

眼泪再一次无声落下，南羽没有去回抱他，她被迫靠在他的怀里，一转头便能看到他的耳朵，她说：“哥哥，那天晚上你撕掉我的裙子时，也是这么抱着我的。”

元梓谦如遭电击一般倏然将她放开，他面上满是痛苦、内疚和挣扎：“我不是故意的。”

南羽脸上交错着泪痕，嘲讽地冷笑：“我这一生都是你毁的，一次又一次，都是你……”

元梓谦也算在外闯荡多年的人，几时会如此不安，内心的慌乱根本无处可藏，他想不到什么样的道歉能让她原谅自己，或许连他自己

都觉得，自己根本不值得原谅，

“希望你能原谅我，无论让我付出什么样的代价，我都会弥补你。”

“不惜一切代价地弥补我吗？”

“嗯。”

“包括伤害那个假的元宝吗？”

第十一章

他以前可是很迁就我的，现在变了。

元宝听婷婷说元梓谦的车还在，放心不下便来看看，刚才元梓谦没说几句话便着急要走，该不会是车子出什么故障了吧？

她走出来，远远地看到哥哥的车果然还停在那里，刚准备开口喊他，却看到贺南羽从车里走下来。

元宝脚步一顿，她所在的位置并不显眼，却还是不自觉地往树干后面藏了藏。她警惕地盯着贺南羽，自言自语道：“该不会是贺南羽给哥哥的车子动什么手脚，想要让他出意外吧？这个坏女人什么事情都做得出来，哎哟，好可怕，这么可怕，以后估计是嫁不出去了。”

元宝拍拍胸脯，看到贺南羽走远，便给元梓谦打电话。

电话刚接通，元宝便看到元梓谦的车启动了。

“哥哥，你怎么才走？”元宝看着车子慢慢驶离，问道。

“嗯。有事吗？”元梓谦不想多说。

“没，没事，那你路上小心，注意安全。”

元宝一说完，电话立马被挂断。她不安地摸摸自己的小心脏，还在跳，她又摸摸自己已经明显凸起的肚子：“儿子，你说贺南羽不会对你舅舅打什么坏主意吧？咱俩心灵感应一下，你帮妈分析分析。”

肚皮被轻轻地踢了一下，便再也没有动静。

“就一下？那到底是不会做坏事，还是会做坏事啊？儿子，你再多跟妈妈说几句呗？睡着了吗？”元宝敲了敲肚皮。

“你干吗呢？别把我干儿子敲坏了。”童年突然出现在她身后，将她的手从肚子上扒拉开，自己却伸手贴上去。

元宝下意识地缩起肩膀，惊骇地拍拍胸口，娇滴滴地瞪了她一眼：“不是说明天来看我吗，怎么今天就来了？来也不打个电话，还搞突然袭击，你以为你捉奸啊，要神不知鬼不觉地杀进战场？”元宝皱眉，“我有个很严肃深奥的问题跟我儿子探讨，可是他现在不理我。”

童年用手指戳了一下她的额头：“你儿子如果现在张嘴跟你探讨才叫吓人好吗？不过元宝，咱俩的友谊是不是要走到尽头了？我提前来，你应该惊喜啊，怎么一副老公出差回来，坏了你跟隔壁老王好事儿的模样呢？”

元宝撇撇嘴，心想这童年跟贺东弋在一起混的时间长了，连说话的样子都跟复制粘贴似的相像。

童年抬起眼皮瞥了元宝一眼，将昨天才做好精致美甲的双手一起贴在元宝的肚子上：“不要愁眉不展，你的心灵导师在此，是什么严肃深奥的问题，告诉我，你儿子不搭理你，你儿子的干妈搭理你。”

元宝抓起她的手腕，端详起美丽的手指甲：“你看你吧，一直都挺妖艳的，突然换个这么淑女的浅粉色，我都有些不习惯了，怎么看都像从良了。”

啪的一声，童年拍掉元宝的手，满意地吹了吹自己“从良”后的指甲，哼了一声说：“怎么着，不和我讨论严肃深奥的问题，准备跟我讨论指甲了是吧？”

“讨论讨论。”元宝点头，随后将刚才看到贺南羽从元梓谦车上下来的事情告诉了她。

童年一听，立刻直起腰来：“都说一孕傻三年，你这才几个月就浑身上下冒傻气，等你怀胎十月还知道自己叫什么吗？”

“我哪儿傻？”元宝不服地说道，“我又不是神仙，还能浑身上下冒气！”

“你哪儿都傻。元梓谦可是你的亲哥哥，他摸爬滚打这么多年，见识的不比你多？还需要你在这儿瞎操心？贺南羽是谁？一个精神失常的疯子而已，你觉得她能把你哥哥怎么样？你哥哥不把她怎么样就不错了！就你哥那个人精，你自己动动脑袋琢磨一下，实在不行，动动手指头也能琢磨明白啊！”

“也是。”元宝点点头，表示认同，元梓谦在她心里是个无所不能的人，他说什么她都得听着。

童年挽着她的手臂往前走：“元宝，我想了想，又想了想，觉得你还是生女儿比较好。”

“为啥？”元宝迅速地转移了注意力，将刚才的事情抛之脑后。

“人家都说，儿子随妈，女儿像爸。等这小宝贝儿生下来，一定要让贺东风天天抱着，别让你的傻气污染了。”

元宝突然停下脚步，嘴巴一撇，眼圈迅速泛红，在童年不解的眼神中嘴一张，号啕大哭。

“怎么了？”童年有些慌乱，元宝平日里不是一个动不动就哭的人，这些玩笑话也是她们两个说惯了的，她手忙脚乱地将元宝抱进怀里，安抚着给元宝抹着眼泪，“不哭，你一点也不傻，我傻，我干儿子一定是这世界上最帅、最聪明的人，他的妈妈也最可爱、最萌、最招人喜欢……”

元宝在她怀里使劲摇头，哭得上气不接下气：“我相公他……他好像变了，不喜欢我了。”

“他不是一直都是个面瘫样吗，你还能看出来他变没变？”

“他以前可是很迁就我的，现在变了。”元宝吭哧吭哧地抹着眼泪，挑拣着把东风态度冷漠的事情跟童年说了。

当知道贺南羽自从精神失常之后一直缠着贺东风，而东风因此冷落了元宝时，童年气得火冒三丈。

元宝之前一直不曾跟童年提起过这些，现在撕开了小口子，便一股脑地全都吐露出来，连哭都顾不得了，越讲越觉得又委屈又生气。

“贺南羽没疯，我快要疯了！”元宝赌气地说道。

元宝说了一大堆，怨气全在贺南羽身上，童年听她说着这些，却恨不得把东风揍一顿。

元宝还在絮絮叨叨地说着，童年转身便走，高跟鞋踩得嗒嗒嗒响。

元宝一愣，小跑几步跟上去：“你去哪儿啊？我还没说完呢。你要是不想听我说了，那你偷偷带我出去吃东西吧，不过这可不能让别人知道，尤其是东风，我现在的饮食都是安排好的，怀孕专享。”

“吃你个头啊！”童年惊诧于她的情绪与态度转变之快，恨铁不成钢地说道，“贺东风那么对待你，你还吃得下去，你脑壳里装的是胃吧！你男人都跟别的女人滚到一张床上去了！你是不是真的没心没肺啊？！”

童年腿长步子大，因为气急了，走路速度很快，竞走似的，小尺寸的元宝不得不加速迈着她小尺寸的腿，小跑着才能勉强跟在她身边。

当她从童年嘴里听到贺东风和别人睡在一起的话时，她瞬间停下了脚步，像是被霜打了的茄子一般，神色恹恹。

尽管这些事情都是刚才她自己说秃噜了嘴，可是自己心里清楚的事情被他人这样说出来，如同自欺欺人的虚假外壳被突然捅破，将自己毫无遮掩地暴露在人前，令她有些无地自容，无所适从。

“你看我不把贺东风揍成瘸子，我就跟你姓元！”童年火冒三丈，她没有听到元宝追赶的脚步声，便停下来回头看看。这一眼，她心中熊熊燃烧的怒火一瞬间被浇灭，她慢步走回元宝身边，声音也从尖锐气愤恢复平静：“对不起，我被气昏了头，我不想姓元，叫元年没有叫童年好听……”

元宝突然瞪大眼睛，伸手抓住童年的手掌贴在自己的肚皮上：“你摸，咱儿子踢我了。他说不要这么生气，会长皱纹，会变老、变丑的。”

童年白她一眼，干脆弯下腰贴近她的肚皮去认真地感受：“你骗我，我怎么没有感觉到啊？”

元宝拉着她在一旁的花台上坐下：“刚刚在这儿踢了一脚，你要有耐心，他白天不爱……踢了！感觉到了吗？”

童年惊奇地扬起手掌，对元宝说：“你别说，好像真有，但好像又没有……”

元宝最乐于跟别人分享胎动，童年的反应大大地满足了她，她掏出手机来，点开音乐，一份满是胎教音乐的歌单跳出来，她选出一首播放：“他可能是个夜猫子，白天睡觉活动得少，晚上就嗨起来了，还特别喜欢听音乐，一放音乐，甭管白天晚上，立马嗨。”

“真的吗？”童年饶有兴趣，她心知元宝的想法，对方才发生的事情绝口不提，“那我今天晚上要在这里留宿，我要验证一下你的说法，看我干儿子到底是不是喜欢泡夜店。咱家可没有喜欢去夜店的基因。”

“什么夜店基因，”元宝眼里满是笑意，她噘起嘴巴，不认同童年的说法，“这可是艺术家的基因，我慕深叔叔是当红影视歌三栖大明星！”

“是是是，”童年点头附和着哄她开心，“是艺术家的基因，在娘胎里就有成为大明星的潜质。我干儿子可是遗传了所有的优良基因，他爸爸是医生，他大伯还是赫赫有名的收藏家呢。”

“收藏家？”元宝微微一愣，才将这个名词跟贺东弋联系在一起，都怪大哥平时在她面前总是一副不正经的样子逗她开心。一提到藏品，元宝就想到贺东弋那间轻易不让人进的书房，里面的珍贵藏品多到她自惭形秽，她进去就跟刘姥姥进大观园似的，像个土包子。她摇头晃脑地叹了口气，惋惜道：“可惜我大哥书房里的宝贝都被一把火烧掉了，连我都差点把小命儿搭进去呢。”

元宝越说越觉得辛酸，她激动地拉着童年将她这些年遭遇过的暗算一件件数来：“前有秦臻，后有贺南羽，这一对疯子！秦臻一把火没能烧死我，贺南羽又偷偷溜进我房间要放火烧我，还拿水淹我。她还想要害死我的孩子！我能好好地活到现在，真是太不容易了！小说里都说一入豪门深似海，作者诚不欺我啊！”

“你怎么从来没有跟我提过贺南羽害你这么多次的事情？”童年激动地站起来，一副撸袖子要去拼命的架势。每次在元宝身边，她都能找回自己当年的豪气。

“我没提吗？”元宝心虚地挠挠头，开始尽心尽力地表演自己真的是一孕傻三年。

她之前一直不提，是觉得这些事情别人无能为力，没必要让童年担心，最重要的是贺家的态度。家丑不可外扬，谁也不想把这些事情弄得尽人皆知，让贺家沦为他人茶余饭后的谈资笑柄。

元宝紧紧地拽住童年，以防她会冲去找贺南羽算账，贺南羽现如今可是在姑姑身边贴身照顾的："可能是我忘了，我现在可是孕妇！孕妇最大，你要知道，一个孕妇，不仅仅是她的记忆力，还有情绪、食欲等等很多，都受体内的激素变化影响的。说到底，这都是我肚子里的宝宝决定的！童年，你干儿子可说了，他现在想吃甜点，特别想，现在就要，你带我去！"

童年还在气头上，可是她明白，对待贺东风，她还能以一个女人的身份为自己的闺密出气而揍他一顿，但是对付一个女人，直接粗暴的方式并不能解决问题，说不定还会抓不着狐狸惹一身臊，在元宝单方面的描述里，贺南羽是典型的绿茶一枚，心机满满，尽管现在精神失常。

架不住元宝的撒娇耍赖，童年开车带着她去吃甜点。

元宝吃得一脸餍足，懒懒地靠在沙发椅里抚摸着肚皮。看到童年又在点单，元宝摆摆手："我吃了很多，不要了。"

童年头也不抬，点了几样，将菜单递给服务生，并叮嘱他这些是要打包带走的："这些不是给你的。东弋爱吃甜食，我带一些回去给他。"

元宝一听，立刻叫住服务生，伸出两根手指晃了晃："全部都要双份，打包。"

"我也要带回去给我相公尝尝。"元宝眯着眼睛，笑得像只小狐狸。

贺东风是不允许她吃这么多甜点的，可他管不了贺东弋吃什么，她要打着大哥的旗号把这些甜品都私藏起来留着慢慢吃。

有句话怎么说来着，人不为吃，天诛地灭，嗯对，就是这样说的。

元宝和童年回去时，贺东弋早已经回来，正跟东风在客厅说话。

贺东弋一眼就看到元宝手里提着的甜品盒，他扬起手冲着元宝勾勾手指："想什么来什么，回来得早不如回来得巧，拿来给大哥我瞧瞧，帮忙鉴定一下你们的品位。"

童年接过背后元宝递过来的一份甜品朝贺东弋走过去，冲东弋抛了个媚眼："本来就是给你买的，您尝尝合不合你的口味。"

她拆开盒子，取出甜点放在贺东弋面前，将甜品勺递给贺东弋时，指尖在他手心轻轻一刮。

贺东弋敏捷地合住手掌，将她的手连甜品勺不动声色地包在掌心，同时并未放过偷偷跑向厨房的元宝："元宝，你手里拿着的那份不是给我的吗？"

元宝正轻手轻脚地离开客厅，试图不引起任何注意，一听到贺东弋喊出她的名字，立刻重重地放下脚步，不乐意地转身走过去，将甜品盒子抱在胸前："有你这样吃着碗里的，惦记着锅里的吗？你可真是不知足，你这样子，会长蛀牙的！我这份呢，是给我东风相公带的。"

她亲密地凑到贺东风身边，献宝似的挖了一大勺慕斯送到东风嘴边："相公，这个特别好吃，你尝尝。"

元宝都把勺子戳到东风的牙齿上了，东风抓住她的手腕让甜品勺稍稍离嘴唇远一些："元宝，孕期并非不能碰甜食，但你吃得太过了，容易吃出妊娠糖尿病，你知道这意味着什么吗？"

"意味着要尿糖。"元宝内疚道。

贺东弋被口水呛到脸色发红，接过童年递过来的水喝了一大口。

贺东风叹息道："胡闹，你要吃，以后就在我面前吃，让我知道你吃了多少。"

"你早这样说，我就不会偷偷摸摸地带着她去了。"童年一听到东风冷冷清清的声音，心里还记着元宝跟她说过的那些事情，便来了气。

贺东风闻声转过头，朝向童年的方向，他的语气依旧清冷得似乎不带任何感情："我不是我大哥，元宝也不是你，我们跟你们不一样。"

元宝没听懂东风的意思，她看了一眼童年，立刻将勺子又往东风嘴里送，以免他再说出些什么来。虽然她没听懂，可这并不妨碍她从童年要拍案而起的气势里看出这并不是什么好话。

贺东弋按住童年，客套地说道："谢谢童小姐的礼物。婷婷，把这些给姑姑送过去一份，让她尝尝。"

童年立马安分起来，正襟危坐，喊住婷婷："请等一等，我车子的后备厢里带了水果和礼物，是送给长辈的，麻烦你去取回来。这些甜品，不适合病人食用，请姑姑浅尝。"

童年觉得自己一跟元宝在一起，就会被她拉低智商，险些忘记贺慕雯回到贺家的事情。她来贺家看元宝，理应先去探望病人。

接收到童年的眼神，元宝立刻放下甜品勺，捧住东风的脸吧唧亲了一口："相公，我先带童年去看看姑姑，为了大哥的健康着想，你一定要守护好甜品，乖乖等我回来。"

对于这个贺慕雯，童年早有耳闻，却从来没有见过。在贺慕雯面前，童年清楚，她的所有心机手段都无用武之地，与其不慎引起贺慕雯的反感，还不如乖乖地守住第一印象。

正好到了贺慕雯的晚餐时间，元宝伺候着姑姑吃过晚餐之后，将童年带来的水果切成小块，喂她吃了一些。

一番寒暄过后，童年和元宝从贺慕雯的房间里出来。

大概是因为贺慕雯并不知道童年与贺东弋的关系，又有病在身，她自身的气场虽强大，却没有强大到让童年觉得有压迫感。

晚餐时，元宝在餐桌上提起了童年留宿的事情，她咬着勺子，一脸苦恼地将脑袋靠在贺东风的肩膀上："怎么办？相公，我舍不得跟你分开。”

贺东风将她的脑袋从肩上扶起来：“坐好，吃饭。”

他的手刚落下去，元宝像是被人抽走脊梁骨似的，再次软软地趴在他的肩上：“一想到这一晚上，将会有十几个小时看不到你，我现在就开始想你了。相公，你想不想我啊？”

东风再次面不改色地扶起她的脑袋，从碗里夹起一块西芹放在嘴里：“你可以选择一晚上看到我。”

元宝又夹了菜放到东风的碗里：“我是很想跟你睡啊，但是我答应了童年要跟她一起睡，让她听宝宝的胎动的，我们三个人又不能一起睡，不然大哥也要跟我们一起睡怎么办？咱家的床没有能躺下四个人的。我是一个信守承诺的人，我还是跟童年一起睡客房，只能忍痛让相公你独守空房一晚。”

贺东弋一直默默地忍着，听到元宝说四个人睡的时候，终于忍不住开口：“我还没同意你们俩一起睡呢。”

元宝傲娇地扬起下巴，白了贺东弋一眼：“童年是我的客人，当然由我做主安排她睡哪儿。”

她朝四下里看了一眼，冲着贺东弋挑了挑眉头，两只手捂在嘴边，小声地说道：“难道大哥你要让童年跟你一起睡吗？人多眼杂哦。”

贺东弋放下筷子，抽出几张餐巾纸不紧不慢地擦了擦嘴：“元宝，咱家最不缺的就是客房了。别说来一个客人，就是你那些闺密朋友都来，我们贺家都装得下。”

他刚刚起身离开餐桌，贺慕深从外面回来，英俊帅气的眉眼间带着一丝疲惫，笑容却一如既往的温和，跟他们打了招呼。

元宝背对着贺慕深，扭着身子转过去：“叔叔，你回来啦！过来一起吃晚餐啊，你有没有什么想吃的？我让婷婷赶紧去做。”

“来了客人？”贺慕深的目光落在童年身上。

“叔叔，给你介绍一下，这是我的闺密童年，她跟我一样喜欢你。”元宝回道。

东风也放下了筷子：“我吃好了。大哥，能带我去趟书房吗？我想找本书，有点东西需要你帮我看一下。”

他的声音平稳而低缓，没引起元宝的注意。

直到东风站起来，元宝才后知后觉地问道：“相公，你不吃了？”

她伸手扶在东风的手臂上，这已经成了她的一种习惯，几乎是东风一站起来要走，她便下意识地去扶。

东风甩开她的手，摸着椅背向前走了一步：“我要跟大哥去书房。”

贺东弋走过来站到东风身边，元宝才收回目光，重新看向贺慕深。

贺慕深已经在外面吃过晚餐，他在元宝的身边坐下，倒了杯茶慢慢喝着。

贺慕深并不是话多的人，却不会冷场。元宝的话却不少，能从贺慕深的签名说到风马牛不相及的美食上，最后落在怀孕这件事情上。

“元宝，带我去看看房间吧。”童年适时出声制止元宝滔滔不绝地讲下去。她没有忽略，当贺慕深坐在元宝身边时，贺东弋若有所思的眼神。

贺慕深将杯中已经凉透的茶饮尽，礼貌而客套：“童小姐，如果有需要，您可以随时来找我。元宝还小，有招待不周的地方，请您谅解。”

他起身去客厅，拿出一袋干话梅给元宝：“我听我的秘书说，这个可以缓解怀孕初期的恶心呕吐。”

元宝笑眯眯地接过来："谢谢叔叔。有了这个，我以后可以再多吃一大碗米饭！"

婷婷早就收拾好一间客房出来，就在元宝房间隔壁。

元宝也早就准备好了红酒，放在床头，配合着轻音乐和柔和的灯光，准备享受这份独属于闺密的浪漫惬意。

童年从浴室里出来，看到元宝手中的高脚酒杯，旁边放着红酒，她杯中却是淡黄色的液体，皱了皱眉头，还是将她的酒杯夺走："你不能喝酒。"

"不要破坏气氛嘛。"元宝爬起来，跪在床上，笑着将童年端着酒杯的手推了推，"你先尝尝。"

"无论如何，你都不能喝酒。蜂蜜水？"

"它今天是香槟。"元宝端回自己的蜂蜜水，递了杯红酒给童年，"我要跟你把酒言欢，一醉方休！"

蜂蜜水在安眠这方面也许对元宝格外管用。以胎动为主题，她拉着童年有说不完的话要说，不过最后童年还没醉，她却自己睡着了。

童年站在落地窗前眺望远处，华灯通明，而贺家却被笼罩在庭院影影绰绰的路灯下，一片静谧。她将手中没有喝完的红酒放下，回头看到元宝横躺在大床上，占据了大部分的位置，便披了件外套开门出去。

没有人注意到她这样高挑而有骨感的好身材搭上一件松松的外套，露出长长一截纤细小腿，是多么动人的画面，在这样深沉的夜色下，她美得熠熠生辉。

童年来过贺家，对贺东弋房间所在的位置了若指掌。她站在门外，抬起手想要敲门，稍稍一顿，直接抓住门把手去拧门锁。她本来是抱着试一试的念头，却没想到门轻易地被打开。她扬起嘴角，迅速地闪进去，将房门在身后锁上。

贺东弋还没有睡，半靠在床头捧着平板查阅资料。听到动静，他抬起眼皮朝门口看了一眼，显然对童年的出现并不意外。

“这么晚了还不睡。”童年慢步走到贺东弋面前，纤细修长的手指轻轻一挑，解开他胸前的扣子，露出一小块胸膛来，“一个独居的成熟男人，竟然不关卧室的门，你想干什么？嗯？”

贺东弋长臂一探，环住童年的肩膀将她半揽进怀里，目光黏着平板屏幕没有移开：“别闹，等我看完这一部分，就剩最后一点了。”

童年攀着他的肩膀，身子往上挪了挪，以便看到他在看些什么：“什么东西，你看得这么专注？”

“一些医学资料。今天下午我去找了几个有名的眼科专家，向他们咨询了东风的情况。”贺东弋回道。

“那专家怎么说？”东风对于元宝来说至关重要，尽管童年不满他对元宝的冷漠态度，却还是很关心他的眼睛能否治好。

贺东弋却没有立刻回答她，他认真地看完最后一段资料，将平板倒扣在身上：“过几天，我要带东风去做个全面的检查。”

“贺东风是个很强大的人，他一定会好起来的。”童年抓住他扣在胸前的平板放到床头柜上，稍一用力，压在他身上，手指灵活地解着剩下的扣子。

贺东弋用吻封住她的嘴。他的吻来势汹汹，不给童年丝毫喘息的机会，童年仰头，他便抬手扣住她的后脑勺，不准她逃。直到吻得童年软软地趴在他身上，没了力气，他却抱着她猛地一翻，将她压在身下。

房间里只留着一盏落地灯，将交缠的一双人影拉长，颤悠悠地投射在墙壁上。

当贺东弋准备退开时，童年紧紧地环住他的身子：“别出去，我好羡慕元宝，也想有个小宝宝。”

贺东弋一顿，低头轻柔地吻着她的眼角眉梢，身体却毫不迟疑地退开。

帮她处理干净，贺东弋躺在她的身侧，将她重新抱进怀里，细细地吻着她的眼睛："我不希望我们的孩子是私生子，你等等我。"

"我不在乎。"童年回抱住他，依偎在他胸口，"我也想像元宝一样，有个生命在我的身体里孕育，它一点点长大，能听到我们跟他说话，小猴子一样在里面翻滚，眼睛像你，鼻子像我，我要教他叫爸爸妈妈。"

在此之前，贺东弋从未想象过自己的孩子会是什么样的。他的合法妻子是秦臻，他们之间不会也不可能会有新生命诞生。

他早就做好打算，给东风和元宝带孩子，把属于自己的所有财产都留给他们。可是，听到童年的描述，贺东弋却开始思考，一个眼睛像他、鼻子像童年的小孩会是什么样的。

他希望那是个女孩，他要给她这世界上最好的一切，让她能够做自己喜欢的事情，爱自己爱的人，不必因为外界因素而无法得偿所愿，他要让她不懂得什么叫作缺憾。

"不会太久，你就不必羡慕元宝了。"贺东弋捧着童年的脸颊，在她额头上印下一吻，坚定地说道。

第十二章

元宝已经怀孕四个月了，他的眼睛不知道还能不能恢复，元宝的心又不在他身上，一个瞎子怎么护她周全?

元宝醒来时，天已经亮了。

她伸了个懒腰坐起身来，冲着身旁的东风笑了笑，精力充沛地打着招呼：“早啊，相公！”

“早。”东风翻过身去，继续睡。

元宝掀开被子一角下床，却突然扭过身子惊讶地喊道：“相公，你怎么在这儿？童年呢？我昨天晚上不是跟她一起睡的吗？”

“你看清楚这是哪儿。”东风扯过被子盖在头上。

这里是她的房间，不是客房。元宝愣愣地坐在床边，好久才想起来，昨天她醒来发现童年不在客房里，便出来找，但是她已经困得神志不清，走出门却忘记自己出来是要干吗的，实在想不起来就打算回房睡觉，却习惯性地走回了自己的房间。

“相公，你是不是舍不得跟我分开，所以昨天晚上才没有叫醒我，让我回客房去？”元宝爬上床扑到东风的身上，扒开他的被子问道。

东风没有开口，眼睛紧紧闭着，将被子往身上拉了拉。

元宝撇撇嘴，从贺东风身上起来，帮他掖好被角，亲了亲他的嘴角，快速地下床：“相公，你接着睡，睡到自然醒，我去帮你准备早餐。”

元宝下楼，贺东弋和童年正坐在餐厅吃早餐。她拉开童年身边的椅子坐下，拿起一片土司抹着果酱，偏过头看向童年：“你昨天晚上去哪儿了？怎么我醒来找不到你？”

童年微微笑着，目光迅速地扫过贺东弋：“是我找不到你才对，我不过是出去透透气，回来你就没了。昨天晚上你明明跟我在一起，为什么今天早上你却从贺东风的房间里出来了？”

元宝咬下一大口吐司，歪着脑袋想了想，笑道：“我也不知道，可能梦游了吧，毕竟我现在是孕妇，干出多不靠谱的事情都正常。”

童年啧啧两声，无奈地摇摇头：“怀孕这借口可真百搭啊，什么都能用怀孕开脱。”

贺东弋将沙拉往童年面前推了推，如果以后的日子里，每天餐桌上都这么热闹，东风大概会受不了。

“吃饭都堵不住你的嘴。”贺东弋拿起一片土司塞到元宝嘴里，擦了擦嘴站起来，“你们慢慢吃。”

“我的嘴只有钱能堵上，有本事你拿金条塞我的嘴巴里啊！”元宝嘴里塞得满满当当，含混不清地对着贺东弋的背影喊着。

贺慕雯现在可以坐在轮椅上被人推出去散散心，她的房间在一楼，方便进出。

贺东弋敲了敲房门，在得到允许之后，推开门走进去。

贺南羽手里拿着毛巾和水盆，刚刚伺候贺慕雯洗漱完。看到贺东弋走过来，她轻声喊了句大哥，将洗漱用品送回卫生间里。

贺东弋将早餐放下，回头看向从卫生间里出来的南羽："南羽，去吃早餐。姑姑这里有我在。"

贺南羽有些不知所措，尽管贺东弋的语气很温柔平和。

贺慕雯给了她一个安抚的眼神，开口让她出去吃早餐，她才点点头走出去。

贺东弋扶着贺慕雯起身，让她靠在床头。他用汤匙舀着粥，吹凉了喂给姑姑。贺慕雯的饮食起居一直是南羽在悉心照料，这些事情贺东弋做来有些笨拙。

喝了半碗粥之后，贺慕雯摆摆手，示意她不吃了。她接过贺东弋递过来的棉质手帕擦了擦嘴："你这么早过来，还特意把南羽支出去，是有什么急事？"

"不是急事。"贺东弋走到窗前，开窗通风换气。贺慕雯的房间正对着一片小花园，清晨的风从婆娑的树叶间吹来，带着些许凉意。

他重新坐回床边的椅子上，置于膝盖上的两只手竟在这短短的时间内有了汗意："是我有些等不及。"

贺东弋再次停下来，从昨天晚上到现在，心里打过无数次草稿的话，在贺慕雯面前，却难以开口。

贺慕雯对他这副从未有过的吞吞吐吐的模样起了兴趣，打起精神，身子微微前倾："什么事情，能让你这么为难？这可真不像你。"

"不为难，只是有些难。"他顿了顿，"我有了爱人，想让她光明正大地站到我身边。"

"就是这件事？"贺慕雯轻轻地叹了口气，"你想离婚？你们兄弟俩，个个都这个样子。难不成你忘记了挨过的那顿鞭子？"

“我知道家规。姑姑，我跟秦臻结婚十年，我们之间没有爱情，我以前从未想过我们会有孩子。反正是姓贺，东风的孩子跟我的没有区别。可是，我不能让我自己的儿子女儿连姓都没有。”

“秦臻还活着。”贺慕雯闭了闭眼睛，贺东弋说的话让她很有触动，但是摆在她面前的问题却又不能轻易解决。她想告诉贺东弋，爱情不过是一时的新鲜和刺激，在一起过日子是细水长流，平淡而漫长，可是贺东弋跟秦臻过了这么多年，连碰都不碰秦臻，又怎么会不明白这些道理？十年，这么久都过来了，现在贺东弋却说他等不及了。

贺慕雯有些心累，她疲惫地合上眼睛，不再去看东弋：“你走吧，去祠堂跪着去，好好想想咱家的家规，想明白了再起来。”

贺南羽守在门口，看到贺东弋从房间里退出来，小声地说道：“我吃完早餐了。”

贺东弋点点头，在她肩膀上轻轻拍了拍：“你做得很不错，好好照顾姑姑。”

“大哥……”她叫住打算离开的贺东弋，待他停下脚步回头看向她时，用她一贯轻柔的语调说，“谢谢你的夸奖。”

贺东弋眉头微微皱起，没说什么，走了。

元宝上楼给东风送爱心早餐，只剩童年独自坐在客厅的沙发上，看到他出来，童年立马站起来。

她知道贺东弋进去这么久是为什么，也从他的表情中看出了结果。

她朝贺东弋微微一笑，慢慢地走到他面前，握住他的手掌：“我说过我不在乎。我只要你这个人一直是属于我的。”

童年送贺东弋到小祠堂门口，元宝从后面跟上来，站到童年身边，好奇地盯着眼前的门板：“大哥进去干吗啊？我都还没见过祠堂里面是什么样呢。”

童年担心贺东弋，没有说话。

“不过里面好像很恐怖的样子。上次贺南羽从这里出来，那个惨状，皮开肉绽的。不过我没看到，是婷婷说的。”

童年看贺东弋脸色不好，本来就忐忑不安，听元宝在她耳边不断地碎碎念，越发的忧虑。

元宝正说个不停，听到身后有脚步声，回头看到东风，连忙小跑着过去扶他。

“大哥在里面？”贺东风问。

元宝点点头：“嗯，从姑姑那儿一出来就奔着这儿来了，也不知道大哥是为了什么事情。相公，你进去过吗？”

东风点头：“很多次。”

“啊？”元宝惊讶地张大嘴，一颗心立刻提到嗓子眼，“为什么啊相公？你做过什么事情是我不知道的？大哥说姑姑舍不得打你的。”

“每次拜祭的时候。”东风转身离开。

他猜得出大哥为什么跪在里面。姑姑从来没有打过他，因为他几乎没有做过出格的事情。大哥挨过两次鞭子，皮开肉绽的结果是贺东弋每次都达到了自己的目的。

东风想，那他呢，他自己呢，是不是也该改变方式争取一次？

元宝已经怀孕四个月了，他的眼睛不知道还能不能恢复，元宝的心又不在他身上，一个瞎子怎么护她周全？

“相公小心！”

元宝的话音未落，东风已经撞到了墙上。家里的格局都是他熟记于心的，他鲜少碰壁，刚才出神，一时不察才会撞到。

“我没事。”东风推开元宝的手，继续向前走。他开始思索一个眼下的问题，他是不是该准备一根盲人棍了？

童年有些站不住，她微微弯下腰捶捶腿来缓解久站的不适。

她站在这里都这么辛苦，真不敢想象贺东弋跪在里面会是什么样子。

童年紧盯着那扇门，她知道元宝一直站在身边。

元宝叫人搬来两把椅子，她怀着孕，比童年站在这里更辛苦。可是童年不肯坐，她便也不坐。

“元宝，你带我去看看秦臻。”童年转身挽住元宝的胳膊，拉着她便走，“你在外面等着，不用进去，我自己进去看看。”

元宝有些犹豫，姑姑在家，贺东弋跪在里面，东风一定不会同意她去那里。“咱们不是进去过吗，她又没什么好看的。不如你看我啊，我比她好看多了。”

童年安抚地摸摸元宝的肚子，脚步却毫不迟疑：“我们悄悄地去，悄悄地回，不让任何人知道。我就看一眼，看一眼咱们就走。”

元宝被童年拖着，还没下定决心，就站在了玻璃房外。她妥协道：“你说的，看一眼咱们就走，我陪你进去。”

“你现在这样，受得了那个刺激吗？你的东风相公站在你面前，你只能看不能吃。元宝，你还是站在这儿等我出来。”童年笑着揶揄道，可是她心里并不轻松。

元宝摸着肚皮，撇撇嘴巴，不得不承认童年说得对，她现在是特殊时期，有贼心没贼胆，不敢乱来。

可是童年想进去也没有那么轻松的，幸得元宝肚皮给力，死皮赖脸地挺着肚子往里面冲，并威胁道：“你们不让她进去，我就拿肚子顶开门。”

于是，童年就这样被放进去了，留下元宝一个人站在外头。

元宝站在外面，眼巴巴地望着童年，站成望夫石的姿态：“你快去快回，我在这儿等你回来。”

童年的步伐有些犹豫，最终还是迈进那扇门，看到像上次来时一样坐在沙发上看书的两个女医生时，她突然转身大步走出来，拉住元宝的手臂带着元宝离开玻璃房。

“我干吗来这儿啊？”她不是秦臻，也不会是秦臻。秦臻变成什么样子，跟她有什么关系？

童年腿长步子大，元宝小跑着比她还快：“就是，咱们干吗来这儿啊！不过咱们也不至于这么慌张啊！你这是参加国际竞走比赛的速度啊！你好歹也考虑一下我二十厘米的腿啊！”

贺东弋是在午饭后不久从祠堂出来的。

元宝看到他，有些讶异。在此之前，她跟童年一直坐在客厅里，并没有看到姑姑派谁去通知他出来。

“大哥，你不会是特意等童年走了才出来的吧？”元宝一脸怀疑，探究地盯着贺东弋，一旦发现大哥有这个念头，她就要立马向童年打小报告。

“我是特意出来找你的，让你跟我一起进去，深刻地体验一下咱家的家法。”贺东弋边下楼边整理好衣袖。

元宝惊悚地摇摇头：“这种体验大哥你独享就行了，我还是个宝宝，再说我肚子里还有个迷你宝宝，不太适合体验和学习。”

跟元宝掐了一架，贺东弋的身心舒坦多了，他走到姑姑房门口，象征性地敲了两下门便推门而入。

“想明白了？”姑姑问。

贺东弋走近，将她从床上抱起来，怀里的女人轻飘飘的，像片落叶，仿佛一阵风来，就会随风飘去似的。他小心翼翼地将贺慕雯放到轮椅里：“没想明白，不过您要去医院做检查了，我不跟着不放心。等从医院里回来，我再去小祠堂接着跪。”

“我该抽你一顿，省得你总惹我生气。”贺慕雯坐在轮椅里，任贺东弋推着她走到庭院里。虽然话是这么说，她面上却看不出生气的模样来。

车就停在院里，元宝一看到他们出来，立马打开车门：“姑姑，车子已经准备好了。”

贺慕雯转过头，拍拍贺南羽的手背：“南羽，医院里人多杂乱，你在家里等我，让婷婷跟我坐一辆车。”

贺南羽表现出有些担忧，却还是乖巧地点点头：“好，我都听姑姑的。”

贺东弋亲自开车，后座载着贺慕雯和婷婷，元宝和东风乘坐另一辆车，由司机开车。

一行人离开不久，元梓谦才姗姗来迟，他是来陪贺慕雯一起去医院复查的。

贺南羽原本正坐在庭院里发呆，看到元梓谦的车，立马低下头，转身便往回走。

元梓谦停好车后，直奔贺南羽：“姑姑他们呢？”

“已经走了，你直接去医院就可以。”

元梓谦上前挡住她要上楼的步子，手掌小心翼翼地落在她的肩膀上。南羽稍稍动一下肩，露出排斥的神情，他立刻收回手掌。他并非一个常常处于急促不安的状态下的人，可面对南羽，他的愧疚太多太多，连说话的声音也不由自主地放轻，生怕一大声会引起南羽的嫌恶：“你怎么没去，姑姑不是一直由你照顾吗？”

“他们都是贺家人，只有我不是。我没有家。”贺南羽低头慢慢地上着楼，不肯正眼看元梓谦一眼。

元梓谦喉头一哽，沉默地跟着贺南羽走了半层楼才开口：“你有家，你有我，还有妈妈，我们是一家人。南羽，我想带你回去看看妈妈。这么多年，她一直很想你。”

南羽停下脚步，她转身望向元梓谦：“哥哥，这么多年，我都没有家，元宝抢走了我的家，抢走了我的妈妈和哥哥，东风是我的，也被她抢走了。我什么都没有。”

她突然紧紧地抓住他的手臂：“当初你离开贺氏，一夕之间所有的努力都化为乌有。哥哥，你甘心吗？”

元梓谦眉头紧锁，嘴唇抿成一条直线。这件事，一直是他无法释怀的痛点。

他的反应在贺南羽的意料之中，她松开他，向后退了一小步：“哥哥，如果我跟你回去，贺家就再也容不下我，我不能这么离开。”

“哥哥，你会帮我的，对吗？”

医院里，贺慕雯正在准备做核磁共振，进入检查室的时间很长，并且只能由一名家属陪同。贺东弋让元宝先带贺东风去见早就预约好的眼科专家，自己留了下来。

元宝信誓旦旦地拍着胸脯保证：“放心，我一定又快又好地完成任务！”

“不用快，你好好走路。这里人多，你别大着个肚子还带着东风在医院里横冲直撞的。”贺东弋说。

元宝有些不以为然，她两只手在腹部比画了一下：“我的肚子还不明显，谁能看出来我是孕妇啊，要是大成那样，那我还真能横冲直撞，谁敢挡着我啊，横着走都没人挡着！”

“横着走的是螃蟹。”东风淡淡地接过话。

“螃蟹怎么了？螃蟹挺好吃的……”

贺东弋推着元宝和东风往外走：“就你话多，用不用我给你搭个舞台，你给我们表演一个单口相声再带他去检查？赶紧走。”

“快着呢！说不定姑姑还没开始检查，我们就先到了呢。”元宝带着东风一摇一晃地出去，边走边对身边的贺东风说，“相公，以后老了，我也这样牵着你吧。”

“我要瞎到老吗？”

“不不不，你看我这乌鸦嘴，可是你不瞎也有可能需要被人牵着呀，万一你半身不遂呢？万一你老年痴呆呢？”

“……”

两人乘电梯直上二楼到了眼科外，东风突然停下来：“我的病例资料放在车里，没有带来，一会儿要用。”

“可是大哥陪姑姑进去检查，婷婷等在外面看着轮椅和衣服，没办法去拿。”元宝想了想，决定先带东风去找诊室，“相公，我先送你进去。等你见到医生，我再去取车里的资料。这样行吗？我很快就回来了。”

元宝在护士站询问好诊室怎么走，带着东风过去。她敲开诊室的门，正准备说明来意，坐在办公桌后面的年长医生先一步站起来，请他们入内：“东风来了。”

“秦老。”东风弯腰，恭敬地打着招呼，他侧过头，对元宝说，“你帮我去车里取资料。”

元宝想将东风扶到沙发前坐下再走，东风却不动，催促着她离开。

元宝便朝着秦老九十度大鞠躬：“秦老，那我东风相公就拜托您了，我很快就把您需要的资料取来。”

元宝旋风一样地离开后，秦老斟了杯茶送到东风放在茶几上的手里。

“什么资料？”

东风摇摇头，握紧茶杯放在鼻端闻了闻：“没什么，我只是找个借口支走她。我们的对话对她来说，会很无聊。她听不懂，担心我，又不肯走。”

元宝将车子翻遍都找不到东风所说的资料，又去找了婷婷要来贺东弋那台车的钥匙，最终无功而返。当她回去时，秦老和东风早已谈完东风的病情，在悠闲地喝茶闲聊。

“看你满头大汗，来，喝杯茶。”秦老倒了杯茶给元宝，“我有事情要去处理，你们离开的时候给我把门关上，钥匙送到护士站。”

元宝走得急，气喘吁吁地站在那看着秦老从她面前走出去：“秦老慢走，秦老再见。”

等秦老离开，元宝一杯茶下肚，呼吸渐渐平复，她才猛地想起来：“相公，我没有找到你要的资料。”

“不需要了。”

“不需要了？”元宝的心立刻揪起来，东风的这句“不需要”在她听来很有歧义，是秦老已经了解了东风的情况，所以不需要资料，还是东风的眼睛已经没办法恢复，不再需要治疗？她紧紧地挨着东风，两只手一起抓住东风的衣服：“相公，那秦老怎么说，你的眼睛还能治好吗？”

“我的眼睛能不能治好，会影响我们吗？”

“不会！”元宝摇头，一脸坚决，“绝对不会！相公，不管你变成什么样，我都会一直爱你，越来越爱你。相公你听没听过那首歌？你没听过不要紧，我唱给你听。”说着她就深情款款地唱起来，“我是你的眼，带你领略四季的变换。我是你的眼——啊啊啊。”

由于贺东风对着她的嘴巴连着拍了几巴掌，后续歌词都变成了啊啊啊，他摸出钱包打开：“要多少自己拿，不要唱歌。”

元宝撇撇嘴，气愤地合上他的钱包：“你太小看我了，我是区区几张人民币就能说服的人吗？好吧，我是。但那是以前，现在不同了，你生病了，我不要钱，我只想给你唱歌。”

“你还是要钱的好，我一点也不想听你唱歌。”

“好吧，相公。”她任命地点点头。

东风的内心很平静，元宝信誓旦旦的保证并没有掀起一丝一毫的波澜。他不想让元宝知道他其实看得到一些模糊的影像。

元宝爱他是真的，可是她的撒谎隐瞒也是真的。没有人会在意一个不相干的陌生人的谎言，他有多爱元宝，便对此有多耿耿于怀。

“姑姑的检查快要结束了。如果你不需要再休息一些时间，我们该走了。”东风在茶几上摸索着，将钥匙抓在手心里。

“这就走。”元宝连忙倒了杯茶，温度正合适，仰头一口喝完，便扶东风起身。

元宝和东风回去时，贺慕雯刚刚检查完毕，被贺东弋抱着从检查室里出来，坐回轮椅上。

贺慕雯问起东风的检查情况，东风说秦老已经知悉他的情况，需要时间考虑制订治疗方案。

贺慕雯的检查结果很快出来，她的主治医师认为她现在的状况已经基本稳定，但是身体条件并不适宜立刻做腰椎手术，仍需要休养。

贺东弋开车带贺慕雯回去，将她从车里抱到轮椅上，便将她交给元宝：“姑姑，我回去了。”

“你回哪儿去？”贺慕雯不解地问。

“姑姑，你的检查都结束了，我当然是回祠堂接着跪。这一跪，不知道要多久才能出来。姑姑，你要是有事儿，让婷婷去那儿找我。”贺东弋认真地说道，眼中满是真挚。

元宝在一旁看着，若不是她知道贺东弋平时是什么样子，还真会信了他这副乖乖听话的模样。

“回来！”贺慕雯喝道，“元宝，你去照顾东风，我这里有你大哥陪着。”

元宝应了，给了贺东弋一个“你好自为之”的眼神，便和东风离开。

贺慕雯的脸色有些难看，贺东弋的那句“不知道要多久才能出来”明摆着是威胁。她的语气也不知不觉变硬：“你是觉得我管不动你了吗？你在外面怎么胡闹都行，但在家里，只要我还活着，还能当得了一天的家，就不准你再在我面前提起这件事情。”

“姑姑……”

贺东弋想说些什么，却被贺慕雯果断坚决地打断：“去把南羽给我找来，这几日你不要再在我面前出现。”

贺东弋宁愿姑姑再给他一顿藤鞭，如果这能够换来贺家对童年的认可，皮开肉绽对一个男人来说算得了什么？

可惜贺慕雯早已看穿他的心思，并不给他任何机会开口，只呵斥道：“还不走？”

第十三章

相公，要是你能亲眼看到就好了。

贺东弋去看了秦臻。

那幢玻璃房里，撤去了很多东西，早已非当初元宝和童年看到的模样。

秦臻是他的妻子，无论情愿与否，他们曾经在一起近十年。牵绊太久，没有爱情，贺东弋对她还有其他的感情。如果当初不是发现秦臻出轨滥交，他们还会在一起度过未来的数个十年。

玻璃房里很安静，阳光无处不在。那两名女医生看到贺东弋，便自发地起身出去。除了活动受限，这里更像是一个小家，所有物品一应俱全。

秦臻靠坐在玻璃前，抱着蜷起的双腿望着外面的灌木丛发呆。听到有动静，她没有回头，以为是到了送晚餐的时间。脚步声没有消失，反而渐渐靠近，秦臻才探究地转过头。

贺东弋缓步走近，环视一圈，却没能在这个一眼能够看尽的空间里找到一把椅子或者其他能够坐下的东西，只好站在秦臻面前。

秦臻看到他，一时愣怔，她低下头，闭了闭眼睛，再次看向眼前的男人，确认是贺东弋后，她轻声开口："我有多久没有见你了？一个月？一个季节？贺东弋，我都记不清你长什么样了。"

见惯了秦臻撒泼耍疯的样子，这样的秦臻让贺东弋感觉有些陌生。他想起初见秦臻的时候，她是挺鲜活漂亮的女孩。

贺东弋心里说不出是什么滋味，只能说一句："好久不见。"

"你来这里找我，是为了什么事？"秦臻微微侧过头，"以我这么多年对你的了解，你应该不会轻易把我从这里放出去的。"

贺东弋喉头动了动："我来看看你，以后不会再来这里了。"

他刚说完，秦臻随手抓起身后的靠枕朝他迎面砸来："滚！"

贺东弋没有防备，下意识地抬手，却没能抓住砸到他胸口后掉落的靠枕，有些狼狈地趔趄着后退半步。

"贺东弋，你凭什么这么对我？！你还不如拿把刀把我杀了，也好过把我关在这里折磨我！这样的日子我真是受够了！从十年前我嫁给你起，贺家就像是这座玻璃房一样把我关进来，我有什么错？！"

贺东弋将抱枕捡起来扔到一边，方才对秦臻的同情和心软，须臾间消弭于无形。他冷声说道："秦臻，成婚前，我的一切并未对你隐瞒，你也清楚地知道我有爱人。我告诫过你，我们之间没有爱情，会是一场有名无实的婚姻，是你选择嫁进贺家。既然你做出了选择，就该为自己的决定负责。"

他顿了顿，继续说道："为了我的钱，你也不应该那么下贱。"

"是，我有错，难道你就没有错吗？"秦臻激动地站起来，歇斯底里地喊道，"我是一个女人，光有钱有什么用？我的需求，你从来都满足不了我。贺东弋，十年，不是一年两年，你能无情冷血到不需要任何女人，可是我做不到！”

“这些都是你婚前应该想到的。”贺东弋有些意兴阑珊，不想再跟这样的秦臻继续一场关于谁对谁错的辩论，谁对谁错，谁现在又能说得清呢？

当初他不该松口娶秦臻，可当年他失去了心爱的人，娶谁对他来说没有什么分别。

秦臻疯狂地砸着身边一切能够抓住的东西，宣泄着她的恨意与愤怒。贺东弋不再看她一眼，转身往外走。那些东西伤害不了她，一切具有杀伤力、可自残的东西在建造这间玻璃房时就被杜绝在外了。

在贺东弋即将走出去时，身后的动静突然安静下来，如此短暂的时间，秦臻的声音里便透着浓浓的疲倦：“我恨你。可是我没有放火，我从来没有做过伤害你的事情。你要小心的是贺南羽，她并不同她的表面看起来一样无害。”

贺东弋停下脚步，却并不回头，低声平静地回道：“她有精神病，做不出什么事来了。”

秦臻一愣，仰头笑起来，渐渐地，眼角却泛起光亮，笑声中满是讥讽：“精神病，一堆精神病，贺家没有一个正常的！都会被你们逼疯……”

秦臻的疯言疯语仅仅让贺东弋皱了皱眉头，他不再停留，径自走出去。

元宝觉得自己跟医院真是有着解不开的缘分，要么上辈子是大夫，要么来生要投胎当大夫，不然怎么会这么频繁地往医院跑呢？姑姑有病，东风有病，这回是自己产检。

她将这个想法说出来时，得到了童年无情的嗤笑。

元宝不服，一挥手，指向身边跟随的东风、童年和贺东弋：“你看你们三个人，像不像我身为主治医生巡视病房时带的实习医生？”

童年不屑地笑笑，轻轻拍了拍她的肩头，嫌弃道：“行吧，你说了算，你说像就像，我就想问问您这位主治大夫，这一届的实习生长得都挺高啊，我们的存在是为了衬托你矮吗？”

元宝挥开她的手，不服气道：“哎哟哟，不就长得高一点，有什么了不起的呀，长得高以后容易骨折的你晓得不？等咱们都七八十岁的时候，我一口气能上十楼，你就一口气一骨折，嘎嘣脆。”

“没关系，你若安好便是晴天，我们等着骨折，你就安心当你的小矮子。”

“我不矮！算了，矮就矮，矮我也是主治医师，你们都是我的实习生，白大褂我相公也有，改明儿我就穿，天天穿。”她努力踮起脚，试图与童年达到同一身高线，但显然是徒劳。

东风按住不安分的元宝，提醒她好好走路，他淡然道：“随便一个人穿上白大褂，要么是角色扮演，要么是心怀不轨。”

元宝眨着眼睛，脸颊突然泛起可疑的红色，她拽着东风的手臂拉着他弯下腰，踮起脚贴在他耳边小声说道：“相公，你穿那个白大褂真算制服诱惑，那属不属于角色扮演啊？”

东风直起上身，对她的这番话置若罔闻：“是不是快到诊室了？”

“往这儿走，左边第三个房间。”童年指引着方向。

今天是元宝正儿八经的第一次产检。之前，元宝怀孕却不自知，错过了孕早期的几次产检，所以这次她来医院做检查，贺东弋和童年一定要跟来。

元宝肚子里的宝宝已经成形，在检查室的显示屏幕上可以清楚地看到。

负责为她检查的医生仔细地教她辨认宝宝的四肢。

元宝兴奋地抓住东风的手腕：“好神奇啊相公，我看到他的小手手了，五根手指张开，还跟我们挥手呢！”

跟她同样兴奋的还有童年和贺东弋，原本安静的诊室瞬间变得有些喧嚣起来。童年艳羡地看着屏幕上的小人，往贺东弋身边凑了凑，靠在他的肩膀上。之前贺东弋说过的关于孩子的事情，他不提，童年便选择不问，就当从未提起过这件事情，这大概才是她真正迷人的地方。她总是太聪明，太轻易赢得他的好感。

元宝看到的越多越兴奋，不断地向贺东风描述着她所看到的宝宝的活动，她不知不觉地脱口说道：“相公，要是你能亲眼看到就好了。”

元宝这话一出，东风没有任何变化，他原本就冷静淡定，其他人却瞬间不约而同地噤了声，气氛一时间有些尴尬。

元宝也不知该如何是好。

东风明白，就算元宝说无论他变成什么样都会一直爱着他，也还是会在意他失明这件事。

缺陷总是容易被放大，难以忽略。瑕不掩瑜，但是越美好的东西，瑕疵越容易被看到。他听到太多来自陌生人对他眼睛的感叹与惋惜。

童年哗啦啦地翻着手里的一沓检查单、收费单：“做完这项检查之后，我们还要去二楼抽血化验，之后，元宝才能去吃东西。”

一听到吃东西，元宝的肚子咕咕响了两声。因为东风说今天的检查有空腹的项目，所以元宝早上起来连口水都没敢喝。

童年一开口打破僵局，元宝立马顺杆爬，在检查医生说检查结束时，立马从检查床上爬下去：“我们快去抽血吧，再饿下去可是要出人命的。”

“没听过谁因为一顿饭没吃就饿出人命的。”贺东弋揶揄着。

元宝抽血时，并不如她所说的那般轻松，一只手臂紧紧地缠在东风的腰上，脑袋埋进东风的怀里，心里害怕，却又不断地偷瞥。

“姐姐真没出息，一点都不勇敢，都长这么大了还害怕打针。”

元宝看向旁边的小男孩，八九岁的模样，扬着下巴，一副天不怕地不怕的样子，她问：“你难道不害怕打针吗？”

“我才不怕呢！我是男子汉。”

元宝立马站起来，抱着东风挪到一边，将凳子让出来：“那让男子汉先来。”

元宝用手挡在眼前，从指缝里偷偷往外看，小男孩英勇地伸出手臂，看着针头扎进皮肤里，眼神里满是炫耀：“看吧，一点也不害怕。”

元宝刚想夸赞他两句，表达一下自己对他佩服得五体投地，却看到他一回头看抽出的红色血液，眼皮一翻，便晕了过去。

尽管小男孩的妈妈解释说他晕血，元宝还是表示自己受到了一万点伤害，不敢抽血，无论童年和贺东弋怎么威逼利诱都不能使元宝乖乖就范。

元宝脑袋摇得像个拨浪鼓：“我宁愿饿着，也不能抽血。我害怕，过不了这一关，我们明天再来吧。大哥，请你把我打晕之后再带我过来。”

在一旁坐着许久未开口的东风突然站起来：“今后的产检，这样抽血化验的项目无法避免。以后，你会成为一个孩子的妈妈，成为他学习与模仿的对象。如果你认为你连检查都没办法完成，那你可能还没有做好成为妈妈的准备。”

元宝冷静下来，心里虽然还在害怕，却往采血窗口走过去，她伸出微微发抖的手臂：“我能做到，我又不是没有被扎过，我只是没有见过人晕血，所以一时被吓到了而已。”

东风的话有些严厉，让元宝心里有些难受，但是这点不算愉快的小插曲很快被元宝抛之脑后。

都说贵人多忘事，自从她嫁入豪门，这记性越来越不好也是可以理解的，从另外一种层面上来说，这也可以理解为脸皮越来越厚了，不过日子越来越艰难，没有点脸皮，可怎么混下去？

回家后，元宝将检查时拍的照片到处拿给人看。

元宝将所有的照片不厌其烦地讲解给贺慕雯听，告诉她哪里是宝宝的手脚，宝宝在肚子里是站着还是躺着，他在做些什么。姑姑也是没生过孩子的人，看到这些跟元宝一样觉得新奇，这简直正合元宝意，讲故事的人最喜欢这种听众。

贺南羽安静地坐在一边，并不参与进去，偶尔抬眸对上贺慕雯的目光，淡然地微微一笑，贴心地询问姑姑是否需要什么。

其实，如果贺南羽与东风没有那么一段，与元宝不是情敌，这两个女人一起生活在这个家里也是挺好的，一动一静，不争不吵。

元宝是想跟他人一同分享自己的喜悦，但是对于贺南羽，她却不得不承认内心里藏了些许见不得光的想法：就算东风爱的人是你，又能怎么样？我元宝才是东风的妻子，还怀着他的宝宝，你费尽心机也什么都得不到。

因为有着想要在贺南羽面前炫耀一下的想法，元宝在贺慕雯的房间里待了很久，从产检说到宝宝房的布置，从宝宝要穿什么样的衣服到几岁开始接受教育，三句不离宝宝这一主题。

鲜少有人跟贺慕雯聊这么具有烟火气息的家长里短，元宝讲得绘声绘色，动作和表情有些夸张，贺慕雯却听得津津有味，还不时地指着某些地方问元宝，晚饭还留元宝在她房间和她一起吃。

等元宝从贺慕雯房间里出来时，已经是晚上九点钟。如果不是贺慕雯觉得倦怠，元宝能拉着她说个三天三夜，话还不带重样的。

贺慕深从外面回来，元宝笑眯眯地跟他打着招呼：“晚上好啊，叔叔。公司里的事情这么多吗？你每天这么晚才回来，有时候一整天都看不到你呢。”

贺慕深将脱下来的外套递给婷婷，尽管眉宇间透着疲惫，却仍旧语气温和地同元宝开着玩笑：“如果你每天早晨能不睡懒觉，那就可以天天看到我了。”

“哦，那我选择睡懒觉，不看你，哈哈。”

婷婷端出夜宵来，元宝嘴馋，看了一眼，便自觉地在贺慕深对面坐下，捧起一碗鱼片粥，说：“我大哥时间很自由，东风相公每天准时上下班，除了姑姑和我哥哥总是出差不在家，我还没有见过比你更忙的人呢。”

贺慕深安静地吃着菜，几秒的沉默后才回道：“因为他们在做自己喜欢的事情，不会受外界的影响而必须做其他事情。”

眨眼工夫，元宝已经吃完一小碗粥，她将空碗递给婷婷，示意自己还要来一碗：“因为有姑姑在，还有叔叔你在啊，你们像保护伞一样保护着我们，我们才能做自己喜欢做的事情。”

“如果有一天我不能保护你们了呢？”贺慕深问。

“一时半会儿不会吧，不能保护我们，那岂不是你们都要退休了？那还要好久，不过等真到了那一天，我们就可以保护你了，我相公和大哥还是很能干的。”元宝翻出手机，随口回道。

她将产检照片翻出来给贺慕深看：“叔叔，你这么年轻帅气，连个绯闻女友都没有就要当叔公了，这会上头条吧？”

贺慕深接过手机翻看着照片，笑着说：“成为叔公不会上头条，但是我很有可能会‘被当爹’。”

他微微皱起眉头，有些苦恼地看向元宝：“我不是太能看懂这些被你称作是我侄孙的照片。”

元宝站起来，小跑着绕过餐桌坐到贺慕深旁边，帮他讲解：“叔叔，你去大街上随便摸摸一个小宝宝，都会被当爹吧，如果再跟这个小宝宝的妈妈多说两句话，那她就是你的隐婚妻子。”

贺慕深接过话头，笑道：“那我可能还会被逼婚。”

“加上你贺氏总裁的身份，哈哈哈……”元宝笑得前合后仰，不能自已，“叔叔，你简直是一部行走的言情小说！”

贺东弋看到元宝和贺慕深这副“把粥言欢”的样子，默默地站在楼梯口，后退一步隐在暗处。他这个叔叔，虽然一直表现得温文有礼，但是从未跟谁过分热络。

贺东弋看不透他，也不知道他对元宝的好是否心思单纯。不久前曾传出元宝是他的绯闻女友，虽然是媒体胡编乱造来赚眼球，但这并不是件人人喜闻乐见的事情。贺慕深是娱乐圈的焦点人物，一举一动都会引起轰动。

“大少爷？”婷婷准备上楼，发现了站在楼梯口的贺东弋。

“赶紧去给我倒杯果汁，你的大少爷都快渴死了。”贺东弋若无其事地走出来，朝婷婷挥挥手。

他经过元宝身边时瞥了一眼元宝的手机，走到餐桌前，拉开一把椅子坐在贺慕深对面：“元宝，我不管什么时候出来，你都在讲这些照片。你今天都说过多少次了，还在说？你讲得不口渴，我听得耳朵都起茧子了。”

元宝“唰唰”地抽出两张餐巾纸递过去：“大哥，给。”

贺东弋刚端起果汁，还没来得及喝一口，就接过元宝的餐巾纸：“干吗？我现在还不需要。”

“你需要。”元宝认真地看着他，一本正经，“把耳朵堵住，你就可以不用再听了，叔叔还没听完呢。”

“元宝，”贺东弋语重心长地对她说，“我刚才下楼的时候看到你相公在找你。”

元宝嗖地站起来，拉开椅子就往楼上走：“这么重要的事情，你怎么不早说？”

叽叽喳喳的元宝一走，餐厅里瞬间安静下来。

“工作还顺利吗？”贺东弋问道。

贺慕深已经吃得差不多了，若不是元宝在，他会更早地结束用餐。他放下筷子，擦了擦嘴：“比预料中要棘手，但还好，在可控范围之内。”

元宝上楼时，顺便端走一盘水果。她捏起一片苹果喂到东风嘴边：“相公，你找我啊？”

东风否认。

贺东弋所谓的东风找她不过是为了让她走开。

“相公，你不用害羞。我知道你时时刻刻都想看到我，这是理所当然的。爱我，你就应该大声说出来。”

东风坐在单人沙发里，元宝拼命地挤进去，想要跟他坐在一起。奈何位子只有一个，东风害怕挤压到她的肚子，伸手将她揽到腿上。

元宝就是想跟东风黏在一块儿，现在这样比预期更好地达到了她的目的，她搂住东风的脖颈窝在他的怀里，满意地叹了口气。

每天调戏调戏自己的相公，光明正大地吃东风豆腐占点便宜，元宝觉得这样的生活真是太美好了，虽然她现在的生活状态除了吃就是睡，在不可遏制地朝着猪的方向发展。

只要贺南羽不来捣乱，当一只幸福单纯的猪，也挺好的。

第二天早上，元宝醒得很早。昨天晚上她突发奇想，决定拉着东风去买母婴用品。

尽管东风告诉她，距离宝宝出生还有很长的一段时间，不必急着准备，却挡不住她早已飞奔到商场的心。

如果不是她产生这个念头是在夜晚，商场早已关门，她恨不得立刻就去。她一边穿衣服一边嘟囔着："咱们家这条件也不行啊，离富可敌国差远了，按理说咱们家应该有一栋百货大楼，我想几点逛就几点逛……"

她匆匆忙忙地吃过早餐，正要出门的时候，元梓谦来了。东风早就吃好早餐，坐在沙发里等她半天了，元梓谦来了必然要影响她的活动进程，这直接导致她看自己大哥不顺眼。

可即使不顺眼，她也要低眉顺眼地跟他打招呼，毕竟他是哥哥："大哥，你来啦！东风昨天陪我去做了产检，待会儿我把照片发给你，让你提前见见你的宝贝大外甥！不过我现在有一点比尿急还要急的事情去办，我先走了呀，拜拜。"

元梓谦只来得及点一下头，说了一句"嗯"，再想说别的，元宝已经拉着她那个一步三绊的相公迈出家门了。

"吃过早饭了吗？"贺东弋有些无奈地看着元宝和东风离开的背影，招呼着元梓谦过来一起吃早餐。

他庆幸着元宝终于有其他的事情要忙，无暇理会元梓谦，不然今天的早餐时间又要被元宝炫耀儿子照片的魔音穿耳了："先过来一起吃点东西，我让婷婷去看看姑姑起来了没有。"

婷婷正好来给元梓谦添碗筷，闻言便回道："姑姑已经醒了，我正准备去给她送早餐呢。"

元梓谦没有动筷子，他站起身来，吩咐婷婷将早餐端到外面去，他要陪贺慕雯一起吃早餐。

贺慕雯刚刚洗漱完毕，大概是远离了商场，且经历过一场灾祸，她不似以往那般强势凌厉，平添了一份温柔平和："今天怎么来这么早？"

"就想来看看你，顺便跟你一起吃早餐，十点钟我约了人见面，一会儿再走。”元梓谦将她轻轻抱起来，放进轮椅里。

贺慕雯微微侧过头：“有求于我？”

元梓谦推着她向外走：“暂时不需要，你先养好身体，我自己的事情可以自己处理。”

他回过头，看到南羽还规规矩矩地站在那一动不动，便叫她：“南羽，你也还没来得及吃早餐吧？一起过来吃吧。”

南羽看向贺慕雯，见她没有说什么，才应允道：“好。”

清晨的阳光格外温柔，配上微凉的空气，拂在身上挺舒服的，这个早晨看似与无数个相同的清晨一样平淡无奇，可他们所有人都知道，世事的变化总在潜移默化之中。

贺南羽取了件披肩围在贺慕雯的身上，默默地坐在一边，离他们稍远一些。

元梓谦夹了些清淡的小菜放到贺慕雯的碗里，一点都不生分，也不避嫌，仿佛这过分的关心与亲昵原本就是应该存在的：“你该多出来散散心，晒晒太阳，对你的身体有好处，但是前提是要多穿一点，着凉了可就不好了。”

“过去没有时间和心情享受这样的清闲，早就忘了是什么感觉，忽然闲下来，还有些不适应，总觉得心里空荡荡的。”贺慕雯说。

说大不大，可说小也不小的贺氏，一直以来都像一座山一样压在她的肩膀上，她看似无限风光，然而这背后所要背负的责任，所要付出的苦累，不是旁人所能感受到的。

她看到一旁安静吃饭的南羽，举手投足尽是大家闺秀的风范，完全一温柔恬淡的淑女，若真是贺家血脉就好了。

若说南羽身上有哪一点不像贺家人，大概就是她那份对于钱的热忱以及对于事业的向往。贺家的孩子嘛，她就不想提了，一个个跟稀泥一样，扶不上墙面。

她思忖着开口："南羽，等我伤好了，我带你回意大利，你该有自己的生活，就像现在这样。"

贺南羽有些犹豫，但最终还是顺从地点点头："好，都听姑姑的。"

她的情绪，贺慕雯都看在眼里："你在担心什么？"

贺南羽低着头，沉默几秒后，将筷子轻轻地放下，踌躇着开口："以后，是不是就见不到东风了？"

贺慕雯轻轻叹了口气，没有回答。看着南羽变了性情，不再像一开始那般精神失常，最近也鲜少提起东风，她以为南羽已经在转好，没想到，心底的执念还是那么重。

吃过早餐后，元梓谦将贺慕雯送回房间。

贺南羽一个人走到庭院里坐着，元梓谦从车里取出一个文件袋给了贺南羽："这是你要的东西。"

贺南羽裹了裹身上的长外套，拢一把被风吹散的长发，拆开文件袋快速地翻阅了一遍，又将文件袋合起来："贺氏现在真的没有漏洞可以利用吗？"

元梓谦摇摇头，眼睛却警惕地看着周围："你不要把这一家人看得太简单了，更不要把贺慕深当成花瓶来看待，他在演艺圈是影帝，在这里一样是影帝，有能力有手腕，贺氏在他手里一直呈上升状态，你觉得这像一个常年身在娱乐圈的人能干出来的事情吗？就算他有天生的商业头脑，也不可能在一时之间撑起这么大的贺家。他跟你一样，是有备而来，这样的人，身边有任何风吹草动都会无比警惕，我们想要做点什么，很难不引起他的注意。"

贺南羽沉默着，拿着文件袋站起身来："我先进去了。"

"等等。"元梓谦将她喊住，取出一个首饰盒送给她，"生日快乐，看看这个礼物你喜不喜欢。"

贺南羽显然有些吃惊，打开首饰盒，里面是一条精致的钻石手链。

“你的手腕处有疤痕，正好可以遮住。”元梓谦说。

贺南羽摩挲着掌心里的手链：“今天是我真正的生日吗？”

元梓谦点点头。

“我不知道我的生日是什么时候，他们把我从孤儿院领到这里的那一天便是我的生日。”贺南羽喃喃地说道。她转过手腕，白皙的皮肤上有几条肉粉色的疤痕，颜色较淡却没办法去掉：“这些伤痕，不是遮住了就会不存在。”

“南羽……”

她抬头看向元梓谦，眼眸中闪着亮光：“哥哥，这些伤，我不会白白受了，对吗？”

女人的购物欲是可怕的。

“童年说过的，只有一种女人不爱购物，就是穷女人，女人喜欢买东西都是娘胎里带来的，这句话不知道是真是假，但是她这样说了，我一琢磨呀，还真是。”一进到母婴店里，元宝便觉得每一件东西都萌得她不要不要的，每一样东西她的宝宝都会需要，她恨不得把这家店都搬回去。

“相公，你觉得买件公主裙怎么样？大大的裙摆，缀了蕾丝。”元宝向东风描述着。

“谁告诉你是女孩子？万一是男孩子呢？”

元宝爱不释手地翻看着裙子，至今为止，她看的选的都是自己喜欢的东西，全部是女宝宝用的。

她拿起一双红色的学步鞋，连同那条粉色公主裙一起交给导购：“谁说只有女孩子可以穿漂亮的小裙子？男宝宝也可以。我们的宝宝一定比女孩还漂亮，不能剥夺他爱美的权利。”

一旁的导购看着元宝挑选出来的各式各样的婴儿用品，终于忍不住开口询问道：“宝宝现在多大了呢？”

“四个多月。”元宝回答得很迅速，她指了指肚子，补充道，“在这里四个月。”

导购有些无语，但是秉持着良好的职业素质，在问过预产期之后，向元宝推荐了一些准妈妈基础必备的用品和初生婴儿的小衣物，连同元宝之前精心挑选的分属于不同月龄小宝宝的衣服和物品一起包好。

店里可以送货上门，元宝却非要大包小包地拎在手里带走，她声称这样才觉得逛街有快感。

对于元宝的这种行为，东风表示：你开心就好。

离开时，东风顺着元宝的手臂拿走她手里所有的袋子，她却抓住不愿意松开：“相公，这点东西对我来说小意思，再来一堆我也拎得动。你是不知道，以前每次我这样大包小包地拎东西，拎的都是童年的，到我自己的时候，衣服裙子也不怎么需要自己买，这回我可有机会大展身手了。”

贺东风不赞同她的说法：“我觉得正确的做法应该是，我拿着东西，你挽住我，不然你一步三跳地走路，很可能我们不会同时到家，到时不是你和家里人一起找我，就是我和家里人一起找你，你觉得呢？”

元宝觉得，她相公长得这么好看，还瞎，应该听他的。

第十四章

若是这场婚姻从一开始就是个错误，姑姑还会不同意离婚吗？

元宝一路安安稳稳地开车到家，全程未超过四十迈，嘴里嘟囔着这完全无法体现豪车的性能，可还是心甘情愿的，因为车里的人，还有肚子里的人。

一进大门，元宝还未下车便大声地喊人出来帮忙拿东西，她可不能再把她的东风相公累着。

婷婷急忙从里面跑出来，接过元宝从车里拎出来的袋子：“小少奶奶，你怎么买了这么多东西？”

院里已经停放着一辆黑色轿车，元宝一回来就看到了，她扶着东风下了车才顾得上开口问婷婷：“是我妈妈来了吗？”

婷婷点点头：“正想告诉您呢。小少奶奶，太太跟你前后脚进的门。”

元宝一听，立刻开心得笑弯了眼睛，她挽着东风加快步子往屋里走："相公，我之前还在想着明天回家去看妈妈，没想到她今天就来了，你说这是不是母女连心，就算我没说出口，她也感受到了我深深的思念、我浓浓的爱意、我重重的……"

"好了，你打算就此发表一篇作文吗？"

"逗你开心而已。"元宝看到妈妈，便松开东风的手，朝她跑过去，"妈！"

元宝的手突然松开，东风下意识地向前一抓，却落了空："你！"

元宝哪里还听得进去东风在说些什么，一把便将妈妈抱了个满怀："妈，你说巧不巧？我还想着明天回去看你，今天你就来了。对了妈，我刚逛街回来，你快来看看我买了什么。"

元宝妈妈有些魂不守舍，不停地张望着某个地方，她敷衍地回应着元宝的话："买了什么？"

元宝没有察觉妈妈的不对劲，叫婷婷把东西都拎过来放在茶几上，拿出一个小枕头展示给妈妈看。

"那是什么东西啊？"开口接话的却是贺慕雯。

方才听说元宝妈妈到访，贺慕雯换了件衣服才让南羽推她出来。

元宝妈妈闻声转过头去，突然从沙发上站起来。

元宝被母亲的举动惊讶到了，不明所以，却轻易地察觉到她的反常，跟着站起来，关切地低声询问道："妈妈，怎么了？出什么事情了吗？"

元宝从来未曾见过她妈妈现在这副模样，情绪激动，手足无措。她顺着妈妈的目光看过去，意外地发现让妈妈如此不寻常的竟然是贺南羽。

"您脸色不太好，是觉得哪里不舒服吗？"贺慕雯关心道。

“我很好，没有哪儿不舒服。”元宝妈妈回答道，眼睛却紧紧盯着贺南羽。

她的眼眶迅速泛红，嘴唇微动，嗫嚅着，想说什么却不知该如何开口。

贺南羽被她这样直勾勾的眼神盯得有些不自在，低下头将半边身子藏到贺慕雯身后。

“对不起，我失态了。”元宝妈妈一眨眼便落下泪来，她连忙抬手拭去，重新坐回沙发里，“我今天来，有个冒昧的请求，能不能让我跟南羽单独相处几分钟？我有些事情想要向她求证。”

元宝感觉莫名其妙，搞不清楚现在是什么鬼，自己的妈妈怎么会跟贺南羽有干系？她事先可从未在妈妈那得到一点口风。

妈妈不应该是为了她的产检而来的吗？元宝给妈妈各种使眼色、搞小动作，妈妈却像是跟她处在不同的频道，还顺便将她拉黑屏蔽了一样，对她的探究置若罔闻。

在元宝妈妈提出请求时，南羽便看向贺慕雯，等待她的回答。

贺慕雯虽然不解，却还是应允了。她拍拍南羽的手背，温声安抚：“没关系，这是在家里，她是元宝的妈妈，没有人会伤害到你。”

贺南羽有些戒备地看着元宝妈妈，没有出口拒绝。

元宝妈妈过来拉她的手，想要带她找个单独的房间，她却如遭电击般倏地抽回手。

元宝监视似的盯着贺南羽，生怕她对妈妈做出什么不利的事情来，看到她的动作便想上前。元宝妈妈却并不在意，请贺南羽带自己去她的房间。

元宝盯着紧闭的房门，怎么想都觉得自己的妈妈跟贺南羽这两个八竿子打不着的人共处一室是件透着诡异的事情。

“啊！”

一声尖叫从房间里传出来，元宝腾地起身冲过去，贺南羽却率先从房间里跑出来，与她擦肩而过。

元宝妈妈紧随其后跑出来，元宝抓住她的手臂，急忙问道：“妈，你没事吧？”

元宝妈妈泪流满面，她摇摇头推开元宝，目光紧紧追随着贺南羽。

她这样实在不像是没事儿的人，元宝回过身，追问道：“妈，到底出什么事了？你别哭，说话啊，她是不是欺负你了？”

元宝伸手指向贺南羽，发现她竟然躲在东风的怀里，两只手臂紧紧地缠在东风的腰间。怒从心头起，元宝恨不得立刻将她从东风的身上扒拉下来。

她刚向前走了两步，便听到身后妈妈痛声哭泣：“女儿，你就是我的女儿，这么多年妈妈没有一天不想你，终于让我找到你了！南羽……”

元宝一时被定在原地，她不知道自己该继续向前走拉开贺南羽，还是回头问问妈妈是不是说错了话。

元宝妈妈的这几句话信息量有些大，元宝有些难以接受，她在想，自己该不会是在做梦吧？连同今天逛街的事，也是做梦。

“这份亲子鉴定，”元宝妈妈从包里取出一份报告，哽咽着说道，“还有你身上的胎记。没想到我走失多年的亲生女儿，竟然离我这么近，我真是……我不知道怎么责备我自己，直到现在才发现。”

“妈，你们从来没有告诉过我，我还有个姐姐。”元宝怔怔地看着她，不敢置信，“你不是只生过两个孩子吗？那我呢？”

元宝妈妈抹着眼泪，啜泣着回道：“你也是我的孩子，我一直把你当亲生女儿对待。不管发生了什么事，你都会是我的女儿……”

元宝已经听不进去妈妈在说些什么，她拿过那份亲子鉴定报告，心里乱成一团麻。

“姑姑，东风，”贺南羽哭得梨花带雨，柔弱地伏在东风怀里，“如果我是元家的女儿，那跟东风有婚约的人应该是我，不是元宝啊！”

“你胡说！”元宝心慌意乱，尖叫着朝贺南羽吼了回去，薄薄的几张纸在她手指不自觉地用力下变得皱巴巴，她开始语无伦次，“我是元宝。我是我妈的女儿，也是跟贺东风指腹为婚的人，是东风明媒正娶的妻子。嫁给他的是我，是我！原本就是我，一直都是我，只有我！”

她扬起手里的纸质报告向前走近一步，瞪大的眼睛微微发红：“这是你伪造的，对不对？！贺南羽，这一切都是你设计好的！你想要把我赶走，所以你想要烧死我，淹死我！你想要害死我和我肚子里的宝宝，你心肠真恶毒，竟然不择手段到如此地步！为了一个男人，你能不要脸到什么程度？！连我妈你都利用！”

“我没有……”贺南羽摇头，不住地啜泣着，“我什么都没做，你为什么要这么说我？你是不是元家的女儿，连你都不知情，我怎么会知道？元宝，我什么都没有做，你能不能放过我，不要再这样欺负我了？我就是在贺家长大的，我是贺家的大小姐，我在这里生活，在这里照顾我的姑姑，和我的家人一起生活，我有什么错呢？你为什么凡事都要嫁祸给我？我只是说出事实，如果我真是元家的女儿，那你，抢了我身份、我的命运！”

“元宝，你不要这样。你们都是我的女儿！她是你的姐姐。”元宝妈妈泪眼汪汪地拉住元宝的手，害怕她一时冲动会伤害到贺南羽。

相比于楚楚可怜，请求元宝放过的贺南羽，元宝确实显得有些咄咄逼人，可是她现在头脑发热，所以明明意识到贺南羽在博取同情，也没有办法冷静下来。

她抽出手来，摇头否认道：“她不是我的姐姐，她是东风的姐姐！”

“元宝，你冷静冷静，这件事还没有听你妈妈说清楚。”贺慕雯出声来控制局面。

元宝却什么都听不进去，她盯着东风放在贺南羽肩头，隐隐将贺南羽揽住的手，大步上前想把两人分开：“相公，你不要碰她，我不喜欢你碰别的女人！”

贺南羽受惊地朝东风怀里躲了躲，将头埋进东风的胸前：“东风，我好害怕。”

“元宝！”元宝妈妈连忙从身后抱住元宝，“是妈妈错了，妈妈不应该这么冲动地来这里。你心里有气冲着妈妈来，别伤害你姐姐好不好？”

“不就是一份亲子鉴定吗？还不知道从哪儿伪造的呢。想要亲子鉴定是不是？等着，我也有。”元宝从妈妈的怀里挣脱，深深地看了东风一眼，转身跑了出去。

没有人想到元宝会跑，所以来不及阻止，只能眼睁睁地看着元宝消失在门口。

“婷婷，快跟上她，别让她出什么意外。”贺慕雯迅速地叮嘱道。

“元宝！”贺东风想要去拦她，可身体被南羽死死搂住，才迈出一步就险些两个人一起摔倒。

其实，东风也有些茫然，不知道岳母这唱的是哪一出，是真的还是假的，总之不管是真的还是假的，都不好看。他只知道，事情变得越来越复杂，棘手的程度超越了他这小半生经历的所有事。

元宝一离开，客厅里瞬间一片死寂。

良久后，元宝妈妈才坐到沙发上，平复着心情。她望着贺南羽的眼睛里盛满作为一位母亲的浓浓爱意，其中夹杂着愧疚与无奈：“都怪我。我没有想到元宝的反应会这么强烈……”

元宝不在，贺南羽的危机解除，她死死抓着东风的手也渐渐松开，然而她松开了手，就是松开了，东风是不会主动将她搂着不放的，从来都是这般，她一个人松开了手，他便不会再与她接触，仿佛她不是一个活生生的人，只是一个水杯、一个汤匙，说拿就拿，说放就放。

东风对于元宝妈妈所说的她的女儿什么时间在哪里走丢并不感兴趣，元宝不是元家的女儿，南羽才是，这样的信息对东风来说已经足够。

他跟元宝的婚姻，起于老爷子的一句话。元家如果生了女儿，就嫁给他为妻。这一句话变成一纸婚约，让元宝强行进入他的生活。如今，他们两个之间的婚姻却变成错误的开始。

东风很担心元宝。可是他除了坐在这里等候消息，什么都做不了。在这个时刻，他严重的视力障碍会让他一举一动都变成别人的累赘和负担，影响到找到元宝的时间。

元宝好动，平时便难免磕磕碰碰，受伤的概率比常人要高。她这样冲动地跑出去，不知道会不会出什么意外。婷婷跟着元宝跑出去没多久，他就开始胡思乱想，为什么婷婷还不把她带回来，或者打个电话送消息回来？

贺东风打电话给贺东弋，让他尽快回来：“元宝离家出走了。”

元宝不知道该往哪里去，她气过头，没有办法冷静，便愤愤地拍了一把方向盘，发出一阵短暂而尖锐的喇叭声。

鬼才知道，她现在应该去哪里弄出一份亲子鉴定报告来！

“小少奶奶，我们还是先回去吧。”婷婷在一旁见缝插针地劝导着。

元宝没有理会她。

元宝刚刚强烈的抵触反应，恰恰说明了她对于那份亲子鉴定报告不是绝对的否认，与其说是半信半疑，不如说内心其实深信不疑，只是她难以接受。

贺南羽可能用各种各样的方式来对付她，母亲却不可能被别人收买陷害自己的女儿。

元宝从来没有想过，她会不是妈妈的女儿，贺家也从来没有人怀疑过。如果不是母亲亲自来，这些消息会被当作无中生有的笑话被忽略。

贺南羽、东风和她三个人之间，东风爱着南羽，南羽爱着东风，归根结底，她才是插足的第三者。不过是仰仗着她跟东风有着婚约，她才变得光明正大，才成为东风明媒正娶的妻子，这是她在这段感情里立足的根本。

现如今，元宝被人告知，这场婚姻弄错了，东风的结婚对象不应是她，她成了一个彻头彻尾的失败的第三者，她曾经骄傲的尾巴即将被人剁掉，可怕而可笑。

元宝将手放在肚子上，她想起不久前从东风嘴里听到的离婚协议，难道那就是为她准备的吗？贺家不准离婚，姑姑是不会同意的。

可若是这场婚姻从一开始就是个错误，姑姑还会不同意离婚吗？

元宝发动车子，她漫无目的地开着，只想尽快暂时逃离这个地方。副驾驶座上的婷婷拦不住她，只能默默陪着，脸上是一种将要陪葬的悲壮。

被扔在控制台上的手机不断地在响，元宝不想接，也不去看是谁打来的电话。现在还会有谁是会同她站在一起的呢？除了婷婷吧，那也是逼不得已的。

妈妈不是她的，那么哥哥也不会是，她看到过南羽从大哥的车里下来，细想起来，也就是从那时候开始，大哥就与南羽来往频繁，大哥也是在那时候知道南羽就是他真正的妹妹的吧？否则妈妈能从哪里得到那份亲子鉴定呢？

忽然之间，她成了一个强行插入并且搅局的局外人，这可真可怕，被颠覆人生的感觉，真可怕。

东风怀里搂着的，是本来就该成为他妻子的贺南羽，那么他还会因为自己的离开而焦急吗？不停振动的手机屏幕上，有没有出现过他的名字？……

元宝不敢查看谁打来过电话，她怕其中没有她想看到的名字，可也不舍得关机。她将手机倒扣在台面上，任它不断地响，至少这些响声可以让她知道还有人在为她着急，还有人在乎她。

她看向一旁的婷婷，问："你哆嗦什么？"

"我我我……小少奶奶，你可别带着我一起想不开啊！"

"我就想不开，那你下车自己回去。"

"算了。"婷婷任命地闭上眼睛，"跟你走是死，自己回去也是死，横竖都是死……"

"婷婷，你应该阳光一点，什么死不死的，我们都会长命百岁的。"

婷婷苦着脸点点头，眼看着车速越来越快，内心不断祈祷着：我的祖宗少奶奶，您说话可要算话啊！

东风得到元宝的消息是在傍晚，元宝离开家已经七个多小时。

"小少奶奶晕倒了，现在在医院！"婷婷将她跟着元宝出来这一路的事情简单地说了，她出来得急，没有带手机，元宝又不肯跟任何人联系，直到元宝晕倒，她才拿到手机打电话回家。

贺东弋跟童年去元宝平时常去的一些地方寻找，还没回来。

东风也等不及他们回来，吩咐司机备车载他去医院。

元宝妈妈还在，想跟东风一起去医院，却被他婉拒。元宝的情况现在还不明了，婷婷只说她晕倒了，万一她妈妈像上次一样在医院晕倒，他自顾不暇，还要分心去照顾丈母娘。

看着东风手中陌生的盲人杖，贺慕雯很是担心："之前你从未单独出门，这探路杖也是第一次使用，我不放心，还是等你大哥回来带你去医院吧。"

"元宝一个人在医院，我等不了。"东风毫不犹豫地走出去。

东风很焦虑，他连司机停车的时间都不想等。可是医院太大，如果没有人在身边指引他，他只会浪费更多不必要的时间去找元宝。

婷婷告诉他元宝在急诊留观室。

当东风赶到留观室门前时，早已经有人先他一步到了。

留观室里并不是只有元宝一个病人，尽管东风的视力有障碍，眼前一片十分模糊的身影，但他凭借直觉就可以确认，他的元宝坐在哪里，与元宝相拥的那个男人到底是谁。

"小少奶奶在那……"随同他前来的司机在看清里面的情形时也噤了声。

东风觉得，在他眼里，自己一定很可怜，拄着盲人杖赶到医院，自己的妻子却跟别的男人在一起。

这并不是他第一次发现她跟岑迩尼纠缠在一起，他该怎么形容自己现在的心情呢?

失落吧，如坠入万丈深渊般。

心悸来得很突然，胸口袭来的疼痛令他不得不微微弯下腰来缓解。

"少爷。"司机发觉他不对劲后连忙扶住他的手臂。

东风推开他，转身拄着盲人杖离开。

司机紧跟着他离开，没走几步，便开口提醒他："大少爷来了。"

“元宝呢？”童年跟着贺东弋一起来的，看到东风便迫不及待地跑过来问他，高跟鞋踩在走廊的瓷砖上发出嗒嗒的声响。

东风没有回答，也不曾停下脚步，径自从童年身边走过。

“元宝到底怎么了？”童年焦急地问道。司机指了指留观室的门，示意她，元宝在里面。

贺东弋抓住东风的手臂，还没等他开口询问，东风便反手抓住他：“哥，我们回家吧。”

元宝对东风的到来一无所知。

她漫无目的地开着车，也不知开了多久，最终将车子停在一个公园外，因为坐在车里太久，有些不舒服便想下车走走，一打开车门，眼前忽然一片黑暗，紧接着便不省人事。

她醒来时，是在嘈杂的急诊室，人来人往，周围全都是陌生的面孔。

除了一直守在她身边的岑迩尼。

元宝看着岑迩尼为她忙前忙后，耳朵里嗡嗡作响，大脑一片空白。她不想去思考岑迩尼为什么会出现在这里，而婷婷又去了哪里。

医生帮她做了检查，除了低血糖之外，暂时没有发现其他的问题，于是她被推进留观室观察，手背上的针头是在她还未醒来的时候扎进去的。

留观室里安静许多，这让原本就有些发蒙的她显得更蒙。

岑迩尼用湿巾纸帮元宝擦拭着脸上的灰尘，细心地整理着她凌乱的长发。他心疼地看着元宝：“为什么不好好照顾自己？你怎么会一个人怀着孕晕倒在外面？贺东风呢？”

元宝靠坐在床头，盯着输液管里的药水，闻言侧过头看向岑迩尼。是啊，东风呢？为什么在她需要照顾的时候，陪在她身边的不是她的丈夫呢？

东风是不是不要她了？

元宝渐渐红了眼眸，鼻子一阵阵发酸，喉头像是被塞进一团蘸满水的棉花，沉甸甸的，堵得她越发难受：“他……我……我什么都没有了。”

元宝的悲恸像一滴浓郁的红色墨水，落在岑迩尼的心口迅速地散开，他一把将元宝抱进怀里：“你还有我，你是不是又忘记了我对你说过的话？”

他抱得很紧，元宝不得不抓住他后背的衣服来多给自己争取一点喘息的空间，她泪眼汪汪的，回道：“你说过的话那么多，我怎么会知道你指的是哪一句？岑迩尼，你再不放开我，我没有死在外面，要被你勒死在医院了。”

“元宝！”岑迩尼连忙将她松开，他不得不承认她很会破坏气氛，带着一丝咬牙切齿的意味，坚持将刚才没说完的话说了出来，“你不记得也没关系，我有的是时间，一遍遍说给你听，直到你把我的话都记在心里。”

元宝脸上的表情有些怪异，似哭非哭地喊道：“岑迩尼……”

岑迩尼抬手抹去元宝脸上残留的泪水：“是不是被我感动得不要不要的，决定弃暗投明，准备投入我的怀抱了？”

“投个鬼啊！”元宝将扎着针的那只手抬到他眼前，她指着自己肿得像个小面包的手背，“跑针了。”

“你怎么不早说？”岑迩尼连忙喊护士过来看看。

元宝一脸委屈地回道：“我害怕我说了，会再挨一针，扎针很疼的你知不知道？你要是不知道，给你扎一针。”

“那你现在不怕了？”

“怕。”元宝老老实实地点头，“可是肿成这副猪蹄样，我怕我会死，我更怕我没死却变成猪头。”

护士帮她拔出针头，准备换只手重新扎。元宝万分不愿意地挣扎着，“姐姐”“美女”喊了一大通，还准备跳下床展示一下自己是多么的生龙活虎，不需要再接着扎针。

岑迩尼将她抱在怀里，把她脑袋按在胸前，强行让她伸出一只手臂给护士：“别乱动，不然扎偏了还得再来几针。你想吃什么？我给你买！薯条火锅小龙虾，烧烤鸡翅巧克力？”

元宝害怕他说的再来几针，浑身上下连脚指头都在用力挣扎着，想要逃避被扎针的命运，手臂却一动都不敢动。

童年进来时，看到的就是元宝这副张牙舞爪的样子，像是被解除了封印却遭人镇压的小妖精。

元宝最终还是没能躲过去，一只手肿得像猪蹄，一只手扎着针乖乖地在病床上躺好。

童年礼貌地跟岑迩尼打了招呼。她对于岑迩尼的印象，还停留在上一次在派出所他出手解围，不过当时情况太乱，她没有过多注意这个人，今天看到他出现在这里，再去回想，元宝和他之间似乎真有那么一丝丝的不寻常。

岑迩尼并不避讳，就算是童年在，也不遮掩他对元宝的感情，坐在床边细心地帮她掖被角：“婷婷不是给你买吃的去了吗，怎么现在都还没回来？我出去看看，你老实等我一会儿。”

岑迩尼离开病房后，童年才走过来坐到元宝身边：“你可真长本事了，元宝！离家出走？连我电话都不接？你别告诉我这也是你孕妇体内的激素在作祟！我真想不通了，你要跑也应该带上我啊，我跟你一起跑，也不至于让你落得打针的地步，是不是？”

原本就满肚子委屈、一脑袋乱麻，听了童年的话，元宝的眼泪就像开了闸的洪水，想收都无从下手，稀里哗啦地落起来没完。

她想要抱抱童年，却后怕着刚才重新扎针的事情，不敢乱动，只好边哭边把今天的事情告诉童年。

她讲的这些，都是童年在来时路上不曾了解到的。

元宝接过童年递过来的纸巾，擤完鼻涕扔掉，再拿一张继续，哭得就像吃了炫迈，根本停不下来："我妈妈被贺南羽抢走了，哥哥也被抢走了，东风，东风他，东风呢？我东风相公怎么没有来？"

童年不知道该怎么告诉她，东风已经来过了，只是在发现岑迩尼跟她在一起之后离开了。

"我跟东弋接到你在医院的消息，没有回家，直接从外面赶过来的。"

"那我大哥呢，怎么没有跟你一起进来？"元宝抹着眼泪继续问道。

"刚才还在外面呢，我去打个电话给他。"童年起身走出留观室，在走廊里给贺东弋打电话，"喂，哥哥，您哪儿去了？元宝这哭得跟开闸了似的，一会儿找这个，一会儿找那个，你们贺家人只负责出钱，不负责出人是不是？"

"少安毋躁，我先送东风回车上，他有点不舒服想回家。"

"不舒服？"童年反问一句，"心里不舒服吧？要我说，你们家的司机真是，你说东风眼睛又看不见，他在中间瞎挑拨什么啊？"

"这话说得没毛病，一会儿我问问他到底怎么回事，能干就干，不能就滚蛋。"

"你知道元宝晕倒的前因后果吗？"

"嗯嗯。"贺东弋应该是看到了什么东西，与她讲电话的时候还对东风说了一句小心。

"行啦，你别上来了，跟东风回家吧，现在家里指不定乱成什么样，我陪元宝就好了。"

童年没有说，她才不担心他们贺家有什么血雨腥风，她只想元宝能够安安稳稳，要是被贺东弋看到岑迩尼在这里晃来晃去，指不定会闹出什么乱子来。

她回到病房，把贺东风是如何发觉自己身体不适又如何拐走他大哥说得生动而鲜活，好像真有那么一回事似的。

元宝真的是很担心东风和岑迩尼撞在一起，东风现在眼睛不好，万一打起来了，那是要吃亏的呀！唯一的解决办法就是出院，至于出了院去哪里，反正只要不回贺家，不回娘家，去哪里都好，流浪也好，流浪也是可以诗情画意的。

小护士来帮她测体温时，她便提出要出院。小护士双手往兜里一插，仰脖道："那可不行，你得听医生的。"

"那你倒是找医生来呀！"

可即使医生来了，她也没能轻易得逞，由于她的留观时间太短，医生要求她待到留观结束。

要不是还没输完液，元宝恨不得掀开被子撒腿就跑。

婷婷买回来吃的东西后，被童年打发回家，临走之前，她想单独跟婷婷说点话，婷婷摆摆手，心领神会道："我不会乱讲话的，再说岑少爷是跟女性朋友在公园散步时撞见我们少奶奶晕倒的，又不是特地等着她晕倒好第一时间出现。放心吧童小姐，我婷婷不是那种嚼舌根的人。"

婷婷也走了，元宝心想，幸好童年在，不然这一晚上都要和岑迩尼单独相处，想想也是可怕极了。

第二天一早，元宝获准出院，她态度十分坚决地拒绝了岑迩尼送她以及陪她的提议："我不需要保镖的，你这么人高马大的，我走到哪里，你跟到哪里，不知道的还以为我是什么大人物呢！"

"我长得像保镖？"

其实他不像，但元宝还是面露诚恳，点头道："像。"

“好吧，我也不是很想给你当保镖。”他半开着玩笑道，随后郑重其事地将元宝交给童年。

童年微微尴尬了那么一瞬间，因为他的姿态太像元宝的老公或者别的什么十分亲密的人，反正听得她浑身别扭。

“童年，我们去流浪吧！”岑迩尼走后，元宝一边穿鞋子一边这样没头脑地提议着。

“我为什么要跟你去流浪？我好端端的女王不当，去跟你当乞丐？”

“那算了，闺密本是同林鸟，大难临头各自飞，道不同不相为谋，既然这样，咱俩就此分道扬镳好了，今日一别，不知……”

“不知你那个相公啊，会不会折回贺南羽的石榴裙下。”童年打断她。

“啊呸！”元宝不悦地噘起嘴巴，“你就不能说点好听的？”

“你都要跟我分道扬镳、一拍两散，从此天各一方了，你管我说什么啊！”

元宝无奈地叹了口气：“我不想回家，我没有家了。”

她说这话的时候，轻轻耸了一下肩膀，看似是一句平常的叹息，可是微红的双眸说明了一切。从拥有一切，到失去一切，童年想，她的张牙舞爪全都是虚张声势。她看起来像个孩子，可心里头，却藏着大人的难过。

“元宝，你一直都有家，现在有，以后也有，你的家，一直都是你的。在这件事上，你是幸运的那个，贺南羽才是不幸的，真正难过的是她，二十多年过去了，什么局面都不能挽回，认祖归宗也无法改变她的命运。”

“可她很聪明的，她一定不会善罢甘休，她会扭转她的命运！”

“那你不会也扭转吗？一定要把自己变成可怜巴巴的弃妇吗？”

“我呸！”元宝狠狠唾弃，“走，我们回家！”

“走吧，我送你回家。”

“童年同学，你是不是不想收留我？”

“元宝同学，咱们看透不说透哦！”

童年其实挺喜欢开快车的，但是元宝在车上，元宝肚子里还揣着个娃，她就不得不放慢车速，慢到元宝觉得她是想带自己兜风。

车子在贺家大门口停下：“需要我陪你进去吗？”

“不需要，友壮㞞人胆，我又不㞞。”

“保持你的伶牙俐齿，这就是你的武器，去吧，少妇。”

元宝下车后，童年开车回家。

八点钟的太阳是最美的，八点钟的贺东风，丝毫不输给天上的太阳。

他坐在草坪前的藤椅里，漆黑的眼眸透着淡淡的疏离与寒意，眼眶下方泛着淡淡的青色，脚边一地烟头。

莫名地，元宝感觉有些害怕，脚步也不由得放慢，在离东风还有一段距离时停下来，轻声开口问道：“相公，你没有睡觉，一晚上都在这里吗？”

贺东风循声朝元宝望去，那种眼神，虽然有些失焦，却并不妨碍它成为寒冰铸就的利刃，元宝被吓得向后退了半步。

“我在等你回来。”东风的声音有些沙哑，带着同样凛冽的寒意。

他握住放置在藤椅旁的盲人杖，拿起身旁的文件夹，起身朝家里走去。

“相公，我扶你。”元宝小心翼翼地凑过去握住他的手臂。

东风没有说话，也没有将她推开。

元宝摸不清东风对昨天的事情持有什么样的态度，她心里酸楚、发苦，她不想离开东风，也离不开他。无论别人怎么看待她跟贺南羽的身世，只要能让她留在他身边，委屈受一点也是可以的。

贺东风将她带到了祠堂。

“相公，你带我来这儿干什么？”元宝低声问道。她心里很不安，眼皮乱跳。除了祭祀的日子，每个进入这座祠堂的人都没能全身而退。

东风沉默着，没有回答。

元宝觉得不知从哪儿吹来一阵冷风，后背凉飕飕的，便往东风身边靠了靠。

贺东弋把姑姑推进祠堂，贺慕深跟着进来，贺慕雯请他坐在她旁边的另一把椅子上：“你现在管理着贺氏，又是他们的长辈，除了你，还有谁能坐在这儿？”

除了贺南羽，贺家人全部都聚在这座祠堂里。

贺东风拉着元宝在软垫上跪下，他打开一直拿在手里的文件夹，推到元宝面前，开门见山地说道：“我，贺东风，要跟元宝离婚。”

元宝正要弯下腰去拿地上的文件夹，闻言，僵在原地。她慢慢地转过头，不敢置信地看着贺东风。尽管之前早有猜测，但是当离婚这两个字眼从他的嘴里说出来时，她还是觉得一切都那么不真实。

同样僵住的还有在场的其他人。

“东风。”贺慕雯无奈地叹了口气，上次贺东风跟她提起离婚的事情被她挡了回去，没想到，这一次贺东风选在祠堂里，在列祖列宗面前提出来。她知道东风是吃了秤砣铁了心，不给他们留退路。

“离婚的原因是？”贺慕深显然也有些吃惊，他是知道元宝有多爱东风的，也看得出东风对她的在意。

“不合适。”东风平静地回答，他的声音听不出任何情绪，“因为很多方面不合适，所以没办法继续生活在一起。”

“家有家规，不是你一句不合适就可以随心所欲。我们贺家的家规，其中一条就是不准离婚。”

“家规是人定的。家规规定贺家的子女一生只能成婚一次，爷爷却再婚了。”东风说道。

“你不是你爷爷。”贺慕雯有些语滞。

“贺家还有条墨守成规的家规，贺家出嫁的女子不能分家产，贺家的子女不允许不成婚，姑姑为什么不嫁人？”贺东风继续说道，他面色平静，语气也很淡然，如同在跟贺慕雯讨论一件稀松平常的事情。

贺东风说得并不多，可是他所说的每一句话贺慕雯都无法反驳。她恼羞成怒，不肯再跟东风多说一句，叫贺东弋赶紧带她出去：“你在列祖列宗面前好好反省反省！”

贺慕深起身站到东风面前，惋惜地摇摇头：“东风，你离婚是因为元宝的身份吗？难道这些比爱情更重要？”

东风抬起头：“我跟元宝离婚，不应该是你喜闻乐见的吗？”

贺慕深看了一眼元宝，她安静地跪在那里，像一株刚刚植入土中的小花，娇艳却也脆弱。

“你在吃醋，既然吃醋，就是爱的，既然爱，为什么放手？你确实需要反省，跪着吧。”他留下一句话便离开祠堂。

第十五章

被指腹为婚的人，是我，你不过是偷了别人糖果的可怜虫！

祠堂里再次只剩下元宝和东风二人，东风跪在软垫上没有起来，元宝也没有动。

许久后，元宝才如梦初醒一般，颤声问东风：“相公，你真的要跟我离婚吗？”

东风的睫毛微微颤动着，垂在腿边的双手慢慢握紧：“你好好看看这份离婚协议，如果你还有什么要求，可以提出来。”

元宝摇头：“我什么都不要，我只想我们一家三口能好好在一起。”

东风的身体几不可察地颤抖着，但他依旧保持着冷漠和理智：“我建议你冷静后再来跟我提条件，你要理智地考虑实际情况，这将关系到你以后的生活，至于你刚刚提的要求，我满足不了。”

“所以，你喜欢的一直都是南羽对吗？你发现我们的身份错了，所以你不要我这个错的人了，对吗？”

“元宝，你记得我对你说过什么吗？如果你对我说谎，我就再也不原谅你。”

“可是我没说谎。”

“你对我从一而终了吗？”

“嗯！是的！”

他慢慢抿紧双唇，良久之后，才开口道：“那你就当放过我。”

到了吃午饭的时间，婷婷来祠堂敲门，两个人都置若罔闻，东风没有任何反应，依旧直挺挺地跪在地上，元宝也跟着一动不动。

今早出院时，医生还特意叮嘱元宝要注意饮食作息，避免再次因低血糖而晕倒。元宝是在赌，赌东风依旧在意她，赌东风会不忍心。

她有些跪不住，索性一屁股跪坐在地上，用手捶打着小腿，故意做出很痛苦却又在默默隐忍的表情，配上一些窸窸窣窣的小动静。

可是无论元宝怎么在东风身边扭来扭去，动来动去，他都像是没有听到一样，不曾有任何反应。

元宝觉得大概是她闹出的动静不够大，所以东风没有听到，不过更可能是东风听到了却假装听不到。

元宝重新在软垫上跪好，她一只手扶着额头，放软身子朝东风倒过去，有气无力地说道：“相公，我头好晕。”

在元宝的脑袋碰到东风的臂膀时，他伸手将元宝揽住，以免她倒下去。

元宝脸上终于露出一丝笑意，闭上眼睛彻底瘫软在东风的臂弯里：“相公，你说我是不是像昨天一样，又低血糖了？”

“大哥，你来一下。”东风不知何时拿出手机打给贺东弋，说完这句话，他便将电话挂断。他不肯跟元宝多说一句，环住元宝的手臂却未松开。

元宝不知道东风找贺东弋来是想做什么，她乖乖地靠在东风怀里，担心会引起东风的反感而不敢多说一句。

贺东弋来得很快，现在他在这个家里基本上是随叫随到的保姆角色，一家子病人。

贺东风要跟怀着孕的元宝离婚，这件事可比贺南羽才应该是贺东风妻子的事更加严峻。东风天性冷淡，元宝没来的时候，他沉默寡言，更别说跟朋友聊天谈心，对贺东弋这个大哥说得算多，但内心真正的想法，也会三缄其口，可就算他什么都不说，贺东弋也看得出来他对元宝的在意。

贺东弋吃了贺南羽送给东风的小兔子，东风没说什么；姑姑让东风放弃南羽时，他也只是默默地接受，甚至连一丝一毫的挣扎都不曾有过。贺东风非常喜欢风平浪静的生活，而元宝，已然成为他这一生最大的波折。

贺东风一听到有人开门进来，便扶起元宝的身体，听得出是大哥的脚步，他直接说："把元宝带走。"

元宝怎么会肯，紧紧地抓住东风的手臂不松开："我才不走！我相公在这里跪着，我也要在这里陪着。有福同享，有难同当，我们是夫妻嘛。虽然我不知道你为什么一定要跪着，但是我相公长得好看，长得好看就做什么都是对的！"

她故意对离婚一事闭口不谈，故意将他们两人形容得恩爱如初。

东风抽出自己的手臂，缓慢却坚决。他将元宝的两只胳膊按在她的身体两侧，控制住她，让她没办法再缠住自己："元宝，收起你的这些小伎俩，我们会在一起，是因为我爷爷的指婚，并不是两情相悦，没有爱情的婚姻本来就如无根之石，岌岌可危，我们好聚也好散，就这样吧。"

元宝浑身止不住地战栗，贺东风的冷漠无情让她觉得自己像是掉进了冬夜里的冰窟，寒冷刺骨，找不到上岸的方向，求救无门。

婚姻可以强求，感情却是两个人的事情，现在有谁能够来帮她？

“你你你……你这个无情无义、不仁不义、抛妻弃子的大坏蛋！我给你一个机会改口，就给你一个机会！你要好好把握！”元宝的嘴唇止不住颤抖，被贺东风说对了，刚才那些就是她的小伎俩。她是程咬金式元宝，只有三板斧，这招不好用，便是黔驴技穷了。

东风不回应，她的质问也开始破碎不堪：“为什么你可以这么冷静呢相公？这个机会你真不要吗？你真的一点都不难过吗？就算我不是你深爱的人，不是你的妻子，不是你儿子的妈，就算我是你养的一只小猫小狗，你也不能这么狠心地扔掉啊……”

她抹了一把眼泪，极力地稳住自己已经颤抖不已的语调，继续说：“不是都说，人非草木，孰能无情，你是草木吗？对的，你是！我想起来了，当初姓白的让你选一个人给他，你选的就是我！你就是这么无情，可惜我运气好，姓白的偏偏不按着你的想法来！也可能你不是草木，我是，我元宝才是！在你眼里，我的命连小猫小狗都不如！”

她手掌猛地一撑地面，视死如归地站起身来，准备离开这里，忽然之间，眼前一片漆黑，在天旋地转中，软绵绵地朝一边歪去。

贺东弋眼明手快地将她捞进怀里，有些心疼道：“她晕倒了。”

贺东风的身子微微发颤，垂在身体两侧的手紧紧攥着，手背上暴起的青筋说明他有多用力。他的唇动了动，但终究一个字也未说出口。

贺东弋叹了口气，将元宝打横抱起，离开祠堂。

贺东弋将元宝送回房间，打电话让自己的医生朋友来看看情况，并叮嘱婷婷将准备好的饭菜端进来。

他去洗手间拧了块湿毛巾出来，准备扔到元宝的脸上，却又心生不忍，拿着湿毛巾弯下腰亲自给元宝擦脸。

他刚擦了两下，泪水便从元宝紧闭的眼角流下来。

“大哥。”元宝哽咽着，抓住贺东弋的手臂。

“哟，醒得挺是时候的，自己擦脸吧，鼻涕都要吃进嘴里了。”说着，他把毛巾往她手里一塞。

元宝将脸埋进毛巾里，含混不清地说道：“大哥，东风为什么要跟我离婚？就因为贺南羽，因为我不是妈妈的亲生女儿吗？可是姑姑不会允许我们离婚的，对吗？贺家是不能离婚的，除了我，东风不能再娶别人，是不是？”

这些问题，贺东弋一个都回答不了。他想娶童年，东风却要跟元宝离婚。他自己焦头烂额，东风的爱情，也十分不太平。

“你能闭嘴歇会儿吗？吃点东西吧，别婚没离成，你把自己饿死了，那就变成丧偶了。”

元宝不再去看东风，她需要休息，医生说她不可以太任性，不然出乱子的不是她，是她肚子里的宝宝。贺东风可以不吃不睡，她不行，她要吃饱，还要睡好。

元宝开始按时吃饭，按时上床睡觉。她变得沉默寡言，什么事都不想也不问，试图做一个称职的没心没肺的姑娘。母亲来看她，她也没心没肺地照顾，对贺南羽只字不提，仿佛只要她不提，这些怪事就都是纸老虎，风大的时候，一吹就散，不需要她亲自动手捅破。

可是贺东风，已经在祠堂里跪了三天三夜，喝水、睡觉除外，只要他醒了，就跪在那里。

元宝正食不知味地咽着早餐时，婷婷匆匆忙忙地推开门进来，喘得上气不接下气：“小……小少奶奶，家法，姑姑要打大少爷！”

“什么！为什么？好吧，像他这种总是和孕妇抢东西吃的人，就该被打，等我吃完早餐再去观战。”

“哎呀，不是啊，小少奶奶！不是打大少爷！是打小少爷！是我说错了！”

元宝扔下筷子，急匆匆地赶去祠堂，远远便听到贺慕雯充满怒气的声音：“打！”

元宝推开门时，贺慕深手里正执着藤鞭高高扬起，一鞭挥下去，却落到了贺南羽的身上。她先是吓个半死，又被惊个半死。

贺南羽摔倒在地上，疼得低呼出声，爬起来再次将东风搂住：“姑姑，别打他，不要打他，他已经三天三夜没吃东西了。”

东风不容拒绝地将贺南羽从自己身上拉开：“姑姑要守家法，我要离婚，这顿鞭子是我应该承受的。”

“你就这么想跟我离婚吗？”元宝突然开口，她的声音很轻，却依旧引起了在场人的注意。

贺南羽看到元宝，迅速地回过头，哭诉道：“不要再打东风，这一切都不是他的错。东风他是为了我，元宝肚子里的孩子不可能是他的，那些天他一直都跟我在一个房间。”

元宝下意识想反驳，一转念，却变成紧紧地盯着贺东风，她要听东风怎么说。然而，东风什么都没说。

贺南羽继续说：“东风，我知道你不想让大家知道，可是我不能眼睁睁地看着你挨打。元宝跟岑迩尼在一起不是一天两天了，你不止一次看到他们两个在一起不是吗？岑迩尼还来过家里，要你把元宝让给他！”

“我没有！”元宝激动地上前一步，矢口否认，“孩子是东风的，他知道孩子是他的，我从来没有对不起他，我不是你，贺南羽，我不是随便谁都能带走的女孩子！”

相比元宝，贺南羽显得冷静许多：“元宝，说这些话之前，你要想一想，当初是谁成了你的替罪羔羊。如果不是我，那个被强暴的人就是你！现在在我面前来炫耀你的贞洁，你配吗？”她转头看向贺东风，平静道，“你决定离婚，难道不是因为她跟岑迩尼的关系吗？东风，我才是真正的元宝，应该被你娶进家门的人是我，所以，我不会眼睁睁地看着你为一个原本该与你人生毫无干系的人挨打。”

“走开。”贺东风沉声说道。

贺南羽不动，东风再次冷漠地开口：“贺南羽，我让你走开。”

贺南羽很聪明，她不会把人逼到死，所以她听话地起身，安静地走到一旁。转身时，她看了元宝一眼，意味深长。

刚刚南羽所说的话并非毫无根据，元宝车上被搜出毒品而接受调查时，报纸上刊登过岑迩尼保护她离开的照片，有些小报纸还将岑迩尼描述成贺氏小少奶奶的情人。

贺东风不是个能如此隐忍的人，他坚持离婚必定有他一定要坚持的原因。

“姑姑，我接受家法的处置。从这里走出去之后，我会跟元宝去办理离婚手续。”东风说道。

贺慕深手里拿着藤鞭，心里万分不愿意。原本这个挥鞭子的人应该是贺慕雯啊，但是她的身体不合适，只能他代劳，打轻了不对，打重了也不对，自己怎么做都里外不是人，这大概是他这半生以来做过的最尴尬的一件事。

贺慕雯一句“打”，他又不得已地挥起手臂。

贺东风已经做好挨打的准备，不过鞭子没等到，却突然被一股外力冲撞，身子歪向一侧。

元宝柔软的身体贴在他的身上，那一鞭打在她的背上，她吃痛，小脸皱出包子褶。她抱着他，身体疼得止不住地发颤：“相公，这祖传的藤鞭是怎么做出来的？可真疼啊！”

东风紧抿着唇，过了半晌才开口道："既然知道疼，就让开。"

元宝摇头，不就是挨鞭子吗？贺南羽能替他挡鞭子，她也能："相公，我有个秘密要告诉你，我元宝从来都是记吃不记打，所以你惹我不开心了，拿好吃的来找我，我就会原谅你的。"

贺慕雯深深地喘了口气，腰间的疼痛感让她有些坐不住。她已经没有耐心去听，也听不进去他们在说些什么。贺慕雯觉得，这两人哪里像是要离婚的样子，分明是小两口赌气闹别扭。如果贺东风执意要离婚，她除了惩戒一番，也别无他法。因为身体的不适，她的表情显得极为痛苦，吓得贺慕深跟贺东弋紧忙把她推回房间。

祠堂里，又一次只剩东风跟元宝两个人，连离个婚都这么周折，转来转去，好像所有人都把他们俩的事当成是过家家。

"我为什么要求你原谅？"贺东风问。

"你要跟我离婚。"

贺东风将元宝从他身上推开，转身与元宝面对面，这样近的距离，他的视野里，元宝的五官依旧失焦严重："你去实习，中途回家，对我隐瞒了岑迩尼吻你的事情。我问你有没有对我隐瞒，你不肯坦诚。"

"我我我……那是被强吻，我跟他之间什么都没有，我就是怕你误会才不肯告诉你的。"

"之后，你也没有断过与他的私下联系。"东风停顿几秒，等喉间的干涩发痒之感稍稍缓解之后，继续说道，"昨天在医院，你还跟他在一起。"

"我晕倒了，他跟朋友在公园散步正好遇到，才把我送去医院。"元宝急急忙忙地解释道，她举起两只手，"相公，我向你保证，举双手发誓，我绝对没有主动联系岑迩尼！"

"一个岑迩尼还不足以影响我做决定，我不足以吸引你全部的注意力，就算没有岑迩尼，你眼中也会有别的乱七八糟的人。”

元宝想说些什么来辩驳几句，东风却没有给她开口的机会：“你跟我结婚，是为了救你母亲的工厂，你怀孕也是听从了你哥哥的话。在你发现我失明后，你去了我的医院查看财务报表。你已经打碎我手里那面信任的镜子，破镜是不会重圆的，现在，你还认为我要离婚是做错了吗？”

元宝咬着下唇不说话，她心里是有话的，可是不知道该如何辩解。是的，她认为此时此刻无论自己说什么，都是在辩解，真正的信任是不需要解释的。

贺慕雯侧躺在床上，腰间的疼痛让她无法放松。近段时间，她的腰痛复发，疼起来时难以忍受。

她心烦意乱地挥挥手，贺慕深识趣地先走一步，倒显得贺东弋不机灵了。

“姑姑，你怎么样？又疼得厉害了吗？”贺南羽眼眶红红的，鼻音浓重，看起来楚楚可怜。

“你出去。”贺慕雯直接对贺东弋呵斥道，“你们两兄弟没有一个能让我省心的。”

贺东弋没有说话，他深深地看了贺慕雯一眼，惊讶于姑姑明显失控的情绪，这还是他第一次看到姑姑这么焦躁。

他转身离开，却开始思考，这些天发生的事情是不是给姑姑施加了太大的压力？毕竟她还在伤后休养中，身体大不如前。

“姑姑，好些了吗？”贺南羽捧着一只小小的钢瓶站在床畔，轻声问道。

贺慕雯的脸上覆着一个面罩，她微微点头，深深地吸了口气，鼻端弥漫着一股清甜的令人愉悦的味道。身体的疼痛消失，她慵懒地躺在床上，连声音都带着一丝惬意与轻松：“再换一瓶。”

“这面罩，您已经用了三十分钟了，还是摘了吧。这止痛麻醉的东西，需要逐渐加量的。”贺南羽低声劝道。

贺慕雯却置若罔闻，手按着脸上的面罩不肯轻易卸下。

直到有人敲门，南羽提醒了她三次，她才漫不经心地将面罩递给贺南羽。

南羽将面罩连带着小钢瓶一起收起来放好，给姑姑盖好薄被，才去开门。

“东风！”贺南羽惊喜地喊了一声，连忙伸手扶在东风的手臂上带他进来。

元宝从东风的身后挤进来，一言不发地拍开贺南羽的手，挡在东风和南羽之间，她的表情很不好，跟吃了土似的，紧抿着唇，嘴角下垂，面色很是沉重。

贺南羽皱起眉头，回头看了一眼贺慕雯，发现她并没有看向这里，手臂扬至半空却又落下去。

狗急了跳墙，兔子被逼急了还会咬人，这个道理她懂，东风铁了心要跟元宝离婚，她不必在此时计较这些暂时的得失。

贺南羽轻轻捂着发红的手背，走回贺慕雯身边，将贺慕雯扶起半靠在床头：“姑姑，东风来了。”

贺慕雯的眼神有些迷茫，她木木地点点头。

东风的来意只有一个，离婚。

他将元宝与岑迩尼在一起的事情告诉贺慕雯，并说没有办法容忍这样的女人继续有异心地留在他身边。他要让元宝死心，就要听到姑姑亲口应允他们离婚，不过就算姑姑不答应，他也不会改变自己的决定。

东风原本以为要让姑姑松口，还需要多费些口舌和精力，说不定还要再去祠堂不吃不喝地跪上三天三夜，再挨一次藤鞭。

元宝也这么想，她将自己所有的希望都押在姑姑身上，毕竟贺慕雯是一个将家规看得比什么都重的人，并且是整个贺家的当家人。然而，出乎所有人意料的是，贺慕雯眼皮微微耷拉着，安静地听完贺东风的话，有些散漫地点点头："好。"

"姑姑！"元宝看向贺慕雯，眼中满是不敢置信，绝望地看着手中的最后一根救命稻草沉入水底。

贺慕雯合着眼睛，她摆摆手，有气无力地说道："出去。"

贺南羽上前一步，挡在贺慕雯前面，对东风轻声说道："姑姑这两天因为你们的事情一直都没有睡好，现在事情都解决了，你们先出去，让她好好休息休息吧。"

她去牵东风的手，准备带东风出去，元宝却突然上前一步，猛地推开她，抓住东风的手腕："姑姑，我从来没有做过对不起东风的事情！东风，就算我们的开始是错误的，我们也相爱了不是吗？"

"你别打扰到姑姑休息，早知道会有今天，你又何必跟其他男人纠缠不清呢？难道你真的以为你做的事情，谁都不会知道吗？"南羽低声说道。

东风抽回手腕，冷冷说道："出去。"

贺南羽回身打开房门，一副送客的姿态："走吧。"

元宝不走，她抓住木门边缘，想把门关上，贺南羽又执意要开门，一定要送她离开，一来二去，两人都有些生气。南羽用另一只手去掰元宝扒着门的手指，不料元宝一反软柿子的常态，扬起手腕就甩了贺南羽一个结结实实的耳光。

这一巴掌打完，元宝的手掌还在微微发颤，她是用尽全力地打了贺南羽，这一巴掌的力气，不知攒了多久："我再说一遍，贺南羽，我不是你，我没有跟别的男人纠缠不清，纠缠的人是你！我是贺东风的合法妻子，就在现在，就此时此刻，我元宝，还是他的妻子！是你总纠缠一个有妇之夫，是你千方百计要破坏我的家庭！”

“合法妻子？”贺南羽冷笑一声，不忘保持自己的名媛气质，抬手将被元宝打乱的碎发别在耳后，“要我提醒你一遍，你只是我的替代品这件事吗？被指腹为婚的人，是我，你不过是偷了别人糖果的可怜虫！”

她本来想打回去的，可是话才说完，贺东风便站到她和元宝之间：“要跟你离婚的人是我，和贺南羽没有关系，你的新地址记得告诉我，离婚协议我会派人送到你手上，包括你的衣物，你的其他东西我也会尽快让婷婷收拾好给你送过去。在离婚协议签署成功之前，你有任何条件都可以向我提出，只要合理，我会尽量满足你。”

东风在赶她走。

元宝紧紧地攥起拳头，她从来不知道自己修剪得圆润的指甲扎进手心里也可以这么疼。她不想再开口，不要自尊心的事情这些天她已经做过太多了，多到她自己都有些瞧不起自己。

她应该离开这里的，日后怀念也好，遗憾也好，至少此刻她还不至于体无完肤，还有那么一丁点支离破碎的面子里子可维持，可她的双脚像被下了咒，钉在地板上动弹不得。

元宝不知道自己是怎么走出贺家的，恍惚间，似乎听东风说，那辆阿斯顿马丁可以开走，还有婷婷，婷婷也在她耳边说了些什么，但是说什么都不重要了，她失去了最想拥有的东西。

她犹如行尸走肉一般漫无目的地在院子里转了两圈，最后走到车库门口，看到那辆粉蓝色的跑车，想起自己初见它时的兴奋、惊喜，如今，这份奢华竟然带着令人生厌的灰白之感。

车子她没开，睹物思人，再说，来这里一无所有地来，走的时候赚得盆满钵满好像有些丢人。人是可以穷的，但要活得有骨气。

她沿着盘山公路往下走，不知走了多远，反正回头的时候已经看不到贺家了。

身体开始反抗她的这种暴走行为，两眼发黑，心慌、冒冷汗，她不得不停下来。阳光正强烈，可是路上除了她看不到第二个人。她后悔了，还是有车好啊，车能救命啊，救人一命胜造七级浮屠啊，这车可是有功德的车啊。休息好一会儿，她才决定踏上流浪的征途。她微微弯下腰，一只手扶着膝盖，一只手慢慢地摸着自己的小腹："宝贝，以后就剩你和我了，你爹那个抛妻弃子的大坏蛋，我们就不要他了，不过你说，咱们娘俩该去哪儿呢？"

手机铃声响起来，元宝掏出来一看，屏幕上居然显示着岑迩尼的名字，她眼睛都不眨一下，扬起手腕狠狠地将手机扔了出去。

元宝手举得挺高，扔得却不远，手机摔落在路面上，滚了几下，被飞快驶过的车子碾了个粉碎。

她继续向前走，刚刚驶过的车子却飞快地倒回来，在她身边停下来。

元宝没有转过头去看，在听到一阵熟悉的脚步声时，她停下了脚步。

童年风风火火地从车里下来，拉着元宝的手臂便将她往车里塞："元宝，你离家出走上瘾了是吧？！走到山下，脚指头都给你磨成蹼！"

元宝看着她，不自觉便眼眶发热，深吸口气，说："我想吃小笼包，以前我们中学门口的那一家。"她咂巴咂巴嘴，补充道，"想吃得不得了，我现在就要去，不能等。"

童年斜睨了她一眼，递了一瓶水给她："还想吃什么？今天一起满足你。"

两个人大老远地跑去中学门口的小巷子里，排着几米长队买小笼包。童年一点也不觉得这家的包子多好吃，可能她口味特别，再说她穿成这样，和这里也不搭，全程都在皱眉头。

元宝只吃了一个便摇摇头："旁边那家炸串的油味儿熏得我吃不下去，我要喝柚子茶。"

童年耐着性子，嗒嗒嗒嗒地踩着高跟鞋去给她买柚子茶。茶也只喝了一口，元宝就改口要吃冰激凌。

最后的最后，变成元宝抱着一碗冰激凌盘腿坐在童年家的沙发上看着枯燥的肥皂剧，童年从冰箱里取出一瓶冰水，走出来坐在她旁边。

元宝打了个呵欠，将还未动的冰激凌连勺子一起塞给童年，她站起来自顾自地朝客房走去："我困了，先去睡一会儿，不要喊醒我。"

"你可真会挑时候，客房今天早上刚刚打扫过。"童年回道。

元宝在门前停下来，她握着门把手不动，过了半晌才开口："不要告诉贺东风我在你这里。"

"是他让我过去接你，我才知道你离家出走的。你好歹也应该带上手机和钱，开着车出来啊，你不是一怀孕就把脑子全给你儿子了吧？"

"是女儿！"元宝纠正。

童年愣了愣："你不死活要生儿子吗？怎么又女儿了？"

"我改变主意了，我觉得女孩好一点，我一个人带起来会更轻松！"

童年对着她比画了一个OK的手势，表示她的肚皮她做主，她开心就好。她进了客房，没有半分钟又开门伸头出来，对接管了她的冰激凌和肥皂剧的童年说："还有，以后不要说我离家出走，尤其是从贺家出来，那已经不是我的家，怎么能叫离家出走？"

童年叼着勺子一脸茫然："那我应该怎么说？请指示。"

“说我，回归大自然！”

当天夜里，贺慕雯的房间内。

“姑姑。”贺南羽轻声唤着贺慕雯，将她用的呼吸面罩及其所连接的小钢瓶取下。

贺慕雯微微睁着眼睛，目光迟滞，手掌将呼吸面罩紧紧地摁在口鼻上，胸口随着绵长的呼吸一起一伏。

元梓谦握着她的另一只手，眉头蹙起，同情地望着眼前这个往昔的女强人。

“姑姑？你看看我，我是南羽啊。”贺南羽再次唤道。

她断断续续地喊了三四次，贺慕雯才动了动眼珠，朝她看过去。

贺南羽将怀中抱着的一沓文件放到她身边，翻开其中一本给她看：“姑姑，这是公司派人送来的文件，需要您签字，贺慕深叔叔已经审阅过了，但是还需要您的签字。”

贺慕雯的目光缓慢地从贺南羽身上挪到文件上面，她对贺南羽露出一种似懂非懂的神情，似乎根本没有听到贺南羽说了些什么。

贺南羽将签字笔塞到贺慕雯的手里，帮她握好，轻声诱哄道：“您先签字，把这些文件都签完了，我就帮您换新的钢瓶。”

贺慕雯又慢慢地看向元梓谦，似乎是在询问他的意见。

猛地对上贺慕雯的眼神，元梓谦下意识地避开，点了点头，低沉道：“签吧，我都看过了。”

贺慕雯吃力地签完所有的文件，贺南羽收起来放到一边，便帮她连接好新的小钢瓶。

贺南羽抱着文件夹回自己的房间，翻拣着抽出其中一份文件，锁进保险柜中。

元梓谦跟进来时，贺南羽正焚烧着其他的文件，他站到贺南羽身边，望着跳跃的火焰，犹豫着开口：“我们这么做，是不是太……”

“太什么？”贺南羽头也不回地继续往火盆里扔纸，她冷漠地看着那些白纸黑字瞬间变成一堆灰烬，“你是心软了吗？”

元梓谦没有回答，他插进口袋中的双手微微汗湿，嘴唇却发干发涩，他抿了抿唇：“你给她用的那个东西，只会让她暂时神志不清，不会致死，对不对？”

贺南羽轻哼了一声，嗤笑着看着他：“哥哥，你还是心软了，当初我向你百般乞求的时候，你可不曾心软地放过我。”

“南羽……”元梓谦愧疚地看着她，道歉的话已经说过千遍万遍。

看到目的达成，贺南羽将话题转回贺慕雯身上：“你这么在乎贺慕雯，难不成是真喜欢她？据我所知，你外头那些莺莺燕燕可不少。”

火苗渐渐熄灭，留下一堆灰烬，贺南羽起身端过桌上的玻璃杯，一杯水倾倒进去，溅起一圈淡淡的灰尘。

她将玻璃杯放回去，拍拍元梓谦的肩膀：“放心吧哥，姑姑现在对我这么好，我怎么会想要害死她呢？那只是用来麻醉止痛的，虽然医生能救得了她的命，却没办法让她不再疼痛，而我能为她止疼。”

“你趁机让她签字，事后她回想起来……”

“她不会想起来的，她今天吸进去的气体比平常要多，根本不知道自己都做了什么，事后也不会对今天的事情有任何印象。”贺南羽笃定地说道。

“那份文件，如果被贺家知道，贺家两兄弟是不会善罢甘休的，贺慕深也不是什么善茬。”元梓谦仍旧忧心忡忡。

“你什么时候变得如此瞻前顾后了？”贺南羽不耐烦地皱起眉头，“富贵险中求，难道我什么都不做，他们就会把钱乖乖地送到我面前吗？要不是你将那份亲子鉴定报告放在家里被你妈发现，让她跑到贺家来闹，我也不会这么着急。如果不是贺慕雯需要我的照顾，你认为贺家还能容忍我留在这里多久？”

“那也是你的妈妈。”元梓谦低声说道。

贺南羽对他的话毫不在意，自说自话：“我是贺家的养女，贺家都不准我进入公司，处处防备我。你跟着贺慕雯那么久，最后还不是被一脚踹开？我不会允许别人再这么随意地对待我、践踏我！”

“贺东风已经离婚了，元宝也被赶出贺家了，你跟贺东风结婚的话，谁能把你赶走呢？”

“贺家跟东风，我都要。”贺南羽一脸执着，“既然元宝能被赶出去，谁能保证我不会成为下一个元宝？我可不像元宝那么傻，把所有的希望都押在男人身上。”

“南羽，哥还是觉得……”

“我不想听了，你答应过弥补我，希望你说到做到。”

次日，元宝所有的东西都被送到了童年家，大大小小的箱子堆满客厅。

元宝没有拆开来看，她从来没有想到过自己在贺家会有这么多东西，大概连沐浴露、发夹这类小东西都收拾进来了吧，听婷婷偷偷打电话来说，贺南羽亲自去她房里看着人收拾东西。

元宝明白婷婷的意思，是贺南羽催着把东西送过来的。可是对于她来说，叫人打包这些东西的是贺南羽还是贺东风又有什么区别呢？如果不是东风默许，谁敢碰她的东西？

童年昨天晚上才从贺东弋那里了解到，贺东风打定主意要跟元宝离婚。元宝不说，她也不敢跟元宝提起这回事，免得让元宝原本就不怎么高涨的情绪雪上加霜。

送东西来的人临走都没有另外交给元宝什么，离婚协议这么重要的东西，难不成会混在纸箱里面？元宝最终还是按捺不住，划开所有的纸箱，可是把箱底都翻过来了，也没有看到东风所说的离婚协议。

是忘了吗？这可不是东风的做事风格，不过她也没手贱到打电话去问。

如果真有那么一天，东风要娶真正的元家女儿，他要跟他爱的南羽共结连理，总得先跟她办妥离婚手续吧，他自会找上门的。

元宝自欺欺人地想，一天没有收到离婚协议，她就依旧是东风的妻子，东风便能记得她一天，贺南羽就一天不能名正言顺地站在东风身边，贺南羽爱兴什么风作什么浪都好。只要能让贺南羽不痛快一天，她就会痛快一天。

“我在客房给你添两个柜子吧，把这些好好整理一下，以后找起来、用起来也方便。”童年随手翻着一箱东西，可这话一说出口，她就恨不得咬掉自己的舌头，自己的头脑一向挺够用的，这会儿怎么智商不在线？她说什么以后啊，以后要是元宝一直住在这里，不就意味着元宝以后跟贺东风没戏了？

元宝不自觉地红了眼圈，她别过头，故作无所谓地回道：“就先放到这儿吧，等我看看都是些什么东西，没用的干脆扔掉算了。咱们什么时候吃午饭？我困了，要不咱们先去睡个午觉，补充一些体力，才有力气好好吃饭。”

“好。那么做梦梦到吃什么，咱们的午饭就是什么。”童年附和道。

童年顾及元宝的情绪，当面不敢多说什么，背后却躲到卫生间不知将贺东风从头到脚骂了不知道多少遍。接到贺东弋电话时，她也没能忍住一肚子的怒火，话里带了刺。

“元宝现在怎么样了？”贺东弋问。

“一时半会儿死不了，不过还不如死来得痛快呢！”童年赌气道。

“瞎说什么呢？你不是不懂事的小女孩，不要把死字挂在嘴边，我这一大把年纪，听不得这个死字。”贺东弋戏谑道。

童年就是一时气极，贺东弋这么一插科打诨，气氛便缓和下来：“贺东风没有问起过元宝吗？”

贺东弋一时不语。

“元宝可怀着他的孩子，他就一点都不担心？”童年追问道。

贺东弋一想起东风来，便有些头疼：“他担不担心我不知道，反正我挺担心啊，你得好好照顾着，毕竟以后要姓贺的。等元宝想开了，我跟她好好聊聊，需要什么让她尽管开口。”

“贺东风不管元宝，我不能不管。我虽然比不上贺东风，但是衣食无忧还是能保证的，你们家左一句尽管开口右一句尽管开口，听着跟打发要饭的似的。”

贺东弋啧啧了两声：“你这夹枪带棒的，揶揄谁呢？好日子过够了是不是？”

“是呀，我打算和我闺密组成一个失恋联盟，您就哪凉快哪待着吧！”

“此话当真？那我可要休了你了。”

童年轻笑：“那可不成，要是咱俩分开，必须是我不要你，所以吧，你要好好表现。”

贺东弋十分配合，笑道：“结果都是一样的，小孩子才计较谁先谁后，不过，我选择好好表现。”

童年心情变好，开始靠在浴室门口和他聊天，当然，是夹枪带棒地聊，直到手机发烫，电量告急，才依依不舍地挂断电话。

贺东弋挂断电话回到家里时，正好碰到贺南羽跟婷婷在一起。

平日里在他面前活泼讨喜的小姑娘，此时此刻颔首低眉地站在贺南羽面前，双手在身前紧紧地绞在一起，似乎是在挨训？

“这是怎么了？”贺东弋双手插进口袋，慢悠悠地走过去，“婷婷，你干什么蠢事惹到我们家大小姐了？”

“大少爷，我……”婷婷听到他的声音，迅速抬头，却欲言又止。

“婷婷没惹我，只是她最近做事散漫又不仔细，今天给姑姑送的餐出了点岔子，我问问而已。”贺南羽平静地回望着贺东弋的眼睛，不退不避。

贺东弋有一种感觉，从这几天开始，贺南羽似乎不再怕他了，不再像以前那样唯唯诺诺，这种感觉在他见到贺南羽训斥婷婷时格外强烈。他说不出为什么贺南羽会突然变成这样，难不成是因为东风和元宝离婚了？她觉得自己很有可能成为新的贺家小少奶奶？贺家小少奶奶的地位会比贺家大小姐更稳固吗？这姑娘怕是疯了吧……

说起来，从元宝妈妈跑来贺家认自己的女儿之后，贺东弋再也没有听到这件事有任何进展，他也没有再见到过元宝妈妈，这件事就像是有人往大海里扔了一块大石头，石头再大，除了砸中倒霉的元宝，仍旧没掀起什么大风浪。

贺东弋隐隐觉得哪里不太对劲，又觉得自己太过杯弓蛇影。近段时间，贺家接二连三地出事，所以他才这么敏感，总觉得还有事情要发生。贺南羽是个女人，虽然曾经劣迹斑斑，可她能翻出什么浪花来呢？就算她是白蛇，能水漫金山，他也能让她老老实实地待在钵里。

第十六章

有些事情不适合慢慢等、慢慢熬，她必须让贺慕雯同意她跟东风结婚。

元宝走了，贺慕雯卧床休养，贺南羽俨然成了贺家唯一的女主人，以前尚有秦臻跟她作对，现在可好，她一人独大了。

除了贺慕雯的饮食起居，贺东风的事情成了她最关心的事，没有之一。

贺东风所吃的食物，都是由贺南羽亲自指定，或者她亲自动手做，他的衣物也是她亲自去挑选添置的，他不想走出房间，她便将饭菜端进去跟他一起用餐。

“你不必这样做。”贺东风没有拒绝她为他所做的一切。

贺南羽耐心地给他布菜：“我喜欢这样照顾你，就像我们小时候一样。”

贺东风模模糊糊地看到碗里的一块绿色东西，他慢慢夹起放进嘴里，果然与他猜测的相同，是西芹："我妈没有再来找过你吗？你什么时候回元家？"

"我妈"这两个字是他经过思考才说出来的，按理来说，他现在确实应该称呼元宝母亲为妈。

贺南羽布菜的手在半空中微微一滞："东风，你想让我去元家吗？去一个我从来没有见过也没有任何感情的家？"

贺东风没有回答。那个家，他去过，跟着元宝一起回去过。比起贺南羽，他对那个家更有感情。

"我害怕，我不知道该怎么跟他们相处。"话虽如此，贺南羽的脸上却不见一丝惧色，"我也不想离开你，我们浪费了太多可以在一起的时间，也经历了太多的磨难。东风，好不容易一切都回到正确的轨道，我一分一秒都不想再跟你分开。"

"他们是你的亲人，是这世界上仅有的与你有血缘关系的人，那里有着你曾经最渴望的家庭和亲情。"贺东风放下筷子，站起身来，拿起放在手边的盲人杖，"我要一个人出去走走。"

贺南羽紧跟着站起来："你也是我的亲人，你难道不想跟我结婚吗？结了婚，我们就是夫妻。"

东风停下脚步，他的脑海里满是那个活泼好动，整日里都不安分的身影："你是我的姐姐。"

"我不是！"贺南羽激动地上前从背后抱住东风，"我不是你的姐姐，我是你的未婚妻，这是爷爷定下的婚事！"

贺东风微微动了动嘴唇，终究没忍住，开了口："爷爷定的家规，不准离婚，可是我离了。"

"我不是这个意思，东风。"贺南羽连忙解释道，"我不是想拿爷爷的话来压你，这两件事情不一样。你跟元宝之间没有感情，可是我们有。我们当初是被迫分开的啊，我们现在在一起不是顺理成章吗？"

“这是你一厢情愿的想法。”东风淡淡地回道，他望着眼前的门板，门把手的位置隐隐反射着金属的光芒。

贺南羽脸色一变，松开东风，转到他面前，她的声音微微冷硬：“你这是什么意思？”

贺东风盯着那一点光芒，他的眼中没有贺南羽的模样：“现实是，我是一个刚刚从一段婚姻中脱身的盲人，什么都看不到，保护不了我爱的、我想要保护的人。”

“东风，我不介意。无论你变成什么样子，我都一如既往地爱你。我不需要你保护，我可以来保护你。”她轻轻握住东风的手掌，试图与他十指相扣。

“我介意。”东风沉沉地吐出一口气，他抽回手，绕过贺南羽继续向外走去，“身为一个男人，我没有办法不介意。”

元宝的那一堆箱子在客厅堆了好几天，元宝不开口发话，是留是扔，童年不敢随意处置，只叫保姆阿姨将箱子尽量全部堆在角落里，不影响日常起居，就等什么时候元宝想起来了再整理。

而元宝的整理，不过是将箱子里的东西重新分门别类再次装回箱子里去。她不知道自己会在童年这里待多久，她的潜意识里总觉得自己是要回家的，可是东风不会来接她，她哪里还有家可回呢？在她眼里，家并不等于房子，而是等于一个人。

当她每天早晨醒来，一伸手摸不到身边熟悉的身体，一睁眼看到的是陌生的天花板，习惯性脱口而出的名字再也没有人回应时，她总要十分伤感地在床上多躺半个小时。

她太想念东风了，对他一日不见如隔三秋的思念远远超过对他坚持离婚的怨念。这场感情，明明已经落幕，她却傻子一样站在厚重的幕布后面舍不得离开。

“这些人真是太粗心了，竟然把卡夹到书里，万一弄丢了呢？”

童年手里拎着一本书，从地上将卡片捡起来递给元宝。

元宝接过卡片时，看了一眼童年手中的书，这张卡是东风给她的，她的所有零花钱都在里面。元宝离开时，两手空空，什么都没带走，这张卡片现在却出现在她面前，被夹在东风的专业医书里。

童年起身从茶几上取过手机，重新回到元宝身边像她一样席地而坐："我查查里面有多少钱。"

"十万多。"元宝头也不抬地继续翻看其他东西，卡里的钱，她原本是打算交给哥哥元梓谦的，为了挽救她妈妈的工厂，虽然杯水车薪，但好歹也能尽绵薄之力。结果，妈妈不是她的，哥哥也不是她的，这张卡却兜兜转转地再次回到了她手里。

"啧。"童年屈起手指在卡面上弹了一下，她拿着卡片朝元宝晃了晃，"你确定这里面只有十万块？要不要来听听银行怎么说？"

"持卡人是我，里面的钱是我一点点攒的，我平时又没有什么需要花钱的地方，难道连这点钱都记不清楚？"元宝满不在意地接过手机，当听到系统里的数字时，她惊诧地睁大眼睛，按下重新收听。

"我……"元宝不敢置信地看向童年。

童年点点头："你没有听错，我确定这张卡里的钱是七位数。"

元宝不由得咂咂嘴巴："还不如大哥收藏的一幅画值钱。"

说的虽然是实话，可她还是觉得手里的这张卡沉甸甸的。从小到大，她没有为钱而操过心，结婚前靠家里，元梓谦从没有亏待过她；结婚后，吃穿用度都在家，连她的衣服大多数都是由贺东弋选定，专人送上门的，这十万块也是东风觉得她应该有零花钱所以给的，哪怕她基本花不出去。几万块，还是几十万、几百万，对于元宝来说，不过是几位数字，没有本质的差别。

如今，她孤身一人，怀着孩子被赶出门，寄居在童年家里。当她一无所有时，这张卡里的钱，便不再仅仅是一串数字。

元宝捏着手中的卡片翻来覆去地看，似乎在思索些什么。她沉默了很久，久到童年将她翻出来的东西全部整理好，并且全部封箱，实在是没有什么更多可以做的。

童年刚站起身来，准备去厨房给她准备一杯鲜榨果汁补补能量，她突然开口说道："我没有收到离婚协议。"

"什么意思？"童年立刻紧挨着元宝坐回地板上，聚精会神地盯着元宝。

"东风说，"元宝被自己心里的这个念头撩拨得口干舌燥，她吞了口口水，"他说，会把离婚协议跟这些东西一起送来，可是我到处找了，没有发现离婚协议。童年，你说，他会不会后悔了，不想跟我离婚？"

"那这卡里多出来的几百万该怎么解释？"童年低声道，她对贺东风会后悔离婚这件事持深深的怀疑态度。她对贺东风并不算了解，却也知道这个男人一旦下定决心，会有多么坚决果断、冷血无情。

"这钱，也许，也许是我相公为了给我道歉所做的补偿。"元宝有些心虚，这个理由从她的嘴里说出来，连她都不信。

在童年的提议下，元宝亲自打电话给东风。

电话才响了两三声，便很快被接起，元宝还在斟酌着如何开口，东风已经问道："她怎么样？"

元宝一愣，不敢轻易猜测东风嘴里的"她"究竟是不是她："我是元宝。"

东风沉默几秒，淡淡地"嗯"了一声。

再简单不过的单音节，不带任何感情，却像把钥匙，元宝所有的情绪像是泄洪一般，瞬间盈满胸腔，她不由自主地哽咽着："我我我……"

“东风？你在跟谁打电话？”元宝没有听到东风的回应，却先听到了贺南羽由远及近的声音。

“你如果有事就直说，不要浪费时间。”东风冷冷地说道。

元宝不由得打了个寒战，在听到贺南羽的声音的那一瞬间，她觉得自己打去这个电话分明是自取其辱。

“我要挂断了。”东风说。

“别！”元宝着急地两手抓紧手机，“那个，我有事，别挂我电话。”

等不到元宝的下一句话，东风再次开口催促：“说。”

东风的语气已经不耐烦，元宝不敢再拖，连忙将打电话的目地说出来：“我卡里的钱变多了，很多。”

“那只是一小部分。我说过那辆车归你，既然你不肯要，我只能折合成人民币打给你。”

元宝鼻子很酸，眼前迷蒙一片，身子发软，手也快要握不住手机，不得不靠在背后的箱子上。她倒吸一口气，轻声问道：“因为我不要车，所以你把那台车的钱给我？”

“对。”东风的话掷地有声。

水雾迅速在眼睛里凝结，元宝连忙抬手蹭掉，她不喜欢现在这样敏感易哭的自己，她又不是美人鱼，流下的眼泪会变成无价的珍珠，可是她没办法让自己在面对与东风有关的任何事情时不哭泣。

“我们之间一定要算得这么清楚，互不相欠吗？”元宝的声音在止不住发颤。

“这是你应得的。离婚是由我提出的，你应得的以及你需要我补偿的，我都会给你。如果你还有其他任何关于离婚财产分割的问题，可以联系我的律师。再见。”

元宝怔怔地坐在那里，不知所措。半晌后，她才慢慢地转动僵直的脖子，看向童年，颤颤巍巍地开口：“童年，为什么我什么声音都听不到呢？我是不是失聪了？”

“没有。”童年从她耳边将手机拿开，握住她的双手，试图让她放松一些，“你很好，什么问题都没有。”

元宝摇头，一张口，泪如雨下：“我不好，一点也不好。东风不要我了，他真的不要我了，我妈妈也不要我了，童年，我没有家了！”

“一个瞎子，有什么了不起的！”童年将元宝抱在怀里安抚着，“他不要你，还有我呢，我要你，我的家就是你的家。元宝，还有很多人喜欢你，我们找个比他长得帅、比他好千倍万倍还比他温柔的男人，带到他面前气死他。”

“他不喜欢我，他爱的一直是贺南羽。他明明是我的相公，我却眼睁睁地看着他们两个睡在一起，睡在我的婚床上。那张床，我可是爬了好久才爬上去的，我相公可是我千辛万苦才扑倒的，可是她什么都不用做，就跟我相公睡在一起了。贺南羽说我的孩子不是东风的，他不顾我怀孕要和我离婚，就因为我打了贺南羽，他迫不及待地把我赶出了家门。就算这样，我还心存幻想，以为东风总会接我回家，可是，根本不可能了……”元宝号啕大哭，她满腹委屈，自顾自地说着，根本听不进去童年在说些什么，眼泪鼻涕全都抹到童年的肩膀上。

童年越听越心惊，她知道有段时间元宝在贺家受了委屈，以为只是东风冷落了元宝，却没有想到元宝竟然承受了这么多。

元宝哭得狠了，上气不接下气，她絮絮叨叨地说着，有些语无伦次，想到哪里就说到哪里，童年一直温声安抚着，气急了将贺东风从头到脚骂个遍。元宝却不肯了，竟然反过来维护贺东风："他很好，他只是不爱我而已。"

童年怒其不争，被元宝气得够呛："为了一个男人，瞧你这点出息。你抓紧机会好好哭个够，过了今天就不准再想他！"

元宝实在是不按常理出牌，听童年这么一说，反而不自觉地止住了眼泪，只胸口一起一伏。她直起腰，面对着童年，说道："哭不出来了，眼泪好像哭干了。"

童年实在是不知该拿她怎么办才好，只觉又好气又好笑："那你缓缓，等攒出眼泪了再哭。"

厨房里有阿姨炖好的鱼汤，童年从冰箱里取出来热好，端给元宝喝。

元宝喝得急，很快就喝完一小碗，将空碗递给童年："好喝，我还要喝一碗。"

"你慢点吧祖宗，鱼汤都是你的，锅也是你的！看你狼吞虎咽的样子，不知道的还以为我虐待孕妇，不给你饭吃。"童年又盛了一碗鱼汤给她，细心地叮嘱她小心烫手，"幸亏阿姨用细纱布把鱼刺都过滤出来了，不然我说不定还得获一条故意伤害罪呢。"

"没关系，现在你把我转手卖到深山里给人当媳妇儿，也不会有人知道。"元宝自黑道。

"那你这一单可要彻底砸我手上了，还是我收了你比较好，省得祸害穷苦大众。"童年看到元宝哭过之后，情绪稳定许多，暗暗地松了口气。

元宝餍足地倒进沙发里，手不自觉地抚上小腹，轻柔地摩挲着。

好几次到了嘴边的话被童年默默地咽了回去，她想，元宝是否留下肚子里的宝宝是元宝应该做的选择，可是看样子，元宝并没有想过要打掉这个孩子。这个还未出生就注定生活在单亲家庭的孩子，就算没有贺家，也不会成为元宝的累赘与负担，还有她在。

“童年啊，我觉得我应该回去看看我妈，你说呢？可是我并不想回去住，你看啊，不是我不想和她在一起，是她习惯一个人了，习惯看不到我。虽然我回去了她也不会不习惯，只是，见到我她就会想起南羽吧，她会每天都很难过，每为我做一顿饭，都会想到，她的女儿还没吃过她亲手做的东西，那样的话，她该多痛苦啊……”

童年沉默地看了她半晌，径自去厨房喝汤了。

最近元梓谦来贺家来得勤了。

天色有些阴沉，天边偶尔会传来一阵阵沉闷的轰隆声。

“快要下雨了，我带你回去。”元梓谦站在贺慕雯的轮椅后面，温柔地说道。

贺慕雯手贴在腰间，每每遇到不好的天气，受过伤的地方便会更加疼痛，她侧过头，问道：“南羽呢？”

她已经习惯了，一到变天时，南羽便会及时为她加盖一条小薄毯。可是今天，贺南羽没有出现。

元梓谦推着她往回走：“有我在不一样吗？我也能照顾你。每次看到我来，她都会识趣地避开，给我和你留下单独相处的空间。没想到，她现在在你心里比我还重要。”

贺慕雯忍俊不禁，微微笑着：“你们俩怎么能一样呢？”

元梓谦推着她回到房间，将她抱到床上，笑道：“以前是不一样，现在看来，除了性别，没什么不一样。”

贺慕雯敛起笑容，担忧地问道：“你妈妈她还好吗？”

元梓谦面上的笑意慢慢收敛：“她身体还好，找到南羽是她惦记了小半辈子的事情，能够得偿所愿，她很激动，也很开心。看到自己的亲生女儿生活得很好，她就放心了，毕竟这么多年过去，小孩在成长过程中与抚养她的人建立的感情会更深厚。”

剩下的话他没有说出口，贺慕雯却懂。只是他们认回贺南羽，却弄丢了元宝。虽然贺南羽是元家的亲生女儿，可元宝毕竟是她从小倾注心血养大的，这种感情与血缘无关。

“有元宝的消息了吗？”贺慕雯问道。她对于自己应允贺东风和元宝离婚一事仍心存疑虑，可是在众人的证词前，她只能顺势默认，她是贺家的掌门人，出尔反尔会破坏她的威信。

“有。元宝能去哪里！我打电话让她去我那，她又不肯，只能在她闺密家了。只要她不是一个人住我就放心，她笨手笨脚的，有个人照顾挺好。其实我妈倒没那么担心元宝，元宝这孩子从小就能吃能喝，不让自己挨累受苦，在生活上从来不亏待自己，但是南羽……”

“我知道你妈妈担心什么，元宝好歹也是结过婚的人，可是南羽还没有着落。听说东城集团的小儿子刚刚回国，虽然他家比咱贺家稍逊，但是那孩子人品样貌都不错，哪天我带南羽去见见。”

“见谁？”贺南羽正好从外面推门进来，“我刚刚才看到外面下雨，赶紧过来看看您。”

“正跟你哥哥提起你的婚事。”贺慕雯的眉眼间闪过一丝痛色，她继续平静缓慢地说道，“这也是你妈妈和我一直最关心的事情。”

贺南羽羞赧地笑了笑，走上前帮贺慕雯盖好被子：“都听姑姑的。”

“东城集团的小儿子，先前在意大利跟你见过面，还记得吗？”

“什么小儿子？”贺南羽直起身来，脸色变得有些难看。

“不记得也没关系，我带你去见见，让你哥哥也把把关。”贺慕雯没有察觉南羽的变化，她难受地动了动身子。

“我不见！”贺南羽激动地喊道，“我有婚约在身，为什么要去见他？我是贺东风的未婚妻，我的婚事只能是跟东风。”

“南羽，你别这么激动，只是顺口这么一提。”元梓谦握住贺南羽的手腕，让她冷静下来。

贺慕雯皱起眉头，她紧紧拽着被角，面露痛楚之色：“南羽，快，快给我，把东西给我！”

“我是东风的未婚妻，我要跟东风结婚，我一定要跟东风结婚！”贺南羽站在原地不动，紧紧地盯着床上的贺慕雯，“你说啊，说会让我们结婚。元宝是假的，她已经离开了，我跟东风结婚不应该是理所当然的事情吗？”

“南羽，给我，给我……”贺慕雯已然听不进去南羽在说些什么，她痛苦地蜷着身子，朝南羽伸出一只手在半空中乱抓。

“给她，把东西给她！”元梓谦不忍，冲贺南羽吼道。

贺南羽犹豫着，在元梓谦不断的催促下取出面罩递到贺慕雯面前。

贺慕雯像是见到救命稻草一般，迅速地将面罩抓过去捂在口鼻上，随着几个深呼吸，身体渐渐地放松下来。

“她以前不是这样的。”元梓谦慢慢地低声说道，语气中有同情、有怜悯，更多的是无奈。

“我也不该是现在这样。”贺南羽面无表情地看着贺慕雯，她声音清清冷冷的，不带一丝感情，“可是我被逼得变成了现在这样。”

“南羽，你跟我回去吧。妈妈一直都很想你，你不准她来看你，她每晚每晚都睡不着觉，有什么能比一家人在一起更重要的呢？”元梓谦握着贺南羽的肩膀，让她看向自己。

“到手的东西，你让我放弃？这样的哥哥，我不需要。”贺南羽不为所动，冷冷回道。她甩开元梓谦的手向外走去：“我要贺东风，我要贺家，谁也阻止不了我。”

“东风？！”贺南羽刚刚打开房门，看到东风站在门外，吓了一跳。她很快便冷静下来：“你是来找姑姑的吗？她刚刚睡着了。”

“听你说，一到下雨天，姑姑会不舒服，所以过来看看。”东风淡淡地说着。

“姑姑刚吃完药睡下了，我哥在陪着她。”贺南羽站在门口未动，她的言外之意是贺东风此时不方便进去，不过就算贺东风进去了也没什么关系，反正他什么都看不到，也不会发现贺慕雯的不对劲。

贺东风越过南羽看过去，确实看到床边站着一个高大的身影：“姑姑吃的什么药？”

贺南羽不慌不忙：“都是医生前几天新开的药，药名有些拗口，我没有记住全名。我把药瓶拿过来，跟你一起出去读给你听，免得吵醒姑姑。”

她等着东风的反应，看东风半天不开口，便转身打算去找几个药瓶来。贺慕雯的房间里是最不缺药的。

“不用了。”贺东风终于出声，“不要打扰到姑姑休息。”

贺东风离开后，南羽才觉得有些后怕，他一个人突然离开房间还下楼站在贺慕雯房门前，这是她没有想到的事情。如果他们刚才说的话让他听到，那后果她不敢想象。

有些事情不适合慢慢等、慢慢熬，她必须让贺慕雯同意她跟东风结婚。在这个世界上，如果连贺慕雯都撼动不了东风，那她不知道还能有谁能让东风乖乖听话。

她一刻也不想等了，催促着元梓谦离开之后，寸步不离地守在贺慕雯的房间里，拒绝他人进入。

贺慕雯不再感觉疼痛难忍，抓住面罩的手指也渐渐不那么用力，她感觉不到身体的存在，仿佛灵魂出窍一般飘飘然。她转过头，如坠云里雾里，眼前白茫茫一片，看不到贺南羽在哪儿，可她知道南羽在。

她松开面罩，任面罩滑落到枕边："南羽，我不饿，不吃晚餐，跟他们说不要来打扰我。"

"好。"南羽回应道，却坐在床边纹丝不动。

贺慕雯一觉睡到天大亮，她睡了多久，贺南羽便坐在床边守了多久。

南羽原本白皙的脸显得有些黯淡，眼睛微微发红，扇子般浓密纤长的睫毛下泛着乌青。

贺慕雯醒来时，看到这样的南羽，心里一暖，不自觉地放柔声音："南羽，你在这儿待了一晚没睡？"

南羽盯着她看了几秒，才迟迟地点头："嗯。"

"辛苦你了。"贺慕雯试图撑起上半身靠在床头，身子一晃，脑袋有些昏沉，手指发麻，仿佛手腕以下都不属于自己一样，她偏着身子，喊南羽过来，"来扶我一把，我手麻了。"

贺南羽起身，扶着贺慕雯靠在床头，帮她揉搓着手指。

南羽低着头，一言不发。

贺慕雯察觉她的不对劲，低下头去看她的脸，关切地问道："怎么了？看着精神不太好，是不是累着了？你回去睡一觉吧。"

南羽摇摇头，一开口，嗓音带着隐忍不住的哽咽："我没事。"嘴里这样说着，眼泪还是掉了下来，

"还说没事！是为了什么？跟姑姑讲。有什么事情是姑姑解决不了的？"

“姑姑，你是不是想赶我走？”贺南羽紧紧地咬着下嘴唇，眼中泛着泪光。

贺南羽原本就有一副柔弱文雅的好皮囊，她这般泫然欲泣的模样，大概没有人会不心疼。

贺慕雯问道：“为什么这么说？如果我想让你走，大可在你母亲认回你时，让她将你带走，何必费力把你留在我身边？”

“您要让我跟一个我都不记得是谁的陌生男人结婚。”

贺慕雯失笑：“女孩子终是要结婚的。我觉得那个孩子不错，跟你很相配。但是，跟谁结婚，最重要的是你喜欢。”

贺南羽抬起头看向贺慕雯，蹙着眉头问道：“姑姑，我不明白，爷爷为我和东风订下了婚事，您为什么还要让我跟别的男人见面呢？”

“原来还是为了东风。”贺慕雯叹了口气，说道，“我们贺家跟元家订下婚约是不错。你是元家真正的女儿，这也没错。可是你偏偏阴差阳错地成为我们贺家的养女，你是东风的姐姐。”

“我不是！”贺南羽否认道，“就算我曾经是，姑姑不是也给过我机会让我跟东风在一起吗？”

贺慕雯皱起眉头，她不喜欢南羽这样的态度：“我曾经是给过你机会，可是你选择放弃跟东风的感情。南羽，你并没有那么爱东风，除了他，你还有很多的选择。”

“我爱东风，我只要他！”贺南羽有些激动，眼中闪烁着偏执的光。

贺慕雯的耐心已然用尽，她不想再跟贺南羽就这一个问题纠缠下去。

以前她敢让贺南羽选择，是认定了贺南羽不会放弃贺家大小姐的身份，放弃稳定的养尊处优的生活去追逐一份未来不确定的感情。而现在贺家养女的身份对贺南羽来说，仅仅是阻挡她跟东风在一起的束缚，是她急于摆脱的。

哪怕南羽和东风并没有血缘关系，这样的消息传出去，也会沦为他人的笑柄，让贺家的颜面何存？

她微微闭上眼睛，摆摆手让贺南羽出去："我不可能让你嫁给东风，这件事以后不要再提了，吵得我头疼，你出去。"

"我错了，姑姑。"贺南羽低声改口认错，她取来小钢瓶和面罩，直接打开开关递到贺慕雯的面前，"我不该惹您生气，让您为难。您不要再生气了，对身体不好。"

贺慕雯想拒绝，她现在并不是特别想用面罩，可是面对贺南羽的殷勤赔礼道歉，她还是将面罩接过来。她语重心长地劝道："你是元家的女儿，也是我贺家的掌上明珠，只要你愿意，还愁找不到一个真心爱你、对你好的男人吗？"

"姑姑，您说的都对。"贺南羽的视线落在贺慕雯拿着面罩的手上，"只有您疼我，我不该让您头疼。"

被贺南羽这么一提醒，贺慕雯隐隐的头疼再也无法忽略，她将面罩套在口鼻上，闭上眼睛准备享受一小段惬意的时光。

只是没过多久，贺慕雯非但不觉得像往常一般舒爽，反而觉得嗓子里有些热辣，像是被爆香的辣椒呛到一般，她忍不住摘下面罩，猛烈地咳嗽起来。

"姑姑，您怎么了？"贺南羽站在床边，虽然出声询问，眼中却一片平静漠然，没有丝毫要上前查看的意思。

"我嗓子难受，你去帮我倒杯水来。"贺慕雯手贴在锁骨上，侧歪着身子，剧烈的干咳加剧了她咽部的不适，眼眶也渐渐变红。

闻言，贺南羽没有去帮她倒水，反而走上前去，捡起她枕边的面罩，旋着旋钮，将流量调小，放到她的脸上：“姑姑，很快就不咳嗽了。”

贺慕雯还未来得及再开口，便觉得鼻间甜丝丝、微凉的气体顺着呼吸传遍全身，两三分钟后，贺慕雯放松下来。

见她情绪慢慢平复，南羽又开始悄无声息地调节流量。

她不知道自己站在床边抓着面罩的姿势维持了多久，直到有些累了，她才伏低身子，握着贺慕雯的手抓住面罩，低声说道：“姑姑，您自己拿好，我去帮你准备早餐。”

贺慕雯没有回应，任由南羽将她的手放在面罩上。南羽试探着抬起手在她眼前晃了晃，她呼吸深长，并没有反应。

贺南羽将流量调节到最大，转身离开房间。

客厅里不知从哪里吹来一阵风，南羽不由得打了个哆嗦，才发现不知何时后背早已被汗浸湿。

开弓没有回头箭。南羽回头看了一眼紧闭的房门，遏制住自己回去的冲动，她转身快步回到自己的房间，换了一条干净的白色棉质长裙。

南羽走进厨房，早餐基本已经准备好，她系好围裙，从冰箱里取出鸡蛋和青菜：“姑姑想吃清汤面，我亲自给她做，帮我拿点面条来。”

婷婷被南羽训过，一见到南羽进厨房，浑身的汗毛都竖起来，进入警戒状态，恨不得立刻消失在南羽面前。她躲到陈姨后面，戳了戳陈姨的后背，示意陈姨去帮南羽拿面条。

贺南羽无暇注意婷婷的这些小动作，她要找些事情来做，让自己看起来一直在忙。取出来的蔬菜有些凉，她亲自冲洗干净，切好备用，她所做的一切都没有假手于他人。

从南羽进厨房到她准备煮面时，已经过去了二十分钟。小锅中的水已经沸腾，咕嘟咕嘟地冒着泡泡，她回头对婷婷说："去看看姑姑，问她是不是可以吃早餐了。"

婷婷应了一声，迫不及待地走出厨房。她敲贺慕雯的房门，听不到任何回应，便推开门进去。

"啊！"一声尖叫划破了整栋别墅的安宁。

贺南羽跟陈姨冲到客厅时，贺东弋也听到了这不寻常的动静，跑到了楼梯口，问道："怎么回事？"

贺南羽慌张地摇摇头，刚想回答，便听到贺慕雯的房间里再次传来婷婷惊恐的喊声："来人啊！大少爷！大少爷快来啊！"

贺南羽先冲进去，贺东弋紧随而至，婷婷瘫坐在地板上，满脸惶恐不安，指着床上的贺慕雯语无伦次地说道："她她……姑姑……"

贺慕雯脸色青紫发绀，已然没有了呼吸。贺东弋将手指搭在她的手腕上，却因为南羽和婷婷的哭声心烦意乱，一时摸不准脉搏。

"别哭了！"贺东弋一声呵斥成功地令她们安静下来后，他迅速地做出安排，"婷婷，去叫救护车。南羽，你去带东风过来。陈姨，你去打开所有的门窗。"

贺东弋没有医学知识，他不敢贸然移动贺慕雯，只能等东风来。

贺慕雯的呼吸、脉搏和心跳早已消失，东风做了急救也无济于事。

救护车抵达，急救的医护人员最终做出明确的死亡诊断。

"不可能，大夫，你救救我姑姑，救救她，她没有死！"贺南羽泪流满面，紧紧抓着医生的手不肯松开，执意要他施救。

贺东弋看向东风，他的沉默与悲痛已然是最明确的答案，在婷婷发现之前，贺慕雯已经死亡。

“不可能！”贺东弋转身一把掀开贺慕雯身上的白布，摇晃着姑姑的身体，“你给我醒醒，醒过来，别再睡了！你就是出了一场车祸而已，就是瘫几年而已！死不了的！你还记得你跟我爸妈说过的话吗？你不能失信，你要对我们负责，你要对贺家负责！”

他弯下腰，轻轻抚摸了一把这张熟悉却从来不曾触碰过的脸，她保养得很好，看起来还如此年轻，他的声音变得有些哽咽：“姑姑，你醒醒，你不是很了不起吗？为了贺家不是做什么都可以吗？不是为了这个家可以终身不嫁吗？那你也可以为了这个家不死的，我不准你死，你不能死！”

“大哥。”

贺东风去拽他，却被他反手抓住后脖颈按到姑姑床前：“你看，这是贺家的宝贝，你不是最疼他吗？都舍不得动他一根手指头！他现在生不如死，你都不起来管管吗？你下去怎么和我爸妈交代？！”

“大哥，姑姑已经不在了。”贺东风鼻音浓重道。

“我说了不可能，她只是没醒过来。”贺东弋摇头，他不肯承认贺慕雯已经不在人世的事实，拽住一名医生的衣领，将医生猛地拖到床前，“你不是医生吗？医生的天职是救死扶伤，你给我救她，想办法救活她！你知道她是谁吗？她是我妈，比我亲妈还负责的妈，只要她能活过来，我什么都可以给你！你救啊！救不活她，你们就都得死！”

那名医生被他拽住衣领勒得脸红脖子粗，快要喘不过气来。婷婷边哭边跟别人一起把那名倒霉医生从贺东弋的手下解救出来：“大少爷，你别这样！小少爷，您快来劝劝大少爷啊！”

贺东风用力地抱紧贺东弋，看似镇定，声音却也抑制不住地颤抖：“哥，你别这样，我就剩你了，求你了，哥。”

贺东弋转过身回抱住东风，他的眼泪迅速地浸湿东风的衣服，他用力地拍了拍东风的背：“东风，大哥太难受了，真的太难受了，但凡我能争一点气担起这个家，都不至于让姑姑变成这样……”

东风能说什么，这话也是他想说的，可是说与不说，结局已经注定。

贺慕雯全身多器官衰竭，缺氧窒息，心脏骤停。

在警方的调查下，现场发现一氧化二氮。经鉴定，贺慕雯是过度吸食高浓度一氧化二氮致死。

第十七章

物是人非，说的大概就是如今的贺家。

警察来询问时，贺南羽伏在东风怀中哭得不能自已：“我只知道那是笑气，是姑姑用来止痛的。自从车祸受伤之后，姑姑总是说身上疼，医生开的止痛药也不管用。姑姑说笑气是医疗用止痛气体，弄了很多，几乎每天都要用。她每次一吸笑气，很快就不喊疼了。刚开始姑姑只有在疼得受不了的时候才吸笑气，后来几乎每天都要用。每次吸完，她便会睡个好觉。”

“我昨天晚上敲门，姑姑是不是在吸笑气？”东风将她从身上推开。

贺南羽哭着点点头：“姑姑不准我告诉你们，怕你们担心，她要面子，不想让你们看到她痛苦脆弱的样子。平时都是我看着她用的，谁知道今天我做个饭的时间，她就自己用了。早上她还同意了我们的婚事，她还和我说了婚礼要怎么安排，怎么会这样呢……”

贺家已然乱作一团，最后还是贺东风让婷婷一个一个打电话去通知该来的人来。

至少，元梓谦该来，贺慕深也该回来。

元梓谦赶到贺家时，贺慕雯身上的衣服已经被换过，她双手叠放在胸前，安详地躺在棺木里。

元梓谦心中五味杂陈，这个他自少年时便一直在仰望追随的女人，不久前还浅笑盈盈地跟他说着话，一夜间便了无生息地躺进了冰冷的棺木里，爱也罢，恨也罢，再也不会回应他的感情。

他回头看向贺南羽，她双眼红肿，显然哭了很久。

他从贺慕雯的房间里找出一支口红，细心地为贺慕雯涂上：“她爱美，衣着和妆容从来都一丝不苟，离开也要漂漂亮亮地走。”

贺慕雯的遗体告别和火化仪式定于三天之后。

事情发生得太突然，贺慕深还在国外出差，接到消息便订最早的航班往回赶。葬礼的一切事宜都需要贺东弋去安排，贺东风也力所能及地帮忙。

贺南羽却在众人忙得不可开交时不见了，她的失踪是婷婷最先发现的，可是贺东弋不在家，东风无暇他顾，婷婷便故作不知地隐瞒下来，生怕自己一开口又添乱。

贺慕深是在第二天赶回来的。他一下飞机便让司机尽快回家，在中途接到一个电话，却改道回贺氏。

饶是风尘仆仆，贺慕深精致深刻的五官依旧完美，身躯笔直，双腿修长，走起路来步履生风，仿佛他走到哪里，哪里便为他铺就了红地毯。

贺南羽坐在大会议室的首位，看到贺慕深走进来，她不自觉地向前倾着身子想要站起来，却硬生生地挺住。

这是她走进贺氏的第一步，不能丢了气势。

贺慕雯的气质是久居高位而造就的不怒自威，她惯于笼络人心，拉拢对她有用的人，这又显得她平易近人。

可是贺慕深不同，他虽是贺家人，却未养尊处优，成长经历复杂，见惯并演绎过各种不同的人生。他看似平和，那些经历却像是烙印一般融进骨血，形成他特有的气质，只是平时被他掩藏了起来。今天他气场全开，当他走进会议室时，原本因为贺南羽的出现而议论纷纷的会议室瞬间鸦雀无声。

随着贺慕深走近，贺南羽有些如坐针毡，她索性站起身来，面对贺慕深，先发制人："叔叔，这是姑姑的律师，姓张。正好您也回来了，一起听听姑姑的遗嘱。"

旁边已经有人为他备好座椅，他不紧不慢地脱掉外套递给身边的下属，好整以暇地坐进座椅里，一条长腿轻搭在另一条腿上，双手交握着置于膝上，似笑非笑地看着贺南羽："说吧，我听着。"

贺慕深早已接到下属的电话，说是贺南羽带着律师到了贺氏，拿出贺慕雯签署的遗嘱和股权转让书，贺慕雯名下的所有财产以及她所拥有的贺氏集团的股份都归贺南羽所有，并且贺南羽已办理好所有相关手续。

贺南羽紧张得手心直冒冷汗，她明白，接管贺氏，贺慕深是她最大的阻碍。以这个男人的手段，只要他想，她得到的只会是一副空壳。

明明水就放在眼前的会议桌上，她却不由自主地吞了口口水，才觉得嗓子不那么干涩："这是姑姑生前亲笔签署的。如果您有异议，可以做笔迹鉴定。"

贺慕深轻笑了一声，摇摇头："我没有异议。"

他起身，取过自己的外套向外走去，微微侧头对自己的下属说道：“把我办公室的东西整理好，送回贺家。”

随着贺慕深的离开，会议室里再次一片嘈杂。贺南羽看不懂这个男人，他的行事作风完全不符合常理。

贺慕雯一死，获利最大的本该是贺慕深，他不是应该最不愿意看到她接手贺氏吗？他是不是以为她无法控制住贺氏？

元梓谦接到贺南羽的电话，迅速地赶到贺氏，一分一秒都不敢耽误。他依然处于震惊之中，将贺南羽拉到办公室里，压低嗓子说道：“你是不是疯了？贺慕雯刚死，身体还没凉透呢，你就跑到这里来胡闹？”

“谁说我胡闹了？”贺南羽瞥了他一眼，走到办公桌后面，坐进宽大的老板椅里，双腿搭在桌面上，怡然自得地眯起眼睛，“现在的贺氏，是姓我贺南羽的贺，只要我愿意，它也可以不姓贺，姓元。哥哥，现在的贺氏可是我们两个的，这不是你梦寐以求的吗？能不能彻底地收服它，就要看你的本事了。”

贺慕深回到家中，并没有提起贺南羽接手公司的事情，虽说他是长辈，却在国外长大，对于国内葬礼的事一窍不通，在打电话问过贺东弋之后，他跟贺东风一起按照贺东弋的安排做事。

没过多久，贺东弋脸色阴沉地回来，质问贺慕深：“你把贺氏拱手让给了南羽？”

贺慕深面不改色地抬起头，帮他倒了杯水递过去，示意他坐下来慢慢说：“年轻人，火气不要这么大，容易衰老。”

贺东风蹙眉，他有些不相信自己的耳朵：“这话是什么意思？”

贺东弋端起水杯一口气喝干，他在外面奔走劳累，竟然听到贺南羽入主贺氏的消息，他将事情简洁扼要地说给东风听：“说是我姐的遗嘱，对于贺氏，我姐连我都不肯给，又怎么可能交到一个外人手里？”

贺东风有些吃惊。近段时间来，贺南羽确实深受姑姑的信任，东风以为她顶多是在贺家折腾点动静，就像曾经的秦臻，小打小闹，却没有想到她能够吞掉贺氏："姑姑不会傻到把贺氏给南羽，她做得再好，始终是外人，咱们家规也是不允许的。"

"你明明知道那不可能是姑姑的意思，为什么一点都不作为，轻而易举地把公司给了南羽？"贺东弋盯着贺慕深问道。

贺慕深皱起眉头，只一瞬便舒展开，他向后靠在沙发上，淡淡地问道："家规，家规，这家里的家规就一定正确吗？就一定要遵守吗？弱肉强食，谁有本事谁拿走，跟那些狗屁规矩一毛钱的关系都没有。我回来，是贺慕雯请回来帮忙打理家业的，对这个从来没抚养过我的贺氏，我没有责任，想要我可以要，不想要，我可以随时扔掉。"

贺东弋一怔，他真是因为事太多给忙糊涂了，怎么能因为贺慕深一直表现出的温和无害，就忘记贺慕深其实深藏一副尖锐的可以伤人的獠牙？贺东弋心里明白，贺慕深一直对爷爷不肯认他而耿耿于怀，他对他们客气，不过是看在他们父母的面上。

贺东弋和东风志不在经商。这个男人，比贺东弋和贺东风更有资格和实力掌管家业。可他表明了态度，不屑于此。

这一场谈话，不欢而散。

直到晚餐时，餐桌上的气氛也不怎么融洽，婷婷察言观色，小心翼翼地把菜上全，便想躲到一边。

庭院里传来车子的轰鸣声，婷婷走到落地窗前往外看，惊讶地失声喊道："大小姐回来了！"

贺南羽很快便走进客厅，她心情看起来很不错，跟餐桌上的三个男人打着招呼："我在外面吃过饭了，先回房间了。"

她这一副若无其事的样子，实在令人心寒。

“你不应该自立门户吗？还回来这里干什么？”

贺南羽停下正欲上楼的脚步，转过身，冷声问：“自立门户？叔叔应该已经把姑姑遗嘱的事情跟你们说过了，遗嘱的真伪，你们可以验证，我也只是尊重了姑姑的遗愿而已。东风眼睛有疾，你整日一副闲散公子的模样，她的决定也是可以理解的。我不会自立门户的，因为从今天开始，这个门户，就是我贺南羽的。”

“你想得太多。”贺东弋说，“你继承的只有贺慕雯那一部分，贺家不是她一个人的，也不会是你一个人的。”

“那又如何？让我拿走属于我的那一部分吗？那贺氏可就不复存在了呀！说到底，我们还是要相亲相爱的，家和万事兴嘛，你说对不对，叔叔？”她软语浅笑，人模人样，说出来的却全是畜生的话。

贺慕深秉持着食不言的原则，事不关己，高高挂起，听到南羽将话题引向他，他气定神闲地放下筷子，用湿巾纸擦了擦嘴，站起来，离开餐桌前，不温不火地开口：“那看来，最有可能被赶出门的人是我，这栋别墅可没有我的份。”

他嘴角微勾，看向贺南羽：“对了，我很喜欢办公室里的那把椅子，那可是我自己买的，你先帮我保留着。我之前接了个工作，等姐姐的葬礼一结束，要去外地几天，等我回来，我会亲自去拿回来。”

空荡荡的别墅，长长的大理石餐桌，昔日的团圆在如今看来何等讽刺。

贺东风与贺东弋面对面坐在餐桌两侧，满满一桌子他们爱吃的佳肴，却没人动一下筷子。贺东弋夹起一块排骨放进东风的碗里，轻声道：“吃点吧，先把姑姑安葬好再说，贺家不会被夺走，谁也不行。”

“我知道。”贺东风说，顺从地捧起饭碗，他吃不下也要硬吃，他和贺东弋两个人，是彼此仅有的精神依靠，谁都不能倒下。

贺慕雯下葬那天，小雨淅淅沥沥地下个不停。

墓园的石板路湿滑，童年一路紧紧地搀扶着元宝，生怕她摔倒。可是害怕什么，偏偏来什么，走至半山腰时，元宝脚下打滑，饶是童年眼明手快地紧紧抓住她，也没能避免她摔倒。

元宝半边身子被童年扯住，单腿跪在地上，一只手撑在石板路上才稳住身子，手心的皮肤被地上细小的碎石子擦破，膝盖也红肿一片。

元宝是最后一个知道姑姑去世的，之前童年连续两天给贺东弋打电话、发信息，发觉他态度一直很消极，聊天也总是魂不守舍，才发觉出一点问题，死缠烂打之后，终于问出缘由，而与此同时，财经报也刊登了贺氏掌权人突然离世的消息。

童年把这件事告诉了元宝，元宝当时正在吃饭，吓得勺子都掉了。

童年问她："你会难过吗？"

元宝点点头又摇摇头："意外和惋惜倒是真的，你也知道，我跟姑姑没什么感情的，不过人生真可怕啊，好端端的那么鲜活的人，就这样没了。其实，我更担心东风，他这个人什么都放在心里，这会儿肯定难过死了。"

童年赞同地点头："我也是，我担心东弋，他就是看起来总是一副玩世不恭的不正经样子，其实感情也挺细腻的。"

"童年，我要回贺家去看看，我得回去。"

童年当即拒绝了："不，贺东弋让你葬礼那天去，他说现在家里没人能顾得上你一个孕妇，不告诉你就是不想你回去添乱。"

现在看来，贺东弋的决定是对的，元宝确实挺添乱的，这种人活到现在还又白又胖，就是命好，没跑。

刚被惊出一身冷汗的童年连忙将元宝从地上搀起来："早知道我

就应该把你放在家里，给你视频直播葬礼得了！”

元宝后怕地拍着胸脯：“哎呀，妈呀，吓死我了！这要从这里滚下去，就得就地挖坑埋了，幸好我这肚里怀的是小哪吒……”

童年从包里拿出消毒湿巾，给她清理着伤口：“小哪吒，还葫芦娃呢！”

元宝正想反驳，就听不远处响起她最讨厌的声音：“葫芦娃没有爹。”

元宝闭了闭眼睛，没有抬头。

童年却皱着眉循声看过去，贺南羽正挽着东风的手臂往这边走过来。

“我们走吧。”元宝一站起来，膝盖疼得她倒吸了口气，一时不敢再动。

贺南羽跟东风已经走到她们面前，南羽打量了她一眼：“你这孩子可是有爹的，听说岑迩尼在疯了一样地找你，如果他知道你摔倒了，不知道该有多心疼呢。”

“岑迩尼心不心疼元宝我不知道，但是我心疼你啊东风，也就是你眼瞎，把只破鞋当作宝，还看不到头顶的帽子有多绿。”童年毫不客气地一箭双雕。

东风置若罔闻，他不动声色地看着元宝，她怀着孕，却似乎比之前还瘦了些，裙摆上一大片极明显的水渍，右腿的膝盖上似乎红了一片。他距离元宝有一定的距离，看不出她哪里还受伤了，只是从童年还有心思跟贺南羽斗嘴上判断，她没有大碍。

“你说谁是破鞋？！”贺南羽涨红了脸，下意识地看了东风一眼。

童年故作讶异：“谁是破鞋，不是穿的人最清楚吗？难道眼睛瞎了，连感觉都没有了，都分不出破不破了？”

“我们走吧。”元宝拽了拽童年的衣服，她一直低着头，刻意地不去看东风。她还没有坚强到可以眼睁睁地看着东风和贺南羽亲亲密密地出双入对。

“走！”童年斜睨了南羽一眼，霸气地环住元宝的肩膀，带着她继续往上走。

走了一段路，元宝没忍住回头看了一眼，却没有看到东风。

“他们没跟上来，可能被气坏了，走了另一条路吧。”童年说道。

“哦。”元宝不断地侧过头看童年，欲言又止。

“想说什么直接说，别一副吞吞吐吐的样子。”

“你先保证不能骂我，也不能动手，淑女是……”

“你说不说？不说以后都不准说。”童年直接打断她的话。

“我说。”元宝咬咬牙，“以后看到东风，能不能不要提他看不到的事情？他虽然嘴上不说，但是心里还是很介意的。当初他失明了那么久，都不让人知道。”

童年张了张嘴，想说元宝两句，却还是点了点头。

是谁说，感情就像是两个人拉皮筋，受伤的永远是不肯放手的那一方。元宝这样，不是打自己一巴掌，简直是来来回回地打。

童年和元宝到时，墓地已经来了不少人，贺东风和南羽果然从另一条路走上来了。

雨势渐渐变大，雨水顺着雨伞而下，连成一片。

墓地肃穆安静，耳边只听得到哗啦啦的雨声，平添一分感伤。

元宝和童年站的位置靠后，她看不太清楚前面的情景，这雨越下越大，仿佛老天都跟着不舍。

那个指点江山的优雅女人，如今被盛在一方窄盒里，被永远地掩埋于无声无息的黑暗中。

冗长的悼词和沉痛的哭声，一同被淹没在大雨里。

葬礼结束，雨也渐渐止息，下山的路好走很多，元宝坐进车里，才慢悠悠地叹了口气，感叹道："活着真好，对吧，童年。不管生前拥有多少东西，没有了生命，就什么都没有了。"

童年并不像元宝有这么多感慨，低着头看着手机，敷衍地点点头。她解开安全带，对元宝说："你在车里等我，山上信号弱，我打不通贺东弋的电话，得上去找他一趟，等我下来咱们就回家。"

"有什么要紧的事情，不能等他下来再说？"元宝问。

"反正很重要，我先走了，尽快回来。"童年顾不得跟她多说，下了车径直向山上走去。

贺东弋果然还在山上，贺东风跟贺南羽也在。

童年看了贺南羽一眼，快步走到贺东弋身边。

"怎么走了又回来了？"贺东弋发觉身边有人，转头看到童年。

童年戳了戳贺东弋的手臂，给他一个眼神，示意他跟她走。

直到走到远远的地方，确认没有人能听到他们说话，童年才停下来，开门见山地说道："贺南羽曾多次从唐泽那里买了笑气。"

"唐泽，谁啊？"贺东弋故作不知。

童年斜睨他一眼，没好气地回道："卖笑气的。"

"她怎么会跟唐泽有联系？"贺东弋蹙起眉头，总觉得他忘了什么事情。

"这消息是我昨天听朋友说的，要不是她破天荒地继承了贺氏，没人会对她的这些事情感兴趣。听说国外的留学生圈里很流行吸笑气，他们称作打气球。笑气不是毒品，可是有吸食笑气致死的案例。"童年认真地说道。

贺东弋点点头，表示他知道了。警方也查到姑姑在吸食笑气，贺南羽购买笑气并不能说明什么，也可能是姑姑让她去买的。

“这些消息，你可以打电话给我，何必又上来一趟？刚下过雨，路不好走。”贺东弋将外套脱下来，披到童年肩上，“肩膀上的衣服还湿了一片。”

贺东弋的一只手搭在童年的肩膀上，她握住他的手腕，偏过头在他的手背上轻轻吻了吻：“你有事要忙，我要陪着元宝，太久没有见面，所以想多看你一眼，跟你说说话。”

“等事情都解决了，我陪你多说说，把没说的都补回来。”

童年用手指点了点他的眼角，轻声道：“节哀顺变吧哥哥，眼睛哭得像兔子一样，人要往前看，你这样我不好受，东风也不好受。”

贺东弋深吸口气，点了点头，在她的腰上轻轻捏了一下：“长肉了？”

“最近跟着元宝，可能吃得多了点。元宝还在等我，我先走了。”童年不舍地跟贺东弋告别，不知道下次见面会是几天之后。

贺东弋目送着童年下山，他没有注意到贺南羽是什么时候走的，等他发觉时，她已经不在了，正想去问东风，又被一位来与他讲话的远房亲戚打断。

童年是在半山腰时被贺南羽拦住的，她回头看了一眼空无一人的石板路，嗤笑道：“你还真是费尽心机，为了拦住我，竟然选择了一条最难走的路。山路这么湿滑，你也不怕哪一脚没踩稳，摔死在这都没人知道。不过，你拦我有什么用？作为第三者，你抢的又不是我的老公，想要耀武扬威也得找对对象。”

“你放心，每一步路我都走得稳稳当当。”贺南羽慢慢走近，饶有兴致地上下打量着童年，“我来看看，所谓的破鞋究竟是什么样的，不知道我大哥他穿得合不合脚。”

“啊，”贺南羽低低地喊了一声，“我都忘了，我大嫂还活着呢，就在我家花园里的那幢玻璃房里，你还进去观赏过呢。你不过是我大哥的一个玩物而已，竟然痴心妄想地想要进我贺家的门，你有什么资格出现在这里！”

童年的脸色突变：“你又能好到哪儿去！只要贺东风一天没有跟元宝离婚，你也不过是个第三者，是个众所周知的觊觎自己弟弟的疯子！”

“他不是我弟弟！他是我的未婚夫！”贺南羽被踩到痛脚，她抬手猛地朝童年肩膀上推了一把，“元宝才是第三者。她是个冒牌货，是她抢走了我的东风！我不过是拿回属于我的东西！”

贺南羽情绪很激动，力气也大得惊人，童年正站在比贺南羽低一级的台阶上，被贺南羽猛地一推，她猝不及防地后退半步，脚下一打滑踩了空，手在半空中虚抓一把，身体重重地向后倒去。

贺南羽惊恐地看着童年来不及呼喊一声便迅速地滚落，最终停在一处一米多宽的台阶上一动不动，猩红刺目的鲜血从童年的身下迅速蔓延开去。

她的手臂止不住地颤抖着，两腿发软，下意识地四下环视一周，惊慌失措地逃离现场。

“你去哪儿了？”东风低声问道。

贺南羽的身子仍然在颤抖，好在除了看不见的东风，没有人注意到她离开过。她不敢碰东风，生怕他发现她的不对劲，尽力保持声音平稳：“刚刚送走一位叔父。东风，我身体不舒服，可能着凉了。”

东风伸出手掌，准备去摸她的额头，不小心触碰到她的手臂，发现她颤抖得厉害：“你很冷吗？那下山吧。”

贺南羽很不安，童年下山的那条路是最直接方便的，她现在被认为身体不舒服，找不到合适的理由选择另一条难走偏僻的路。

贺慕深率先下山，贺东弋冷冷地瞥了南羽一眼，紧随其后。南羽故意放慢脚步，跟东风落在最后。

因为眼睛的问题，东风拄着拐杖走得很艰难，他并不心急，随着南羽的步伐慢慢地走着。

他瞥了一眼身边的贺南羽，面上不自觉地露出一丝担忧，之前元宝在上山时滑倒弄湿了裙子，在山上待了那么久不知道有没有着凉。

贺慕深和贺东弋在前面停下来，贺东风不知道怎么回事，正准备加快些脚步去看看，就见前面贺东弋模糊的身影突然发了疯一样向下跑去。

“东弋，小心！”贺慕深提高声音喊道，他面色凝重地看着不远处的一幕，紧跟着贺东弋快步小跑过去。

贺东弋“扑通”一声跪倒在地上，双眼通红，他的双手伸在半空中，却不知该怎么将眼前的女人抱起。

入目是刺眼的红色，童年双眼紧闭，无声无息地躺在血泊里，原本姣好白皙的脸上处处是擦伤的痕迹。

“童年？”贺东弋不知所措地喊着她的名字，却得不到任何回应。他扶起童年的上半身将她抱进怀里，回头看向东风，大声喊道：“东风！东风！你快来看看童年，她摔倒了！她在流血，你快过来！”

贺东风紧紧皱起眉头，脱口问道：“元宝呢？！”

与此同时，贺南羽紧紧地抓住东风的手臂，她深深地弯下腰，面露痛楚之色：“东风，我肚子疼，你慢一些走。”

东风猛地甩开她，顾不得自己只能隐约地看到台阶的分界线，盲人拐杖在石阶上敲出乱七八糟、没有规律的声响，他大步大步地跨下去。

贺慕深拿出手机正准备叫救护车，看到东风一个人，连忙跑上去抓住他的手臂带他下来，低声说道：“没有看到元宝，只有童年受伤了。”

东风刚靠近，贺东弋便扯着他的手腕将他一把拉到自己身边：“急救，东风，怎么急救？她还有呼吸！”

被贺东弋这样猛力地一扯，东风险些倒到童年的身上。

“东弋，你冷静点，东风他看不到，怎么施救？救护车上来太慢，我们先下山，送她去医院，再晚恐怕来不及……”

“来得及！”贺东弋将童年打横抱起，他侧过头吻了吻童年满是泥污的脸，“童年，别睡，我带你去医院，我们这就去医院了。”

贺东弋抱着童年走得飞快。贺慕深带着东风落在后面，生怕贺东弋会摔倒。他想去帮忙，却又不能不管东风。

元宝在车里等得无聊，正玩着游戏，偶然一抬头，就看到贺东弋怀里抱着个血人从远处跑过来，她心中莫名地发慌，打开车门下车朝贺东弋走过去。

“开车门！”贺东弋吼了一声，他片刻不敢停歇，一到平地上，小跑着将童年抱到后座上小心翼翼地放平。

“怎么会变成这样？”元宝又惊又怕，看着血淋淋的童年，不知道该怎么办才好。

直到童年被送进抢救室，元宝盯着紧闭的大门，脑子里依旧一片空白。

“她说要上去一趟，让我在车里等，她很快就回来，为什么会变成这样？”元宝像是在问贺东弋，却又像在喃喃自语。

贺东弋直挺挺地站在门前，面无表情，垂在腿边的双手却紧握成拳头，手背上青筋暴起。

贺慕深带着东风和南羽紧跟着赶来，元宝凄惶无助地看向东风，却在看到南羽挽住东风的手臂时默默地转过头去。

走廊里只有踱步声，没有一个人讲话，任何话题在这一刻都显得多余。

大概过了一个世纪那么久，抢救室的门打开，医生走了出来，贺东弋急忙上前询问：“大夫，她的情况怎么样？”

“患者头部受到重创，身体多处擦伤，脏器也有不同程度的损害，加之她生前有孕，没能在第一时间抢救，失血过多，对不起，我们尽力了。”

“你骗我！”贺东弋面沉如水，他将身边的元宝推开，打开手术室最外面的大门，看到已经被推出来的童年身上盖着一层白布，他轻轻掀开白布，看着童年沉睡般的面庞，不敢置信道，“你们都在骗我，她刚刚还跟我说话呢，就刚刚，没多久的……”

他将童年从轮床上抱起来，声音越发温柔：“你也不乖，跟他们商量好了，合起伙来骗我是不是？童年，乖，不闹了，我们回家，你不是一直想要给我生个儿子吗？你知不知道你怀孕了？这里有我们的宝宝，你再也不用羡慕元宝，你们两个可以组成孕妇联盟了，我们一起回家。”

“大哥，”元宝眼泪抑制不住地往下落，她伸手拉住贺东弋的手臂，视线在泪水中模糊成一片，“童年真的不在了吗？不应该是这样的，大哥，你让我看看她，让我看看……”

贺东弋松开一只手，将元宝狠狠地甩开：“你闭嘴！”

他用力过猛，元宝被他的手臂打到肩膀，趔趄着连连向后退去，眼看着重心不稳要摔倒，东风不知何时站在她身后，伸手将她扶住。

元宝一站稳，他便松开了手，看起来只是顺便伸出援手。

元宝小心翼翼地靠过去，牵着童年的衣角拽了拽：“童年……童年……你别吓我，你别吓我，连你也不要我了吗？不可以这样的，不可以的……”

东风走到贺东弋面前，手掌轻轻落在他的肩头：“大哥，医生……不会骗人的，我们让童年安息吧，好吗？”

如同被击溃最后一道防线，贺东弋抱着童年跪坐在地，他将脸贴在童年的脸上："你是不是气我不陪你，气我不肯让你怀孕，气我不能光明正大地跟你在一起，所以你才要以这种方式离开我？你说有一天我们分开，一定是你提出来，但你要用这种方式提出来吗？"

他扬起手用力地扇着自己耳光，近乎疯狂："童年，你醒醒，我们有宝宝了，你原谅我，别走好不好？"

这是贺东风有记忆以来，第一次看到贺东弋如此狼狈，狼狈到让人无法联想到他曾经的意气风发、他的耀眼夺目。

贺东风忍不住鼻子发酸，眼眶一阵阵发热，难以想象贺东弋此刻正在承受怎样的煎熬。

针不扎在自己身上，谁都没权利喊痛。

贺东弋倒下了，他将自己关在房间里不吃不喝。他刚刚料理完姑姑的葬礼，童年又离他而去，还要承受丧子之痛。

东风清楚童年和这个孩子对于贺东弋的意义，大哥从未想过会有自己的孩子，只期盼着他跟元宝的宝宝降生，却为了童年愿意受家法处置。大哥不想让自己的孩子成为私生子，一辈子都不能名正言顺地喊自己爸爸。

可是现在，一切努力都没有意义了。

东风想，贺东弋的后半生再也不会有人相伴了，两个他深爱的姑娘都意外去世，换了谁，都会怕。

他站在贺家门前，望着青青的草坪，还有昔日被元宝当作宝贝的一整排多肉植物，望着阴沉的天空、低掠的飞鸟，望着这个曾风光热闹，如今灰败萧条的庭院，心中感慨万千。

物是人非，说的大概就是如今的贺家。

贺慕深去美国，贺南羽正式入职贺氏，元梓谦则回到贺氏帮她打理集团业务。

站在落地窗前，俯瞰脚下令人眼花缭乱的夜景，贺南羽的眼中渐露迷离，她将手中的红酒一饮而尽，脸颊越发的滚烫。她转身，瘫倒在沙发上，将脑袋靠在元梓谦的肩膀上，喃喃道："我想回家。"

元梓谦将高脚酒杯放回茶几上，扶着南羽的肩膀："我送你回去。"

贺南羽已呈现出醉态，她软软地拨开元梓谦的手："回哪儿？那是贺家，不是我的家。"

"那你跟我回家，妈妈在家，她看到你回去一定很开心。"元梓谦趁机说道。

"我不！我没有家，哪里都不是我的家。"贺南羽转身依偎到元梓谦的怀里，手臂紧紧地环住他的腰身，她醉醺醺地自顾自地说着话，"我一点也不想回去，那个家不干净。我一回到那个家里，就会做噩梦，梦到贺慕雯要把我嫁给一个又丑又穷的男人，她要拆散我跟东风。我还听到小孩的哭声、女人的笑声，是从大哥房间里传出来的。那个女人她明明死了的，死在了医院里，不可能还活着。"

她突然扬起头，将双手伸到元梓谦面前："你看，我的手上沾着血，我要去洗手，我要洗得干干净净，洗得干干净净……"

她踉踉跄跄地走进休息室的卫生间，打开水龙头，拼命地往掌心挤着洗手液，揉搓出满手的泡沫，冲洗掉之后，再次挤出洗手液，不知疲倦地重复着洗手的动作。

元梓谦陪着她，折腾到大半夜，直到她累极了，才在休息室里睡着。

贺南羽醒来时，房间内一片漆黑，伸手不见五指，她悄悄一动，便头痛欲裂，确定不是在睡梦中，她却觉得像是坠进了无底黑洞。

自从贺慕雯去世之后，贺南羽经常彻夜难眠，睡着了也会频繁地从梦中惊醒，这种情况在她失手将童年推下去之后，变得越发严重。

贺南羽摸着黑下床，她还不熟悉这间休息室的布局，磕磕碰碰，好不容易才打开灯。

空荡荡的房间，只有她在。

贺南羽“啪”的一声拍响墙上的开关，眼前再次恢复黑暗，她讨厌那样明亮的灯光，让她的孤独无处可藏。

她迅速地打开房门走出去，连高跟鞋都来不及穿，逃也似的离开办公室。

半夜三点钟，正是处于沉沉睡梦中的时间，婷婷迷迷糊糊地被叫醒，没好气地给她开了门：“不是我说您啊大小姐，姑姑在家的时候你可不敢这么晚回来折腾，再说都这个时间了，还不如睡外面来得快，回家多麻烦。”

贺南羽懒得跟她计较，回房间快速地冲了澡，她换好睡衣，往身上喷了些香水，来掩盖残存的顽固的酒气。她径直上楼，轻手轻脚地打开贺东风的房门。

东风朝向里面侧躺着，丝毫没有察觉到贺南羽的到来，她掀开被角，贴着东风的后背躺下去，紧紧环住他的腰身。

她将脸贴在东风精瘦的后背上，长长呼出一口气，才觉得放松下来。

她刚刚一路疾驰，迫不及待地想要见到东风，哪怕现在已经是深夜，哪怕明知东风早已睡熟，她还是想告诉东风，只有她懂他，她明白他看不到这个世界是什么感受，没有人比她更爱他，除了她，谁也不配跟他在一起。

她想说服东风跟她结婚，别再让她一个人经历那么孤独惶恐而又无助的深夜。

“元宝，别闹。”贺东风推了一把南羽的手臂，含混不清地说道。

东风没有醒来，也没有彻底将南羽推开，南羽却如坠冰窟，满心热切瞬间冰封。

她刚才有多么迫不及待地想见到东风，现在便有多恨元宝。元宝不过是个被捡来的身份不明的小姑娘，样样不如她，凭什么拿走原本该属于她的一切，还取代了她在东风心中的位置？！

贺南羽盯着东风的后背，她容不得东风的眼里除了她还有其他人，她也不会让自己再像今晚一样只能望着东风的背影自怜。

天微微亮时，贺南羽像来时一样悄无声息地离开东风的房间。

婷婷没有睡好，从房间里无精打采地走出来，经过客厅时发现坐在沙发上的贺南羽时，吓了一大跳。婷婷腹诽着，相比疯疯癫癫的贺南羽，现在的大小姐简直是阴森可怕，谁也不知她下一秒会弄出什么么蛾子来。

见贺南羽闭着眼睛，昨天晚上的事情不知道她还记不记得，婷婷决定避开她，悄悄地溜去厨房，尽量将在她面前的存在感降为零。

"姑姑就是这样教你的？"贺南羽突然睁开眼睛，"嘴上称我一句大小姐，却对我视而不见、出言不逊、指手画脚，这是你一个用人该做的事情吗？也不看看现在几点了，起得比我还晚，是不是要让我亲自去叫你起床？一个用人，连自己的本职工作都做不好，留在这个家里吃白饭吗？"

她语气中的轻蔑，让婷婷脸色变得很难看，婷婷转身走到她面前，憋红了脸说道："姑姑从来没有这样说过我，我……"

"姑姑姑姑，一口一个姑姑！"贺南羽提高声音打断她，"你凭什么喊她姑姑？！贺家现在由我做主，你既然那么喜欢听她的话，那你就去找她好了！今天开始，请你从我眼前消失，永远给我离开贺家！"

"走就走，像你这样的人，我也不伺候！有大少爷和小少爷在，姑姑怎么可能会把贺家交给你，谁知道你背后有没有做见不得人的事情，姑姑的死跟你脱不了干系！”

贺南羽脸色一白，她暗暗咬牙切齿，将这笔账全都算在元宝头上，如果不是元宝教唆，从小在贺家长大的婷婷怎么敢这样跟她说话？

元宝接到婷婷的电话，答应暂时收留她。

第十八章

相公，余生还请多多关照！

元宝仍然住在童年的房子里，她孤身一人，无处可去，随着肚子越来越大，她的行动越来越不便，也需要有个人照顾，婷婷的到来简直是雪中送炭。

很多时候元宝觉得童年并没有离开，只是出了一趟远门，她的样子还很鲜活，她的家也很鲜活，鱼在游，表在走，除了她不在，没有哪里改变。

婷婷来的第二天，便有民警上门，他们接到报案，贺南羽丢失了一块钻表，怀疑是婷婷偷走的。

元宝不得不跟婷婷一起去派出所接受询问，对于派出所这个地方，元宝有不好的回忆，她曾被陷害吸毒贩毒，车里被搜出一小袋毒品，紧接着又遭遇大批媒体记者围追堵截。

那一小袋毒品，像是压倒了多米诺骨牌的根源，元家的工厂被封，贺氏集团接受调查，姑姑为了解决公司危机赶回国内却遭遇车祸，直到她跟东风离婚。

从派出所回来之后，元宝累得动弹不得，足足睡了十四个小时才缓过劲来。

在短短的一周之内，元宝经历了停水停电，门前被堆满垃圾袋，想开着童年的车去买东西，车胎又被放气等事情，都是些容易解决的小事，次数多了却也不胜其扰。

如果不是岑迩尼找到了她，并且出面解决，她不知道还得面对这样的事情多久。

贺南羽得知消息时，摔了办公室里所有的东西，她的快乐是建立在元宝的痛苦之上的，如果元宝不痛苦，那么痛苦的便是她。

秘书小心翼翼地敲开她的办公室门，因为打不通她办公桌上的电话，只能进来当面转告："大厅有位女士想见您一面，她自称是您的母亲。"

贺南羽怒气未消，呵斥道："你做秘书多久了？连上司的基本情况都弄不清楚吗？贺氏是随便什么人都能进来的吗？我哪有什么母亲！我妈都死了几年了！把人给我赶走！"

秘书灰溜溜地走出去，向保卫科转达贺南羽的指示。

没过多久，元梓谦怒气冲冲地推开贺南羽办公室的门："是咱妈在大厅，她来看你，你让人把她赶出去，还说你妈死了几年？！你还有点人性吗？！"

"我一看到她就会想到元宝，她是元宝妈妈，她把原本属于我的爱和感情都给了元宝！"贺南羽的眼中闪烁着偏执与疯狂，"哥，你帮我杀了元宝，杀了她，让她在这个世界上永远消失，这样，就再也没有人能介入我们的家庭里了，那我们母子三人就可以真正地团聚了！"

“你疯了？”元梓谦重重地拧起眉头，“我已经派人接妈上来了，她很想你，你见一见她，跟她说说话。”

元梓谦没有给贺南羽拒绝的机会，元宝妈妈已经被请进贺南羽的办公室。

贺南羽吩咐秘书送两杯红茶进来，她转头看向元梓谦：“你也要留下来一起喝茶吗？”

她话中的驱逐意味显而易见，元宝妈妈连忙从沙发上站起来，打着圆场：“梓谦，你先去忙工作，让我和南羽好好说说话。”

元梓谦有些不放心，最后在元宝妈妈的再三催促下离开。他想，毕竟是亲人，南羽就算是心里有隔阂，也不会对自己的母亲怎么样。

办公室里一片狼藉，贺南羽再次开门叫秘书进来处理，时间越久，元宝妈妈越坐立不安，她找不到合适的机会跟南羽说话。

“说吧，你有什么事，一定要在我工作时间见我一面？”等秘书一走出办公室，贺南羽便坐回办公桌前，她手捧着一份文件，散漫地抬起眼皮，瞥了元宝妈妈一眼。

元宝妈妈起身，坐到贺南羽办公桌对面的座椅里：“南羽，你不肯让我见元宝，我答应你。你不喜欢我去贺家找你，我也做到了。可是，你不能让妈妈不见自己的女儿啊。妈妈知道你工作很忙，我不是想要无理取闹，除了来公司，我不知道还能在哪儿见到你。”

“那你现在见到我了，可以走了吗？”贺南羽头也不抬，面无表情地说道。

元宝妈妈有些难堪，放置在膝盖上的双手交握在一起，她吞吞吐吐地说道：“有件事不知道你大哥有没有在你面前提起过，你大哥现在回来帮你打理公司，他分身乏术，咱家的工厂一时找不到合适的管理人选。以工厂现在的情况，仅仅能维持下去，却难以盈利，我有愧于你爸爸啊，这是他留给我们唯一的东西……”

“他跟我提过，”贺南羽终于将手中无关紧要的文件扔回办公桌上，抬头看向元宝妈妈，她认真地说道，“这件事我仔细地考虑过，虽然我现在掌管着贺氏，但是这件事情还需要董事会同意。”

她从抽屉里取出一份合同，确认后递给元宝妈妈：“您签了它，这样我可以跟董事会有个交代。”

元宝妈妈接过合同，看了几条便变了脸色，她摇头道：“你让我把工厂交给贺氏？不行，坚决不行。这是你父亲生前奋斗了一辈子的心血，我不能让它断送在我的手里。”

“这怎么能是断送呢？只是为了顺利获取投资的权宜之计。贺氏是我的，我是您的女儿，工厂最终不还是在我们自家人手中吗？”

“这……”元宝妈妈有些动摇，她捏着合同的手指微微用力，“这件事我得跟你哥哥商量一下。”

“你这是不信任我吗？”贺南羽脸色一冷，“管理这么大的贺氏，每天处理那么多工作，我已经很辛苦，现在还要为一个小工厂操心，您还怀疑我会骗您不成？既然您不信任我，何必还要来找我？”

“南羽，妈妈不是这个意思。妈妈只是觉得这件事……我签！”元宝妈妈急忙辩解，在看到南羽一脸愤恼时，她稍一迟疑，拿起笔在合同上签下了自己的名字。

贺南羽脸色稍稍缓和，她拿起合同确认元宝妈妈的签字，微笑着说道：“这件事我会亲自跟哥哥提，尽快拿出方案来。我先派人送您回去，我接手贺氏不久，还有很多事情要处理，等有时间了，我约您一起吃饭。我知道一家日本料理很好吃，到时候带你去呀。”

“好。”元宝妈妈跟着笑了笑，所有的担心与不安，在听到贺南羽要跟她一起吃饭时彻底消散。

元梓谦接到母亲的电话，已经是几天以后。他在外面，正准备赶赴一场重要的会面。

“梓谦，你快回来啊！工厂出事了！”元梓谦在电话中问不清发生了什么事情，元宝妈妈又急又慌，语无伦次，不知所措，只是一味地哭喊着让元梓谦快点回去。

元梓谦不敢耽搁，当即派下属代他先行赴约，他立刻赶回工厂。几辆推土机同时开动，毁灭侵吞着工厂内的建筑，所经之处，一片狼藉。

元宝妈妈死死地拦在一辆推土机前：“这是我的工厂，不准你们乱来！”

元梓谦被她这种不要命的行为吓得后背直冒冷汗，他叫司机将车横在推土机前，连忙下车将母亲抱离推土机前，高声呵斥道：“你们是干什么的？！”

元宝妈妈瘫软在元梓谦怀里，她面如死灰，身体颤抖得如同筛糠：“南羽，是南羽，是南羽。”

“这些人来了，一句话不说就开始拆，我们拦也拦不住，说是工厂被卖了，卖给贺氏，要把这里拆了重建。咱们的东西都还在里面，最重要的是价值上千万的流水线。我们报了警，警察来了，但了解了下情况就走了。”旁边有人说道。

“梓谦……”元宝妈妈喘着粗气，半天说不出话来，她抓着元梓谦衣服的手突然松开，两眼紧闭，身子软绵绵地朝地上倒去。

元梓谦顾不得多说，连忙将母亲抱到车里赶往医院。

病房外，元梓谦透过门上的玻璃看了一眼躺在病床上昏迷不醒的母亲，转头看向一旁的贺南羽，质问道：“如果我不打电话，你是不是都不打算来医院看看妈？”

“我现在不是站在这里了吗？”贺南羽轻描淡写地回道。

“你为什么派人去拆工厂？那是父亲的心血，母亲辛辛苦苦大半辈子守下来的，现在什么都没有了！”元梓谦强忍着怒气说道。

贺南羽不以为然地坐在病房外的长椅上："那也不过是一堆垃圾，留着它做什么，改成其他项目，有利可图，不是更好吗？"

"除了钱，你的眼里还有没有其他东西？！妈因为你中风了，现在还在昏迷，大夫说她的情况很不乐观，能否醒来还是未知！南羽，你到底有没有感情？我在你的眼里没有看到一点点自责或者难过。姑姑、童年、元宝、母亲，你下一次的目标是不是该轮到我了？！"

"怎么会呢？"贺南羽终于正色起来，她起身握住元梓谦的手，说道，"只要你永远做我的好哥哥，我怎么可能会伤害你呢！"

元梓谦摇头："我是你的哥哥，不是你的狗，你走吧，妈醒来，应该不会想看到你。"

这没什么好挣扎的，让她走她开心得很，她拿起包包头也不回地走掉。

贺南羽走后，元宝才挺着肚子姗姗来迟，午睡的时候手机调成静音，醒来就去吃东西，又下楼散步，回家后才看到手机上有未接来电，还有元梓谦发的信息。

"怎么会突然中风呢？最近妈妈的身体不是好多了吗？"元宝坐在病床前，关切地问道。

元梓谦心中五味杂陈，他避而不答，问道："妈妈认回南羽，对你不闻不问，你心里难道不恨她吗，为什么还愿意来看她？"

元宝垂下眼眸："我不恨，只是有些难过。就算我不是妈妈的亲生女儿，不是大哥的亲妹妹，妈妈也养育了我这么多年，哥哥也一直把我当作亲妹妹。没有你们，我指不定活成什么样，我挺知足的。"

元梓谦无奈地叹了口气，他觉得自己大错特错，并不是有血缘就是亲人，有些人，大概是天生没有人情味。

元宝在医院寸步不离地守着元宝妈妈，好在有婷婷帮忙，她怀着孕虽然有些辛苦，却还吃得消。

小的时候妈妈总是问她，以后妈妈老了、瘫痪了，她会不会照顾妈妈，每一次，她都答得干脆，一定会像妈妈照顾自己一样照顾妈妈，给妈妈买果冻，买水蜜桃，买薯片。

可是现在，她一点也不想兑现自己的承诺，因为她希望妈妈可以健康，哪怕在妈妈的眼里，以后只有南羽一个人。

元宝妈妈是在昏迷了三天三夜之后醒来的，人虽然醒过来了，身体却偏瘫了，丧失了语言能力，也认不出人来。

这三天里，贺南羽一次也没有来过。

元梓谦站在病床前，看着元宝耐心细致地喂母亲喝完一小碗粥。

“元宝，你搬回家住吧，帮我照顾好妈。我知道我现在提出这个请求有些自私，我……”元梓谦欲言又止。

“好。”元宝点头，将碗放在床头的柜子上，用湿巾纸帮妈妈擦着嘴角，“哥哥，你不用这么见外，我照顾她是应该的呀，只要妈愿意我回家，我哪里都不去，就在家待着。”

“你想清楚了？妈的情况也许再也不会好转了，她生活不能自理，身边离不开人。你怀着身孕，还要照顾妈，这不是件轻松的事情。”元梓谦追问道。

“不是还有婷婷吗？真要算起来，她可比我辛苦多了。”元宝故作轻松地笑了笑，说道，“我只是比较担心南羽，如果她知道我搬回去……”

元梓谦知道她在担心什么，贺南羽派人骚扰她的事他都清楚，他向她保证道：“放心吧，这件事情我会处理。”

离开医院后，元梓谦去了趟贺家。

新来的小姑娘不认识他是谁，礼貌客套地请他坐下，然后去请东风下来。

元梓谦望着客厅里再熟悉不过的摆设，生出一种恍如隔世的感觉。

他在贺家，怎么就变成了客人？

东风慢慢地从楼上走下来，新来的小姑娘亦步亦趋地跟在他身后，手虚虚地护在他身后，生怕他一个不小心摔下来。

元梓谦站起身来，等东风走进客厅，问道：“东弋呢，他还好吗？”

“不好。有事吗？”贺东风面无表情地回道。

元梓谦习惯了东风这副冷冷清清、无欲无求的模样，并未觉得有什么不自在，如果今天坐在他对面的是贺东弋，也许被冷嘲热讽几句，他便会甩手走人了。

“既然他不好，我就只能跟你说了。”

东风坐进沙发，耐心地等着他开口。

再一次深思熟虑之后，元梓谦终于缓缓开口：“我妈中风住院了，今天早晨刚刚醒过来，原因是贺南羽派人将我妈的工厂夷为平地。”

贺东风一惊，他清楚那家很长一段时间都处于负债中的工厂对于元宝妈妈来说有多么重要的意义，他第一次向姑姑说出离婚的想法时，变卖了手中的部分产权，连他手中可动用的资金一起投给那家工厂，当然他所关注的并不是自己资金的去向，而是好端端的厂子贺南羽怎么有权利说拆就拆？

“妈现在还好吗？工厂的事再议，我先去医院看看她。”他作势就要起身。

“不用，你不用急着去看她，你先听我把话说完，我有比这更让你震惊的事情说给你听。”

东风愣了愣，迟疑地坐回去，眉头不禁皱起：“是……元宝也出了意外吗？”

元梓谦否定了东风的猜疑，可他接下来说的话，就不仅仅是让东风一惊那么简单了。他将他所知道的事情，贺南羽是如何害死贺慕雯和童年的，悉数告诉东风。

“笑气是南羽提供给你姑姑的，你是医生，你应该清楚，笑气确实可以麻醉镇痛，可它也能让一个人醒来后意识不到自己曾经做过什么。南羽趁她神志不清的时候，让她在遗嘱上签了字，遗嘱是我准备的。我跟她在一起这么多年，在很多人眼中，我就是她，所以遗嘱的事情进行得很顺利。在伪造遗嘱上，我是共犯。她对南羽很好，谁也不会想到南羽会害死她。她离开的前一晚，还在跟我商量南羽相亲的事情，南羽对这件事很抗拒，坚持要跟你结婚，现在想想，当时南羽的眼神已经变了，我却没有在意。没想到那天晚上，是我跟她最后一次见面。”元梓谦摇头，唏嘘道。

“那童年呢？！”贺东弋突然出现在楼梯口，厉声质问道。

元梓谦转身面向下楼的贺东弋：“童年的事情，具体的过程我并不知情，是南羽喝醉之后说出来的。”

贺东弋红着双眼，头发凌乱，口唇周围有一圈短而硬的胡茬，短短的时间内他仿佛一下老了好几岁：“童年跟她没有任何关系，她为什么要害死童年？”

“姑姑下葬那天，她们曾在上山的路上发生过争执，我当时也在。”贺东风说道。

“今天走出贺家的门，我就会去自首。我今天说的这一切，在法庭上我也会作证。元宝在照顾我妈，东风，我希望你能帮我照顾她们。她们并没有犯错，错的是我和南羽。我对南羽有愧疚，她利用我的愧疚做了很多坏事。我元梓谦这半辈子活得够本了，好人坏人都做过，但让我不是人，我不肯。”

元梓谦真的去自首了。

警察很快便去了公司，请贺南羽回去接受调查。

贺南羽很平静：“我会全力配合你们接受调查，你们能不能在这里等等我？我想去趟洗手间。”

她轻声细语、温柔娴静的模样，实在很难让人将她跟谋杀联系在一起，前来的两名警察答应了她的请求。

贺南羽的笑容温和无害，她从容地走出办公室，走进公共卫生间里。趁着两名警察在外面聊天，没有注意到她时，她迅速地走到不远处的电梯口，坐专属电梯离开。

元梓谦的背叛，是她没有预料到的。他竟然用这种自损八百的方式来拖她下水，她知道，这一次，她是逃不掉了，很快便会有大批的警察来追捕她。

她没有想过逃跑，只是需要争取一点时间来做些事情。

贺家别墅内。

贺东风正在跟贺东弋商讨一些关于贺氏的事情，放在手边的手机突然响起来，看到是贺南羽的名字，他直接挂掉，紧接着，是元宝的号码在屏幕上亮起来。

他有些不好的预感，按下通话键后，听到的却是贺南羽的声音。

“东风，我在海边，你来接我回家。”她语气轻松，报上自己所在的位置，仿佛是在等待他一同去休假。

贺东风沉默了几秒，冷淡地回道：“你现在应该在跟警察聊天。”

“我知道，东风你在担心我对不对？”贺南羽语气中有一丝兴奋和得意。

贺东风的听筒里传来阵阵风声，以及元宝带着哭腔的声音：“救……救命，贺南羽你这个疯子！我我我……我不要东风了！送给你！都送给你！我一点也不爱他！贺东风是你的！你放过我吧！”

一记响亮的耳光后，元宝安静下来，贺南羽淡淡地说道：“东风，你猜，会是警察先找到我还是你先找到我？我希望先看到的人是你，否则我可不敢保证元宝能从这里活着回去。”

贺东风来不及再多说一句便被挂断电话，再打过去已经无法接通。

不等他开口，贺东弋已经抓起车钥匙准备即刻起身：“今天贺南羽就要死在那！”

东风心急如焚，却不像大哥那般暴躁，两人一同出发，前往贺南羽提供的地点。

一处非常偏僻的断崖之上，贺南羽和元宝都在那里。

元宝被结结实实地五花大绑着，被迫挺着大肚子跪在那里，像只萎靡不振的肉粽。

她背后是同样被绑起来的岑迩尼，两个人紧紧地挨在一起。

这个岑迩尼可真是阴魂不散啊，他堂堂一个七尺男儿竟然被贺南羽这个扁平身材的女人给绑到了这里，真是令人匪夷所思。

不过当贺东风注意到他凝固着鲜血的右耳，疑问也就迎刃而解了。

元宝刚刚在电话里那样说，就是不想东风跑来，现在可好，他不仅来了，还来得这么快。

她奋力地挣扎，一边扭动身体一边吃了火药似的骂道：“贺东风你个人渣！从嫁给你起，我就没有一件好事！你跟贺南羽谈恋爱关我什么事！我跟你离婚了都走霉运！你有本事玩女人，你有本事摆平啊！幸好跟你离婚了！不然我还指不定多倒霉！我诅咒你跟贺南羽生儿子没有小鸡鸡！你个渣男！”

贺南羽脚尖抵在元宝凸出来的肚皮上稍稍用力，威胁道：“安静点。”

尽管视线有些模糊，可东风还是能清楚看到贺南羽对元宝做了什么。

他向右走了一段距离，看起来像在试探脚下的路好不好走，又慢慢向贺南羽的方向靠近。

“站在那，不然我就把她推下去。这里离海面十几米高，风浪大，礁石多，想要一个人死，是很容易的事情。”贺南羽慢慢地说着，她面色平静，如同在讲一件再平凡不过的小事。

贺东风站定，开口道：“你想做什么？”

贺南羽浅浅地笑着：“东风，你是为我来的，对吗？我知道你看得见，我要让你看看，谁才是真的爱你。我去找她的时候，她跟岑迩尼在一起，大哥也那么紧张她，贺慕深也对她温柔有加，你真的知道她肚子的孽种是谁的吗？那时候你根本没有机会碰她。”

“我跟她离婚了。”东风平静地说道。

“你没有！你撒谎！”贺南羽突然激动地往前走了一步，“你知道童年为什么会死吗？因为她说你没有给元宝离婚协议！你们根本没有离婚！”

“我确实没有给她离婚协议。”贺东风点头承认，“离婚协议一旦签署，便意味着财产分割结束，我不能容忍她拿着我的东西去跟别的男人逍遥自在，我要让她为自己犯下的错承担后果。从她离开贺家到此时此刻，她一分钱都没有得到。”

“所以，你还是爱我的是吗？”贺南羽温柔地看着东风，殷殷期盼着东风的回答。

她的注意力全都放在贺东风身上，没有发觉贺东弋悄无声息地绕到了一侧，正慢慢地向她靠近。

“爱？什么是爱？怎么才算爱？你害死姑姑，杀了童年，是对我的爱吗？如果这算爱，那我不爱你。”

警笛声呼啸着从远处传来，渐渐清晰。

贺南羽深深地望着东风，目不转睛，她细细地打量着他的每一寸肌肤，仿佛要把他刻进自己的眼睛里。她低声说道：“我们这辈子都不可能在一起了，对吧东风？其实你所做的一切都是为了元宝，对吧？你知道白宇鸣一定不会按着你的意愿让你爱的女人全身而退，所以当他让你送一个女人给她，你选了元宝。你故意让他以为你更在意的是我，好保全你的元宝，我没有说错，对吗？”

贺东风挑了挑嘴角，不知到底算不算笑：“其实你挺聪明的，南羽。”

元宝不敢置信地望着东风，忽然觉得眼眶发热，心里又气又悔，气的是，贺南羽竟然想到了这些而她没想到；悔的是，她曾觉得这件事将会是自己与东风之间永远的芥蒂。

“你假意疏远元宝，让我留在你身边照顾你，不仅仅是因为你内疚，更是因为你想化解我对元宝的仇恨！所谓的跟她离婚，也不过是你因为自己瞎了，无法在贺家护她周全的权宜之计！”

“所以明明你什么都知道，什么都懂，却还每天装作若无其事的样子说爱我，并且自欺欺人地重复着我也爱你。别告诉我，你跟我谈恋爱谈到走火入魔。”

她勾起嘴角，笑得淡薄恬静：“就算是吧，算我疯魔都没关系。”

她张开双臂，海风从她的身边吹过，撩起她的长发，吹起她宽大的裙摆，露出纤细精致的脚踝。她如同一只单薄的纸鸢，随时可能被风吹起来。

她看着东风，眸中笑意盈盈，慢慢地向后退去：“那场大火是我放的；元宝所谓的被泼汽油，也是我泼的；家里的水龙头，全部是我打开的。看到她难过，我会特别快乐。东风，你一定要记住我现在的样子，下一次，我不会再让别人有机会抢走你。”

贺东弋已经距离她很近，看准时机，猛地向前一扑，抱着她滚到一旁。救人他不在行，可打人他是把好手，他三下五除二地将她束缚住，让她动弹不得。

“为什么救我？”贺南羽偏过头，死死地盯着贺东弋问道，“我从这里跳下去不是你们都想看到的吗！”

“你错了。”贺东弋微微抬起上身，居高临下地看着她，说，“我弟弟一定不希望你从这里跳下去。”

“什么意思？”她怀疑自己听错了。

“你没听错。”贺东风朝元宝走去，“你听得很清楚，我一点也不希望你从这里跳下去，我希望你好好地活着，一分一秒，都不要错过你精彩的下半生。”

贺南羽沉默了，其实她从来没有想过要死，她只是想要让东风愧疚罢了，被贺东弋那么一扑，险些弄巧成拙，她还挺后怕的。所以当她被贺东弋从地上拎起来时，她仍微扬着下巴：“我的下半生会精彩，贺氏是我的，我熬了这么久，做了那么多事情，我不会输。”

贺东风给元宝松绑，顺便把绳子递给贺东弋：“贺氏只能被真正的贺家人所拥有，你不是贺家人。”

贺东弋一边将她绑起来，一边说：“一直以来，我们都以为你不过是贺家的一条狗，看来我们错了，你是狗都不如的白眼狼。”

南羽冷笑两声：“贺东弋，我真可怜你。”

“你算什么东西，我需要你可怜？”

贺南羽想要激怒他，他反而冷静下来：“至少我有东西可以失去，而你，一无所有，从前和以后，永远一无所有。”

看着贺南羽被带上警车，元宝泪眼汪汪地站在东风对面，因为跪了太久，两条腿还麻麻的。她是看不出贺南羽是真想死还是假想死，反正死都死不成，可是真尴尬啊！

刨除这个地方刚刚所发生的不愉快，仅仅就风景而言，这里还是不错的。

元宝与东风四目相对，良久后，两人异口同声地说道：

“我刚才说的话是假的。”

“我刚才说的话是假的。”

元宝问：“哪句是假的？”

“你呢？你又要对我撒谎？”

元宝哼唧一声，说：“说你是人渣、说我不要你了这些是假的，你呢？”

“所有有关不爱的，都是假的。”

在乘车离开之前，岑迩尼想和东风聊聊，贺东弋先把元宝塞进车里，自己则站在不远处盯着那两个人。

贺东风双手插进裤兜里，迎着海风笔直站立：“你跟贺南羽费尽心机来挑拨我跟元宝之间的关系，元宝离开贺家这么久，你都没能让她爱上你，岑迩尼，你还要不自量力下去吗？”

听东风提起南羽，岑迩尼脸色难看至极：“我从来没有想过要伤害元宝，我只是想得到一个机会。”

“你的感情，只会给她带来负担和伤害，这不是爱。”贺东风淡淡地说道。

岑迩尼不甘心地说道：“你不过是比我早一点遇到她罢了，你说我的爱只能给她伤害，你何尝不是在伤害她？多少次她需要被保护的时候，出现的是我？你欺负她的时候，也是我在守护她。”

“那，我谢谢你？”

“……”

有些事情，贺东风从未跟谁说起。

比如刚刚贺南羽所说的那些话，再比如，在元宝离开贺家的那天，是他打电话通知了童年。

在童年出事后，是他让婷婷故意惹怒南羽从而被赶出门，去求元宝收留，实则照顾元宝。

贺东风从一开始便做好打算，如果元宝真的喜欢上了别人，他愿意放她自由。可是这个元宝啊，怎么赶也赶不走，也幸好，她没有真的走。

贺南羽的案子很快开庭，贺东弋和东风将暗中收集的证据提交法庭，另有元梓谦的作证，审判进行得很顺利。

东风特意请来本市最好的律师为南羽辩护，以南羽患有严重精神病为由，竭力为她免除死刑。

贺南羽最终被送进了精神病院，正如贺东风所说，她的下半生，死是死不成的，活着，会很精彩——没有她向往的一切，只有无尽的孤独与屈辱。比死亡更可怕的，是生不如死。

贺氏集团的股份，之前贺南羽非法继承的那一部分股权重新回到东弋与东风两兄弟手中，而另一边，贺慕深在位期间也没少收回股份，股权上虽输给贺氏兄弟，不能掌管整个贺氏，却一跃成为股东一员。

贺东弋与贺东风一同回到贺氏工作，在巨大的落地窗前，两人同时向贺慕深伸出右手："欢迎回家。"

贺慕深微微一笑："如何确定这不是新一轮的争权？"

贺东弋意味深长地笑了笑，看向自己的弟弟。

东风转身，俯瞰着整座繁华城市，淡定道："因为我们会拼尽全力去守护贺家仅剩的一切。"

贺东弋选了一个风和日丽的下午去见秦臻，敞开大门，告诉她："你自由了，我们可以离婚了。"

秦臻已经不记得自己多久没有站在绿色的草坪上，她用脚趾蹭了蹭绿色的小草，竟开心得像个小孩："可是我应该去哪？"

"哪里都可以，继续住在贺家当我的妻子也行，前提是，你要永远地本本分分。"

"那还是不了，我要出去走走。家里的人呢？大家都去哪里了？"

贺东弋抬头看了一眼刺目的阳光，半眯着眼睛对她笑了笑，把柔软的平底鞋放在她脚边，弯腰替她穿好，他说："家里的人啊，该在的都在，该走的，也都走了。"

而东风这边，虽然他眼睛已经基本复明，元宝肚子里的迷你宝也落地了，可还是有那么一丢丢的不完美。

东风绞尽脑汁，终于想到原因。

他跟元宝的婚虽然没有真离，但自己曾在祠堂跪了三天三夜，求姑姑准他离婚，他发现自己胆子挺大的，不仅敢骗媳妇，还敢骗祖宗。

如今姑姑虽然不在了，藤鞭还在。

家规不许他离婚，他非要离，所以挨了鞭子。家规不许再娶，他就要在祠堂继续跪，这一出呢，却是为了重新向元宝求婚。

“这回没有指腹为婚，也没有真假元宝，是你非我不可，一定要把我娶进门的，对吧？”元宝一只手抱着儿子一只手拿着奶瓶，看起来有些傲娇。

“嗯，我的元宝长得这么好看，说什么都是对的。”

“那好。”元宝笑眯眯地收下钻戒，脆生生地回道，“相公，余生还请多多关照！”